天馬集

GREEK
MYTHOLOGY

蘇雪林 著

這不是一匹尋常的馬，
因牠有一身銀白色的柔毛和雙翅，
牠的鳴嘶也清越有如銀笛。

三民書局

國家圖書館出版品預行編目資料

天馬集／蘇雪林著.——四版一刷.——臺北市: 三民,
2018
面;　公分.——(世界文學)

ISBN 978-957-14-6285-1　(平裝)

871.3　　106005007

© 天　馬　集

著作人	蘇雪林
發行人	劉振強
著作財產權人	三民書局股份有限公司
發行所	三民書局股份有限公司
	地址　臺北市復興北路386號
	電話　(02)25006600
	郵撥帳號　0009998-5
門市部	(復北店) 臺北市復興北路386號
	(重南店) 臺北市重慶南路一段61號
出版日期	初版一刷　1957年11月
	四版一刷　2018年1月
編號	S 870050

行政院新聞局登記證局版臺業字第〇二〇〇號

ISBN　978-957-14-6285-1　(平裝)

http://www.sanmin.com.tw　三民網路書店

【推薦序】

天真的視野

國立成功大學教授　陳昌明

蘇雪林中學時期很喜愛林琴南翻譯的西方小說，她說林紓是她的國文導師，那種以古文方式演繹的作品，成為她接觸中西文化交融的最初經驗。她一生著迷於異文化的匯合，尤其是中西神話。蘇雪林一生的學術研究，與中西神話密切相關，抗戰末期她在武漢大學開設楚辭課程，同時接觸巴比倫、埃及、印度及希臘神話，開啟域外與傳統典籍的研究視角，她在〈自序〉中說：「開始時，尚認為希臘神話與屈賦無關，後來才知道其關聯較之巴、埃、印度，更加密切，我對希臘神話的興趣遂更趨濃厚了。」她來臺灣後用功最深的楚辭研究，與中西神話可謂緊密相連。

一九二一年蘇雪林第一次留學法國，初入里昂中法大學就讀，後轉進里昂國立藝術學院，其間接觸天主教，成為她終生的信仰。一九五〇年第二次赴法進入法蘭西學院，有心專攻神話與楚辭，師事戴密微，旁聽 ED. Horne 教授的巴比倫文化課，深涉西亞的宗教神話。她對於西方宗教與神話的沉迷，在一九三一年進武漢大學任教後逐漸顯現，從初步整理《楚辭・天問》，到「崑崙之謎」系列論文，認定中國崑崙，印度阿耨達和舊約的伊甸，乃同出一源，屈賦裡許多神話和奇怪事物也來自西亞域外，這樣的論述未必能為學界接受，卻成為她終生的理念。

《天馬集》的寫作，是蘇雪林興趣關懷下的產物，也是近代中國引入西方文化思潮的結晶。一九〇七年商務印書館出版《希臘神話》，收入說部叢書，題為「神怪小說」，實為譯自希臘神話改編的童蒙書；一九一二年上海廣學會出版馬伯相譯作《西方搜神記》，為英國作家查理斯・金斯利《慈父講述的希臘英雄傳奇》改編。其後鄭振鐸、茅盾、魯迅、周作人等都有為希臘神話引介或改寫的作品。《天馬集》放在此一思潮下，其中還有蘇雪林自己的個人心事。

蘇雪林改寫希臘羅馬神話，在抗戰期間僅有〈盜火案〉、〈天馬〉、〈蜘蛛的故事〉、〈森林競樂會〉四篇作品，來臺後經糜文開邀稿，陸續增添〈日車〉、〈銀的紀律〉、〈九頭虺〉、〈吃人肉的馬〉、〈卜賽芳的被劫〉、〈尼奧璧的悲劇〉、〈月神廟之火〉、〈女面鳥的歌聲〉、〈騷西〉、〈水仙花〉等十篇，取希臘神話而加以改作，寓作者個人觀點，加入中國的典故或成語，成為約十六萬字的《天馬集》。過去左派文人以天神象徵共產主義，本書反其道而行，書中的天神及天國代表自由民主陣營，魔鬼則代表極權獨裁的那一方，這與她終生愛民主，反極權的觀念互相呼應。

《天馬集》中的〈天馬〉篇，可謂微言大義，天馬一身銀白色的柔毛和銀色的雙翅，牠的嗚嘶也清越有如銀笛，希坡克靈的泉源是天馬用蹄子踢地湧出，而此泉源正是謬思這藝術文學女神的化身。天馬原是英雄伯勒樂芳征服巨怪的重要支柱，然而魔鬼普非良運用鑲珍嵌寶的黃金轡頭捕捉天馬，隨其驅策，意欲傾覆天庭，最後害死了天馬，而從此「銀色的瀑光和銀色的音樂，從此也在人間消失」，可謂她對時局的感傷。

蘇雪林在《天馬集》中，刪去了頗多希臘神話七情六慾的誘惑，或是男女情慾的描寫，她對於情慾書寫的反對態度，也是過去文壇批評蘇雪林保守的原因之一。不過從另一個角度看，這真是一本適合童年或青少年閱讀的著作，在《天馬集》中，她跳脫學術論文的繁瑣，散文攻防的喧囂，純回憶初識希臘神話的鮮奇心靈，以一種天真視野，固守她一生美好的想像。

自序

希臘神話是古代民族幼稚幻想和浪漫情感的結晶品，但也是人類智慧所閃耀出的最美麗、最光明的火花。荷馬那兩篇偉大史詩，將與人類壽命，同其永久，那是不用提了，其他古代相傳下來的各種故事，也莫不奇趣横溢，美妙絕倫，無怪數千年來，希臘神話成為文學藝術的寶藏。這個寶藏的價值是無法估計的，是取之不盡，用之不竭的；它畜麗的光采，是永遠眩人心目，它芬芳的氣息，是永遠噴溢於空間的。它已成為世界文化的遺產，不是古希臘人或現代西洋人所得而私了。

希臘神話不但本身價值極大，它的殘膏剩馥，偶一灑落，也可以沾溉無窮。古今無數輝煌作品都自希臘神話取材，或受其影響而生產。像古代魏琪爾的史詩，中世紀但丁的《神曲》，十七世紀彌爾敦的《得》、《失樂園》，十八世紀哥德的《浮士德》，都受荷馬史詩的影響，而且也多少採用了若干希臘神話的故事或其典故。近代文人的作品也頗喜以希臘神話為題材。這要分為二派：一派以近代的技巧，演述古代的故事，是所謂舊瓶裝新酒的寫法；一派則取希臘神話而加以改作，中寓作者的人生哲學及政治社會的觀點，軀殼雖是固有的，靈魂則是新的。

這種風氣也曾流傳而至我國，譬如抗戰前，鄭振鐸氏所寫《希臘神話戀愛故事》，是屬於前者；而他所寫《取火者的逮捕》，則屬於後者。

大陸淪陷前，左派文人所有作品，都在抨擊舊制度，宣傳共產主義，竟可謂「萬變而不離其宗」。鄭振鐸外，茅盾也曾寫過若干篇希臘神話小說，來做這種工作。茅盾所寫只二、三篇，以後收入什麼集子，我已不憶；鄭振鐸用「郭源新」的化名，寫了一個集子，包含四個短篇，名曰《取火者的逮捕》，當時文壇耳目一新，盛加讚譽。今日來臺灣的作家們，想還清楚記得。他們的作品，都以天神代表資本主義的政治社會制度，痛加詆毀，所謂「神國的滅亡」、「人民的勝利」，絡繹筆端，對於當時青年讀者，刺激性確有相當之強。

我之愛好希臘神話，為時可謂甚久，但亦不過從譯本裡得知點滴，正式研究，實始於抗戰末期。那時我偶然發現屈原作品，蘊有外來學術思想甚豐，神話尤富，遂從武漢大學的圖書館及朋友袁蘭紫處借了些原版的巴比倫、埃及、印度及希臘神話而專心研讀起來。開始時，尚認為希臘神話與屈賦無關，後來才知道其關聯較之巴、埃、印度，更加密切，我對希臘神話的興趣遂更趨濃厚了。

我對於希臘神話興趣既厚，不免又觸發文藝創作的衝動。戰時曾寫了一、二篇散文體的短篇，勝利復員的第二年，我在武昌珞珈山寫了〈森林競樂會〉，這才是採取小說形式，正式寫作的開始。為了這類文章不易寫，而我的功課又太忙，以後也就沒有再嘗試了。何況我只想專心於學術，文藝創作被認為不是我們這樣年齡的人，所宜過問，還以並不嘗試為妙。

到了臺灣，各報章雜誌所要求於作家者，只是「文藝」、「文藝」，無可如何，只有重彈舊調。數年內，又陸續寫了幾篇這類神話小說。

今年暑假中，糜文開先生寫信來勸我將歷年所寫希臘神話小說結集，付三民書局出版。我將舊稿計算了一下，文字雖有十篇，字數則實嫌太少，遂以月餘之力，補寫了四篇。現在這集子共有文字十四篇，字數約十六萬左右，這才像一本書了。我的創作文字，照習慣要以一動物名字題集。現在這本神話小說裡有〈天馬〉一篇，遂以「天馬」二字題為集名。

集中每篇小說，雖根據希臘神話，而改作的地方頗多，有時不惜增加一些原來故事所無的人物和情節。讀者若不以為然，則我將告訴他，我是在這裡寫小說，不是做考證文字。有時我還隨意引中國的典故或成語，譬如〈日車〉裡的「扶桑」、「咸池」、「金烏」；〈尼奧璧的悲劇〉論死亡代詞以希臘與西亞、印度、中國並論，讀者或者要批評我太隨便，不知我原是主張世界文化同出一源的人，莫說這些小節目可以互證，還有許多重大文化資料，也可以互相溝通呢。各篇常引現代名詞、術語，甚至有成片的學術原理和現代的議論，或者又有人要向我提出抗議，我自己也承認這太像遊戲文章，態度有欠嚴肅。不過我之不肯避免者也有其理由：

一則現代名詞術語，安知不是古已有之？譬如〈盜火案〉裡的「人民之友」、「說服女神」、「機械人」，希臘神話古來便有；「前進」、「落伍」、「革命集團」、「新興勢力」，古代希臘人雖不見得能道，可也不是現代始有的觀念。這類話放在中國歷史小說的人物口中來說，誠然是個笑柄，放在希臘神話的人物口中，似乎尚可原諒。

二則希臘神話對我國讀者而論，相當陌生，我這本集子固然預備給一般讀者閱讀，也預備給軍中戰友、學校青年閱讀，若寓意過於深曲，則讀者或將有不知所云之感，豈不失去了我原來寫書的目標嗎？

左派文人既以天神象徵共產主義的仇敵，本書當然要一反其道而行之。不過在本書裡，天神及某些國家無非代表自由民主的一方面，魔鬼則代表極權獨裁一方面，並沒有固定的指天神為某一國家、某一民族，反面亦是如此。希望讀者讀時，要圓通一點，萬不可以刻舟膠柱的眼光來推求。本書裡的文字，也有幾篇別有寓意，與上述主題無關者，是哪幾篇，我想沒有說明的必要。

本書神話人、地名，大部採用羅馬語，這自荷馬史詩以來即然——按是後人所改——並非自我作古。人、地名字的譯音，若能用希臘的當然更好，但我國了解希臘語文者寥如晨星，又何況於我？不過本書人、地名之音，均根據我國舊譯，自撰者極少。唯恐讀者嫌其聱牙，特作一附註於書後。（編按：此次再版將原書後附註移於各篇後，以利讀者閱讀。）青年讀者讀了我這本書，因而獲得一點子希臘神話的知識，我想也不壞。

用現代文體，來敘述希臘神話，如前文所說舊瓶新酒的辦法是比較容易的，改造神話，加以寓意，這工作便比較煩難。所以即以左派文人茅盾、鄭振鐸之才，也只寫了寥寥可數的幾篇。我寫了〈森林競樂會〉以後，一晃十年，沒有繼續寫下去，也是為了這個緣故。現在居然有十四篇文章問世，連我自己也覺有點詫異，若非我愛民主、恨極權的觀念從中鞭策，像我這樣懶惰的人，不會有這樣成績的吧。

這本書是我屈賦研究的副產品，以後若有興趣，也許會繼續寫下去，而編個續集出來。不過鑒於此類作品產生之難，我是無意再寫了。

民國四十六年九月一日於臺南成大

天馬集

GREEK MYTHOLOGY

目次

推薦序

自序

盜火案 1

天馬 39

蜘蛛的故事 53

森林競樂會 65
日車 85
銀的紀律 108
九頭虺 132
吃人肉的馬 145
卜賽芳的被劫 159
尼奧璧的悲劇 174
月神廟之火 195
女面鳥的歌聲 216
騷西 238
水仙花 259

盜火案

一

天帝宙士[1]有個遠房兄弟名叫柏洛美索士[2]，雖屬天神系統，對人類感情特佳，是個有名的「人民之友」。

關於他愛人之故，這裡有個古老的傳說：天帝宙士為惱恨世人作惡多端，特降一場洪水來消滅他們，以便另造新的種類。柏氏設法通知他留在地上的兒子陶開新、媳婦辟拉，逃出這場大災。後來這一對夫婦竟成了地球第二代人類的始祖[3]。全地球的人類都算是柏氏的子孫，試問作祖父的人哪有不愛護自己的兒孫之理呢？

又有一種傳說：大地生靈均柏氏與其弟依辟美索士[4]所造。兄造人類，弟造一切的飛走跂潛。故柏氏實為人類的創造主。甚至有人說柏氏為愛人類之故，某次祭祀分胙時，曾用牛皮包了牛骨和汙穢不堪的胃腸去欺騙宙士，卻將牛肉留給人類享用。這些話都幼稚荒唐，不值深究，其實柏氏之愛人類，無非因他父親迦伯特⑤曾在地球極西建立了一個王國，柏氏自誕生至繼父為王，一直居留於地球上，他和人類關係這樣密切，則他特別愛護人類又何怪其然呢？

柏洛美索士雖為一國之君，對政治絕不感興趣，一心所愛的只是學問二字。他宮中有一座書樓，萬國圖籍，浩如煙海。又收拾出一間研究室，其中各種儀器，應有盡有。他每日非埋頭讀書，則應用儀器作著種種實驗，結果他成了一個淵博非常的學者。他為熱愛人類，發明了好幾門科學來增進人們的幸福。相傳建築學、天文學、航海學、算術、文字、醫藥學，這幾門學科便是柏氏對人類的恩賜。根據科學上的因果律，他能憑藉以往的事實，推究出尚未發生的跡象，是以人家稱他為「預見者」，說他具有先知的能力。後世那些卜筮、占夢術、預言術，據說也是由他傳下的。

像他這樣勤於研究，學問自日臻高深之境，他遂擁有「一切科學與技藝之父」的佳號。又因他所有學問都是為人類利益著想，更獲得「人類的恩主」、「人類的保護者」的美稱。

他二弟依辟美索士在朝位居首相，其人思想遲鈍，任何事都比人要棋輸一著，故得了一個與哥哥相反的徽號：「後思者」。但為人卻赤膽忠肝，盡心國事，有大臣風度。三弟元帥阿特臘士⑥乃一大力士，嘗侈言假使天空有立腳點，他可以將整個地球扛在肩膊上。人也不壞，只頭腦略嫌簡單。四弟梅諾鐵亞士⑦在阿特臘士手下任副元帥之職，性暴而驕，柏氏極不喜他，二哥也對他討厭，只有三哥和他尚為相投。柏洛美索士將國事交給二、三兩弟這一文一武，樂得深居簡出，專心幹他自己歡喜的工作。

這個科學家也和世間一般學者性格相似，從無嗜好，也不知人間有所謂娛樂，只有音樂尚足使他留意。他能彈幾曲琴，吹幾聲簫，雖不算怎樣好，在他卻算是很難得了。

二

最早的時代，所謂魔鬼也者，本居地獄最深一層的韃韃獄⑧。有一次，因某種機會給他們全部逃出人間。他們因想獨占世界，從此便與天神作著不斷的戰爭。這群魔鬼中也有幾個有名人物，其中之一，能力最大，作為他們的領袖，名字是普非良⑨。

這些魔鬼身體極其長大，故又稱為「巨人」。他們的形狀也極其醜惡：有三頭的，五十頭的，一百頭的；遍體長著臂膀；渾身閃著眼睛的；腰以下大多數是兩條巨蟒，收梢處不是蛇尾而為蛇頭。行動之際，如滑冰家之乘雪橇，一路瀉來，疾如飛電，纏住敵人，張口就咬，真是凶惡之至！

魔鬼氣力又大得嚇人，他們可以拔起合抱的大樹，向敵人橫掃過去；又能一下子攀倒極大的山峰，將幾噸重的石塊向敵陣投擲。論起他們的神通比天神原差得遠，但他們數目繁多，又裹脅了地球上許多國家的人民，強迫他們打頭陣。這些奴隸像大海波浪似的捲地湧來：一陣浪頭衝上去，消滅了；又來一陣，層層疊疊，永無窮盡。等到天神打得相當疲憊時，魔鬼們才齊聲吶喊，奮勇前衝，天神措手不及，往往失敗於他們手裡。這個用無辜老百姓屍山血海造成勝利的戰術，是魔鬼所最為得意的，他們稱之為「海浪戰術」。

天帝宙士覺得對付這種令人頭痛的戰術有發明新武器的必要。恰巧天鐵匠浮爾甘⑩報來喜訊：寧納司⑪山的火井已經鑽通了。原來五行中火這一項原行，不比金、木、水、土，從前只深深蘊藏於地心，天庭和地面都不見它的蹤跡。浮爾甘深知鑄造武器，非火不可；測量得寧納司山距離地心最近，動員了無數獨眼巨人，開鑿一眼火井，工程延續數百年，屢作屢輟，最近大功始得告成。

這座寧納司山位置於愛琴海邊，離奧靈匹司⑫約數千里。中央有一片數里開闊的廣場。四面峰巒環抱，只有一條路可通。宙士知魔鬼間諜無孔不入，特命智慧女神雅典娜⑬與浮爾甘共同設計工場的建築，務須萬分嚴密。

那口火井開鑿在廣場的正中，周圍壘起地心熔岩煉成的防火磚，砌成數丈高的火爐一座。後面是一帶寮房，作為監工者及工人起居之所。

廣場四周設置三重金絲網，網上遍綴金鈴。第一重金網的進口處，擔任守衛者是地府借來的惡狗賽白拉斯⑭。這狗三頭龍尾，體巨如犢，牠的性情有這樣特點：見人進入地府，則搖尾歡迎，同你說不出的親善；見人自地府出去，便立刻翻臉，狺狺撲來，三張口同時咬住你，死也不放鬆了。第二重金網進口處，負責警戒的是獵人星⑮的尖鼻靈獒西里奧斯。這狗本是獵狗，鼻子最為靈敏，況又曾受過嚴格訓練，今日任何警犬學校畢業的高材生，以嗅覺作用而論，諒都比牠不過的。第三重網兒是靠近洪爐的最後防線，那個把門者來頭更大。這是天后希拉的親信百眼怪亞爾格斯⑯，過去因看守仙女娭娥失手，希拉罰牠變作孔雀，但牠的頭臉仍頗像人，智慧和人言能力仍未失去。牠那一百隻眼睛有九十八隻整齊地排列在扇形長尾上，金碧輝煌的羽毛間閃爍著銀星點點，煞是美觀。牠頭上那對眼睛尤其銳利，像現代什麼愛克斯光一般，可以穿透人身上幾層衣甲，直到貼肉為止；在牠面前誰也莫想夾帶什麼，可說是防賊最好的工具。這百眼怪睡覺時只閉上一隻眼，百眼輪流開闔，所以牠可說是一個永遠不睡的生物。

那三重金網的金絲，細如人髮，編織得密緻異常，但又極其堅固，任何力士也扯它不破。即像蜉蝣的纖薄的翅兒偶然碰上這網，金鈴也會琅然大鳴，兩犬應聲狂吠，巡邏的武士便立刻奔來察看了。

第三重金網頂上更加天羅，用葡萄及其他藤蔓盤滿，連結著四面樹林，從天空向下看，但見萬木森森，有如一片波濤起伏的綠海，誰也不知下面有何事物，偽裝可謂巧妙之至。

自山中到山外，又設立十二道關卡，每道關卡都有全副武裝的天軍數十名守衛。每個進出工場的人，都該接受精密的檢查，即場長浮爾甘也不能例外。

此外更有風神赫梅士⑰腳踏金飛鞋，手持雙蛇棒，不時在百里內外的空中，迴翔視察。關防這樣嚴密，別說是一個人，便是天上一隻小鳥，地下一頭螞蟻，想潛入這個工場，我看也是絕不可能的哇！

浮爾甘恐那些獨眼巨人尚有不可信任之處，屏除不用，特用金銀鑄造一批機械人⑱來代替他們。這批機械人又非現代科學上什麼機械人可比，他們都能自由行動，有完全的生命，不過金鑄的皮膚燦燦作金色，銀鑄的面目爛爛閃銀光而已。他們的內臟乃是珍寶嵌就：紅寶石作心，紫晶作肝，瑪瑙作肺，白璧和交織的紅白珊瑚則為腸胃。聽說他們的生理機能，也有新陳代謝的作用，不用說，落下來的頭髮，乃是金銀細絲，修剪下的指甲，則為金銀薄片——這是那些守衛武士所最歡喜的，常向他們討去，積少成多，編綴鎖子襯甲。倘使你割破他們的皮膚，我保證有血液流出，至於顏色是不是紅的，那我就不敢說了。

這批機械人個個身軀偉岸，孔武有力，他們能依照浮爾甘的吩咐，分別去做各人應做的工作。他們用鐵鏟、十字鎬、鴉嘴鋤，到附近各山開出礦藏，再一車一車運回。他們鼓動風箱，使火熾盛，又能將灰渣一畚畚清除出去。他們能舉起幾百斤重的鐵錘在砧上敲打燒紅的金屬，再鑄造出許多精巧的東西。他們唯一異於我們人類處，是從來不吃不喝，也從來不需休息。他們雖有一個頭顱，裡面卻無腦子，雖有一張口，裡面卻無舌頭，這是浮爾甘故意把他們造得如此的，這也是保密上必要的措施。

浮爾甘替奧靈匹司諸神各造了一件武器，又替天軍造了大批的甲冑和刀槍。有空的時候，他還替天神們製造應用的器具。最出名的幾件是：他父親宙士手中的金鷹王杖，他母親希拉的自動安樂椅，他哥哥阿坡羅⑲的日車，姊姊狄愛娜⑳的月車，妹妹雅典娜的護胸甲。又造了許多金銀酒器和三腳金几。宴會時，金几載著酒食，自行移動到各人面前。他後來還替人間英雄海克士㉑製了一套盔甲，替特洛伊㉒十年戰役中的阿且里士製了一面金盾。這些東西造得怎樣神奇和怎樣瑰麗，有希臘盲詩人荷馬萬古不朽的詩篇作證，現在且不必詳為描繪。

三

宙士見諸神都有了軍器，自己也想有一件和他天帝身分相稱的。智慧女神雅典娜苦心思索了幾個月，想出了一件最輕便而威力又最強大的武器來，這便是雷矢。她草擬了一個製造方案，呈獻給她父親。宙士宣了浮爾甘來到奧靈匹司山，叫他承造。

「哦，聖父，這件武器工程浩大，我一個人怕忙不過來，必須有個助手，才可以造得呢。」浮爾甘接受了雷矢的藍圖，很恭敬地對天帝鞠躬說。

宙士思索了一會兒，說道：

「我聽得我們宗人柏洛美索士有大科學家之譽，想他可以做你有力的幫手，現在叫風神赫梅士去地球極西，宣召他來如何？」

「我也久聞柏洛美索士的大名，請他協助鑄煉雷矢，當然是適當的人選。可是他居住地球，而目前地球每一角落幾乎都給魔鬼滲透了，不知這人靠得住嗎，聖父？」

「柏洛美索士本來屬於天神集團，當然要顧全天國的利益，何致去同魔鬼合作？現在我們宣他來，同他商量，願意幫忙，便留下；不願，仍舊送他回地球。倘我們尚不放心，要他指著士蒂克司河[23]起個誓便行了。」

「聖見極是，現在請您快去宣召他吧。」浮爾甘再度致敬說。

柏洛美索士被宣召來了。他在天帝和群神面前指著士蒂克司河起了一個誓：倘使他洩漏天庭軍事祕密，願意接受最嚴厲的懲罰：被鐵鍊鎖縛在高加索山[24]上，永遠受巨怪岗風之子——那隻妖鷲——啄食肝臟的痛苦。

憑他的科學知識，將雅典娜的圖案一再加以修改，使雷矢增加了幾倍的威力。我們應知道天庭一切事物都與下界的不同，製造也並不容易，而雷矢則更難上加難。一支矢要用上幾萬噸的原料，除了那提煉得純粹而又純粹的五金精英，又須加上某幾種極珍貴的元素，這幾種元素非取之於月窟之中，則取之於大海之底。此外更攙和太陽的熾熱，月亮的柔輝，金、木、水、火、土五星的特質，費了很長的一段歲月，失敗過好幾次，才造成雷矢五十支。

當這第一批雷矢出爐之日，天庭舉行慶祝，人人歡騰。只可憐浮爾甘粗黑的身軀，瘦了一半，走路的時候，兩腳高低，搖搖欲倒，似乎比以前更跛得厲害。柏洛美索士也累得憔悴不堪，鬢髮斑白。幾百個機械人盡都磨壞，非投入洪爐，教他們輪迴一次，是不堪使用的了。

這種雷矢，每支不過三寸長，比繡花針粗不了多少。五十支為一束，盛在一隻鏤花嵌寶的紫金筒裡，筒子兩端安著白龍皮編成的細帶，可以套在掌心，也可束在腕上。發射時，只須將手一揚，筒蓋機括自開，一支雷矢自動射出，我們先看見一道燦爛如電的光華，接著聽見一聲撼地驚天的霹靂。其力量之大，可以劈倒千年大樹，可以飛起海水百丈的波瀾，可以摧毀埃及最高的金字塔，可以轟塌喜馬拉耶的高峰，倘使十束雷矢同時投下，恐怕整個地球也要化為齏粉！

這法寶唯一的短處，便是一支雷矢發揮了威力以後，本身即歸消滅，所以非隨時添造不可。不過有了成法，添造倒也比較容易。

巨魔有一回又興師來犯。宙士拿出他的新武器，小試神鋒。他不要群神翼輔，獨乘一輛飛雷車，直臨敵陣。雷矢接連從他掌中發出，紅光閃處，豁琅琅，豁琅琅，石走沙飛，山搖地動，把魔軍打得落花流水，大敗而逃。什麼海浪戰術，這次也完全失去效果。只一陣，殲滅魔軍數千，奴隸數萬，屍灰所積，使數十里方圓的戰場，變成一片沙漠。

魔鬼吃了這個敗仗，知天帝的新式武器難於抵抗，以後也就不敢輕易再來了。只千方百計地偵察它的祕密，以圖仿造。

四

我們世人做完正事以後，每每集合幾個朋友，打打橋牌，玩玩高爾夫球，奧靈匹司的群神閒空時，也不免要找點有趣味的遊戲，作為消遣。一日，智慧女神雅典娜拾取山腰一撮黏土，模仿愛神阿卜羅蒂德㉕的容貌，揑了個小小人兒，大家讚她揑得像極。雅典娜得意之餘，攜帶到浮爾甘工場，放下洪爐一煉，一會兒便跳出一個穠纖適中，修短合度，眉目如畫的美人兒來。智慧女神更為高興，將她收在身邊。因這美人賦有音樂的天才，她將鳳笙傳授給她。至於其歌喉天然之曼妙，雅典娜尚自愧不足為師，只有教她拜在九位繆司之一的優脫卜門下，因為那正是個司樂歌的女神。

一日，群神朝會，雅典娜將她的傑作帶到會場，炫耀給群神看。大眾齊聲喝采，宙士也不住含笑點頭。他忽然對他女兒說道：「一個人創造出一個東西，總要派個用場，你創造這個人兒，打算做什麼呢？」雅典娜倉卒未知所答，戰神阿里士㉖忽然大笑說：

「天庭群神個個成雙作對，只有柏洛美索士那老學究至今還是光桿一條，我提議將這妙人兒給他做老婆，但不知雅典娜老姊捨得嗎？」

「柏洛美索士監造雷矢，功勳卓著，他這些日子以來，也的確辛苦了。我也同意將這孩子賞他為妻，只當一件獎品，也好鼓勵他從此更加努力。」宙士也笑著說。

群神一致贊成，雅典娜也只有割愛。

於是大家忙著來打扮這女孩子。雅典娜取出一襲親自用月光織成的銀縷仙衣給她換上，把鳳笙也慨贈了她。說服女神㉗脫下一串金鍊，掛上她的玉頸。優雅仙子㉘捐出寶石指環。邱比德的妻子賽克公主㉙分了她一些自睡谷偷來的美容香粉。愛神阿卜羅蒂德則取出自己全部女性的魅力，換言之即全部征服男子的武器，包括：「優雅」、「大方」、「矜莊」、「嫻靜」、「聰明」、「美麗」、「輕顰」、「淺笑」、「蜜意」、「柔情」、「小心」、「熨貼」、「放浪」、「風騷」、「眼淚」、「咒罵」、「小貓的活潑」、「狐狸的狡猾」、「幼虎的凶悍」、「孔雀的驕傲」、「母親的慈祥」、「良友的知契」、「慣子的執拗」、「外交家的手腕」每樣分贈了她一點。這在愛神也算極慷慨之能事了，若不看這女孩子是仿照她自己容貌而塑造，是她的複製品，她對待人家是絕不會這樣好的。

最後，宙士取出一個百寶金箱，內盛鑽石瓔珞一掛，鑽石后冕一頂，明珠百琲，約指雙環，手鐲腳圈全副，這是天帝贈嫁的妝奩，比別人當然更加豐盛。他親手緘封，交在這女孩子手裡，叫她於新婚筵席上當眾打開，讓人家知道她來自天庭，對她當更加欽敬。

宙士又對眾神說道：

「我們現在送給柏洛美索士的這份禮物，確乎不算輕微，我們可以替這女孩子取個名字，叫她做『潘都拉[30]』。」——這便是「全部贈品」的意思。

自柏洛美索士監造雷矢以來，宙士許他每三個月回國一次。這時候尚在工場，計算歸期尚差一個月。宙士說可先送潘都拉下凡，讓她稍稍習慣於人間的生活。等柏氏回去時，再賞給婚假一個月。

也是事有湊巧，這時候風神赫梅士出差遠方去了。宙士只好派身邊一個少年仙侍名叫嘉儀美德[31]的，伴送潘都拉下凡。這孩子本是地球上丹爾丹尼國的王子，一日和群兒宮前嬉戲，宙士見他婉孌可愛，變作一鷹，將他攫上天庭。筵宴時，命他在身邊行酒，喚作捧盞仙童。因這孩子時常想家，所以宙士派他送了潘都拉以後，命他回到他自己家鄉，過幾時再上天。

潘都拉臨行時，宙士更頒訓詞，勸她恪盡婦道，做柏氏的賢內助，俾丈夫內顧無憂，更可效忠天國。

五

潘都拉正行雲中，忽覺口渴，降下一座大山，叫嘉儀美德尋些水來。那天使解下腰間金盞，穿林入谷，一路尋找澗泉，忽跌入魔鬼們所布置的陷阱，被他們擒住，解去見他們領袖普非良。

盤詰出實在情由，魔頭大喜，將這孩子一刀兩段，派了個精明伶俐的小頭目幻作嘉儀美德的形貌，伴送潘都拉到了柏氏的國家。監國依辟美索士收拾宮廨，安頓他們二人，等待王兄的歸來，不在話下。

假天使每日來訪潘都拉，百端獻殷勤。他既生得美貌風流，又說得一口甜言蜜語，滿宮庭的人都和他合得來，潘都拉更覺一天少他不了。

一夕，兩人同坐一座臨海瓊宮的窗前，酌著水晶杯裡的葡萄美酒。潘都拉問嘉儀美德不是苦念父母嗎，為什麼下凡這幾許時，還不回家去呢？

假嘉儀美德故意幽幽地嘆了一口氣，說現在他的心已給一種奇異的力量鎖繫在這裡，無法離開，好像天邊那輪明月被地球的吸力吸住，只好永遠繞著大地女王的裙裾打轉了。

潘都拉明白了他的意思，低眸微笑，一言不答。

那少年又嘆道：

「月兒雖小，可以吸起地面的潮汐，不知我這顆鮮紅灼熱的心，也能在我欽慕欲狂的女王靈海裡引起一寸波瀾嗎？」

潘都拉仍默然無語，只端起杯來喝酒，深酡的玉顏，映著杯中琥珀色的酒光，有如一朵浥露海棠，暈紅欲滴。

少年不禁偏過頭來，輕輕握住她一隻玉手，低聲問道：「怎麼老是不說話？回答我呀，我的女王！」

潘都拉嫣然一笑，放下酒杯，隨手拽開晶窗的繡幔。

窗外碧茫茫的大海，吻在滿月的柔輝下，溶成一片瀲灩的銀波，分不清哪是月光，哪是海光。晚潮正急，一層層洶湧而來的浪頭，翻珠滾玉，猛撲宮下的崖石，響出有節奏的喧豗，似乎宇宙的心，也為強烈的愛情所襲，正在怦怦悸動。

潘都拉指著海水說：

「瞧！嘉儀美德，這便是我的回答。」

不知不覺間，兩人已擁抱在一起。

魔鬼一得手，立刻暴露自己的身分，迫使潘都拉作他的同志。我要在這裡補一筆：這個潘都拉原是雅典娜用泥土捏來做玩具的，外表雖造得十全十美，卻忘記給她安上心肝，所以她的腔子和浮爾甘機械人的腦子同樣是空空如也。一個人的腦子空空，尚無妨礙，腔子空空，危險可就大了。故此她容易上人家的當，也容易趨向下流，去幹那些為非作歹的事。她本來覺得假嘉儀美德的一切，極對她的口味，現在又中了他的「美男計」，失身於他，自然會順從他，一心同他合作起來了。

六

過了幾天，柏洛美索士返國，見新人容貌曠世無儔，自然歡喜，感謝天帝的恩德不已。他擇日舉行結婚慶典，除了本國的臣僚、縉紳、百姓代表的耆老以外，又邀請鄰國君王、貴臣及各國大使，共來觀禮。婚筵上，新后的容光，猶如一輪皓月，湧上青雲，將座中所有珠圍翠繞的貴夫人比得黯然無色。柏氏當眾宣布潘都拉乃天帝義女，飲酒半酣，命她取出宙士贈奩，欲炫示天國珍奇，教眾人一開從所未開的眼界。

潘都拉托出百寶金箱和一隻小小金鑰，交在丈夫手中，讓丈夫親自開啟。這寶箱不開尚可，一開可就出了怪事。箱蓋才一掀開，便聽得豁喇喇一聲響，從箱中冒起一股黑煙，那煙衝上天空，瀰漫散開，一時天昏地暗。煙中一片薨薨之聲，如波浪奔騰，如風雨驟至，如金戈鐵馬，相戛相磨。黑煙裡金星萬點，熠熠有光，細看都是尺把長銅頭鐵翅的飛蟲，其形頗似蝗蟲，卻又帶著蠍尾，頭臉卻又彷彿人類。牠們在空中盤旋了好一陣，才發出一種淒厲的，令人心肺欲顫的，如地獄厲鬼悲嘯的嗚聲，向天空四散飛去。頃刻霧斂煙消，又恢復剛才天宇的寧靜。

滿座賓客，錯愕無言，柏洛美索士也不解箱中珍寶，何以竟會變出這些東西，當然滿懷不樂。當下也就無心再飲，只有草草散席。

是夜發生一場暴風雨，平地水深數尺，摧倒房屋數千幢，壓死擊傷人民不可勝數。天氣反常，六月霜雪交作，冰雹大如磨盤，人畜田禾，大受傷損。飛蝗蔽空而至，不但莊稼，連樹上葉，地上草，也給你啃得光光。接著又來了幾場大瘟疫。各種奇怪症候，傳染極速，柏洛美索士雖富於醫藥常識，也無法判斷和診治。那時正當「黃金時代」，人類壽命極長，柏氏子民，年壽尤永，現在卻變得很容易死，譬如有一百個嬰兒出生，倒有九十九個要做殤鬼。本來他這個國度，政治相當修明，人民一向享受著太平歲月。打這時候起，人心忽然大變，欺詐風氣的盛行，買賣更無公平的交易。黑夜小偷橫行，白晝強盜攔路打劫，把全國公廨都改為牢獄，也收容不下這麼多的罪犯。從前到處絃歌洋溢的城市，現在塞滿著愁苦、嘆息、號哭、切齒之聲。柏洛美索士自結婚之日起，終日忙於救死扶傷，辦理各種善後，竟無片刻之暇，雖屬新婚，也就不能燕爾。

他頗懷疑這些天災人禍都由那寶箱飛蟲的作祟。但宙士為什麼要害他呢？他再三盤問潘都拉，潘都拉始則帶笑支吾，被丈夫逼不過，才說出實話。她說天帝宙士本來憎恨地球上的人類；近年因連吃魔鬼海浪戰術之虧，更決心先將人類滅絕，再來收拾魔鬼。這隻寶箱內藏百種災害，託她攜到人間。「目前災禍不過像一齣戲的開場，好看的情節還在後面。看來，這一回地球人類是難逃滅亡的命運了。你和我本是天上人，將來不愁無處可去，只可憐人類慢受煎熬，還不如前回洪水之災，大家死得痛快呢。」

柏洛美索士聞言大驚，不意天帝居心如此狠毒，因恨魔鬼的海浪戰術，而遷怒於善良的人類，更欠公平。他雖一向住在地球，平日對天神們那些兒戲的戀愛，胡鬧的故事，亦頗有所聞。以他嚴肅的學者眼光來看，當然不免時有腹誹；現在對他們更大為憎惡起來。他深恥過去幫助天神煉製雷矢，助神為虐，婚假滿後，竟託病在家，一時未再去寧納司山。

民間災禍果然愈演愈烈，人民日有死亡，計算柏氏本國及接近的幾個鄰邦，人口損失已達三分之一以上。並且民間謠言流行：第二回洪水又將降臨了啦，天帝要用雷矢來剿滅人類啦。百姓一夕數驚，也不知這些謠言是從哪裡來的。

柏洛美索士憂心如擣，因同潘都拉商量時，每被她笑作傻瓜，想到嘉儀美德頗有才情，又來自天庭，深知天庭虛實，問問他，或有挽救辦法。

那少年一聽柏氏的話，義憤填膺，說他當日目擊寶箱出怪，便覺懷疑，誰知果是宙士玩的把戲，又說道：「我本人間王子，宙士將我架上天庭，做他身邊什麼捧盞仙童，教我回不得家鄉，見不得爺娘，堂堂天帝，行同綁匪，還有什麼事幹不出來呢？於今大王想同我共籌挽救人類浩劫之策，惜我年輕識淺，不足與議大事。我父王吒羅士足智多謀，又復愛民如子，邀他來同您談談好嗎？」

柏洛美索士一時也想不出主意，便聽了這少年的話，修了一封書信，派他去邀請父親。

七

不一日，丹爾丹尼國王帶了兒子和幾個近侍，輕車簡從，蒞臨柏氏的國家。這是個銀髯飄拂，道貌藹然的老頭子。他說宙士同他雖有綁架兒子之仇，他倒並不介意；但天神對人類如此肆虐，則其實難容。「我們若不想法抵抗，人類將無噍類了。現在除了聯絡地球人類，結成同盟，興兵殺上奧靈匹司，將群神趕入地獄，我想別無良法。」柏氏聽了這話，便說道：「王兄的話誠然有理，但宙士雷矢厲害，巨魔尚難抵抗，何況我們脆薄的人類，這又將怎麼辦呢？」「他們有雷矢，我們人類又何嘗不可仿造？聽說您王兄曾幫他們鍛煉此物，必然深知製法。現在我們一面聯絡與國，召集人馬；一面將雷矢製造起來。想宙士手中不過這張『王牌』，倘使我們也有，而我們人類數目比天神多上幾百倍，還怕他們什麼？」吒羅士回答道。

柏洛美索士這人頭腦原很奇特，談起科學來，精明幹練，誰也及不上他；談到政治，則往往搔搔頭髮，捻捻鬍子，一籌莫展，並且非常隔膜。聽吒羅士說話有理，不禁頻頻點頭稱善；何況吒羅士又道，他也是尊敬天神的，何嘗願意革天庭的命，但站在人民利益的立場，只能如此；他左一個「人民」，右一個「人民」，叫得那麼親熱，談到老百姓的痛苦，更激昂萬分，聲淚俱下，不住地拍著胸膛說，為拯救人民於水火，他粉身碎骨，也在所不辭，更把這一位素有「人民之友」之稱的大科學家，樂得心花怒放了。

他將自己短於政治幹才的苦處，坦白地告訴了吒羅士，想屈他長期留駐自己國中，以便朝夕請教，共圖大舉。那國王果欣然允許，只說要回國料理一番再來，於是於暢敘數日以後，告辭而去；過了半月，又帶了幾個臣子同來，從此便成了柏氏宮庭裡的貴賓。

柏洛美索士在朝堂公開了對天庭革命的計畫，群臣大駭，紛紛反對，其中反對最為激烈的是宰相依辟美索士。自從寶箱出怪，民間災禍流行，他已深感事情的蹊蹺，想勸哥哥上天庭，查問究竟，但苦於頭腦遲鈍，這話始終沒有說出口。現在見哥哥公然背叛天庭，知道事體重大，後患不堪設想，幾度犯顏苦諫，繼之以痛哭流涕，卻都為潘都拉所阻。

這潘都拉說也奇怪，以前她對於丈夫的意見，亦不以為然，後來表示摯愛丈夫，同情民眾，也跟著丈夫走上革命路線；並且她革命的熱忱比丈夫更加激烈幾倍，大有如瘋如狂之概。其實她以前那些作為，都是欲擒故縱的手段，在於使丈夫對她絕不懷疑，並對她更加感激。她每夜在枕邊挑撥柏氏兄弟的感情，說依辟美索士只念天神的情誼，不顧人民的死活，是個極端自私的傢伙。所以柏氏對弟兄的忠言一句也聽不進，並對他常加嗔責，竟將依辟美索士逼得憤極掛冠而去。元帥阿特臘士受任編練新軍，原也不肯同意的，後來卻被潘都拉說服了。副元帥梅諾鐵亞士本是以殺人為樂，唯恐天下不亂的人，不待潘都拉拉攏，早欣然相從了。潘都拉又來勸導群臣。她自接受說服女神的贈品，也獲有說服的特能，對於任何悖情逆理的事，都可以堂而皇之說出一番道理，教人非聽從她不可。朝廷上，只有柏洛美索士兄弟四人乃是神裔，其餘都是一國凡夫，哪裡架得住這樣個美貌多才王后的操縱手腕，不多時，連朝中幾個最稱頑固的元老，思想也給搞通，大家努力同心來參加革命大業了。

招兵告示頒出後，每日都有大批從四方來的彪形大漢投效。所幸此時災禍略平，軍費籌措尚易，不久便訓練成功了一支強大的軍隊，扯起了「人民革命軍」的大旗。所有鄰國也都接洽就緒，紛紛加入革命盟約，這盟約即稱為「民主大同盟」。

現在第二件事便是雷矢的製造了。雷矢圖樣，原收在柏洛美索士的夾袋裡，可是鍛煉雷矢，非火不成。穿鑿地心火井，曠日持久，自然等不及，那麼，只有到寧納司山去偷火種了。而且這件事又非柏氏親自出馬不可。

吒羅士聽見他的好友要去盜火，喜之不勝，拍著他的肩膀說道：「王兄，火盜來後，不唯雷矢可造，人類文明從此也可以邁進一大步，這是有關人民利益的事，極有意義。但煉雷地點，不可不密，以免天神聞知來破壞。敝國靠近北海處有一冰島，從來人跡罕至，我先去布置起來，以後也由我監工，只須王兄時常來指點一下便行了。來，王兄！我們為偉大的人民乾一杯，敬祝您馬到成功！」

八

柏洛美索士出發盜火以前，先與潘都拉商議一番。他說：「別的東西尚可偷竊，火卻難。這東西不是握在手掌裡、塞在衣囊裡帶得回來的。守門的兩狗尚易對付，只有那亞爾格斯百眼怪，心竅似乎同牠身上的眼睛一樣多，我們進出工場，進時猶可，出來時，哪一回不被牠瑣碎得要死。這件事只怕瞞不過牠，如何是好？」

潘都拉替他出主意，叫嘉儀美德用茴香木仿照丈夫平日所攜手杖的形式，另造一根。這茴香木外皮堅硬，內部組織則輕鬆如木棉，火藏其中，緩緩燃燒，可保數日不熄。他將杖尾挖空，做了個塞子，螺絲旋緊，表面上一點瞧不出。

潘都拉又取出智慧女神送她的鳳笙，將她每夜唱給丈夫聽的一支催眠歌兒譜在笙上。教他見了亞爾格斯，如此如此。前文不是曾說潘都拉善於歌唱嗎？她因丈夫近來忙於革命，神經過度緊張，常患失眠，每夜等丈夫上床，便挨在他身邊，唱起一種催眠歌曲。那歌聲，低沉、迂緩、縹緲、朦朧，音節之美妙，好像月光之輕撫睡蓮；又似蝶翅微風，輕輕將人靈魂搧入夢境。又好比一種仙醪，入口甘醇，才啜幾口，便令人覺得飄飄然不知身在何處；再喝下去，愈覺瞢騰；一杯未盡，已沉沉跌入醉鄉了。

待丈夫睡熟，她便去和那個假嘉儀美德無所不為。

柏洛美索士來到寧納司山，直入三道金關。到最後一關時，百眼怪迎來同他招呼，先賀他新婚之喜，又說聞貴體有恙，現想已大安，此來是銷假視事的了。柏氏回答：「病雖癒，尚需休息，這番不過來山看看，就要回去的。」兩個多時不見，倍覺親熱，便同立樹下，絮絮閒談起來。亞爾格斯偶言聞他新夫人擅長音樂，只惜自己沒有耳福。柏氏乘勢說他妻新教他一曲，尚為可聽。

若不嫌汙耳，願意請教，即取出腰間鳳笙，將潘都拉教他的催眠曲緩緩吹起。他樂技本來有限，這歌雖平日聽慣，吹起來音節還相當生澀。不過他的聽者可也不是什麼高明的賞音家，對於音樂的優劣本亦不甚了了，只一味愛聽，聽了又一定要打瞌睡。牠從前看守姮娥，便因此著了風神赫梅士的道兒，於今這脾氣還不肯改。只見牠開始時，尚笑瞇瞇點頭播腦，應和節拍，漸漸將頭上兩隻眼睛閉上，漸漸尾巴上的眼睛，也一個一個闔起，像日出前，歷亂群星之隱入雲陣；又像一樹將謝的春花，忽為清風所撼，一朵朵自枝頭繽紛飄落，最後竟蹲下身子，沉沉睡去。

柏洛美索士直到爐前，幸喜浮爾甘不在，只有四、五個機械人在爐旁敲打什麼。對這群鋸嘴葫蘆，本來無須避忌，但他為小心起見，還是借故將他們遣開了，就洪爐中取出一星火焰，塞入杖中，旋緊螺絲塞子。走過亞爾格斯時，見牠尚伏在樹下，大作其夢。到了中關，靈獒伸過鼻子。柏洛美索士把手杖向地上一放，伸手去摸那狗的頭皮，說著愛撫的話兒。狗將他身上周圍一嗅，嗅不出什麼可疑的氣味，即搖尾放行。柏氏急拾起手杖，一衝便衝出門去。到頭關，三頭惡狗，洶洶而至，正欲留難，柏氏立自行囊中取出潘都拉給他預備的一大塊加料牛脯，向狗鼻前一擺。這狗想必是多時沒有吃好東西吧，聞得那股香噴噴的肉味，饞涎直流，三個頭諂媚地側著，六隻眼對柏氏溫馴地注視著，尾巴搖個不絕，口中發出嗚嗚乞食之聲。你哪能想像這樣有名地府惡狗，見了食物，竟也會做出小哈巴兒的姿態，可見食物控制人類行為的力量果然大極，柏氏故意引逗牠好一陣，才將牛肉向十幾步以外一擲，狗撲過去搶時，他早出了這道金關了。

至於那看守十二道關卡的武士更非獸類可比，他們講情面、懂禮貌，見柏氏是副場長，乃自己的老上司，還有什麼懷疑。雖說檢查，也不過例行公事，於是柏洛美索士安然走出寧納司山，很順利地完成了盜火的大功。

九

柏洛美索士一日因覺身體疲倦，退朝比平時提早數刻。回到寢宮，發現嘉儀美德在他妻子床上。一向頭腦冷靜的科學家這一下也幾乎氣成瘋狂——因為他原是深愛潘都拉的。拔出腰間佩劍，對著這一對野鴛鴦劈頭就砍。奸夫滑溜，早從床後脫逃，只有潘都拉披散著一頭金絲柔髮，半裸著薔薇色的玉體，倒在丈夫腳下。

柏洛美索士將劍尖指定她的酥胸，逼取供狀。這個沒有心肝的女人從前為徇慾之故，可以背叛天神，現在為了惜命起見，又何嘗不可以背叛魔鬼？她將前後姦情經過，和盤托出：嘉儀美德是個冒充的腳色，他父親吒羅士是魔鬼頭兒普非良，百寶金箱裡的貨色也是魔鬼給換上的。來投效革命軍團的那些彪形壯士，都由魔軍改裝；滲入軍隊以後，即成幹部，嚴密控制住同盟國的部隊。打仗時，要他們去當雷灰，換言之，即令他們去做海浪戰術的資本。

潘都拉最後又洩漏出一段令人毛髮悚然的祕密：魔鬼待雷矢鍛煉成功，立刻舉事。舉事以前，先肅清內部不穩分子，黑名單上第一名便是柏洛美索士。因為他與魔鬼同謀革命，本是被騙，發現真相以後，一定要與魔鬼立於反對地位的。況且魔鬼階級觀念異常分明，預定戰勝後，將所有天神一概打入地獄最深處的韃韃獄，柏氏本屬鐵丹族㉜，乃宙士同宗，當然也不饒。

聽了這番話，柏洛美索士全身冰冷，像跌進一個冰窖。他哪裡知道這個口口聲聲喊人民利益的賢王吒羅士，卻正是那個喝人民血、吃人民肉、啃人民骨頭的魔頭普非良。自己一時愚昧，做了他的幫凶，這怎樣對得住天帝，對得住人民呢？目前事機間不容髮，自己早上天庭自首，教天神早作準備，或可補救萬一。但又想起以前曾當著宙士及群神之面，指著士蒂克司河立了大誓，倘洩漏天庭軍事祕密，願意永遠受鷲啄肝臟的苦刑，又覺得萬分的寒心。

柏洛美索士把自己鎖在那間研究室裡，在室中轉來轉去，日夜躞蹀不停。憤怒、憂慮、悔恨、懼怕……各種念頭，將他的靈臺方寸之地據作戰場，整日金鼓喧天，亂撕亂殺，使他不能有寸晷的安寧。他的胃口完全失去，睡眠對他更不需要了，眼眶箍了深深一道黑圈，頭髮本已花斑，現在是白如霜雪了。

後來「悔恨」似乎占了完全的勝利，將「懼怕」壓倒。

柏洛美索士覺得良心的自責，像一股陰火在他心裡慢慢燃燒，慢慢延燒到五臟，慢慢延燒到四肢百骸，血液在血管裡沸騰；渾身的細胞組織都似冒出綠熒熒的火焰，使他自頂至踵，無一處不感到難以言語形容的痛楚。他覺得口中極感焦渴，但又不想喝水，而且即使喝下許多水，焦渴依然如故。他極力鎮定自己的神經，想去睡一會兒，而全身神經卻扣得比百石強弩上的牛筋弦更緊，再也鬆弛不下來。他第一次才領會到人的精神痛苦竟是這樣難堪的。這痛苦從內部鞭撾著他，攢刺著他，撕裂著他，教他再也熬不下去了，他要瘋狂了，鷙啄肝臟的酷刑算得什麼，就去接受吧！原來我們人類痛苦的經驗是難於解說的：當你受著長期的痛苦時，你便不在乎短暫的痛苦；當你受著實際的痛苦時，你也不在乎想像的痛苦。譬如聽說人家要在你口中拔去一隻牙，誰都會從骨髓裡先酸起，但當你牙痛得七死八活的時候，你不是會乖乖地張開大口，讓牙醫把那冰冷的鐵鉗伸進你的口腔嗎？一個人平日聽說野蠻時代刀山油鼎的毒刑，覺得毛髮欲戴，那滋味簡直想也不敢一想，但當精神痛苦達於極點時，卻又覺得刀山可上，油鼎可下了。而且你還覺得熬受這些肉體的痛苦，反可以教你精神痛苦減輕一些，緩和一些哩！

不過鐵鉗一加，病牙拔出，痛苦便立刻消失了。刀山油鼎之苦，想也不過數秒鐘或數分鐘即可了結。而柏洛美索士自定的刑罰呢，卻不是這樣一回事。他自己原屬永恆不死的神種，這苦刑便要永遠受下去，宇宙可以毀滅，苦刑不能完結，這卻未免太可怕了。因此自首天庭，甘心受罰的事，卻也未可貿然即作決定。柏洛美索士一面在研究室中踱著步子，一面口中喃喃地唸著：「永遠！」「永遠！」他在研究室中繼續不斷地盤旋了九日九夜，幾乎將鋪在聚珍地板上的那一襲深藍色的絲絨文氈踏通。最後，他已精疲力盡，實在無法支持了，而且頭腦昏亂至極，再也想不出別的出路了，於是他決定還是上天自首。

十

自從情報長風神赫梅士帶回了魔鬼在北海島試驗雷矢的消息，宙士大驚失色，整個天庭為之震動。這項新武器的祕密怎麼會洩漏的呢？魔鬼又從哪裡得到火呢？大家議論紛紛，推測未定。赫梅士又報告說，魔頭普非良自擁有火以後，自己改號為「火王」；他又將火散藏在遍地球的樹木裡、石頭裡、礦井下、沼澤底，甚至海魚的鰭上、流螢的腹下、人類的骨髓中，都安下了一點子，天神想去搶奪和破壞，已是不可能了。神們聽了這話，更加了一層憂慮不安。

他們連日調查責任，搜捕嫌疑犯，尚未弄出結果，及柏洛美索士自行投案，才知道犯罪的原來是他。

宙士大會群神，當眾宣布了柏洛美索士的罪狀，然後對那個垂頭喪氣，站在下面的科學罪犯說道：「柏洛美索士，你以你科學家的身分，參加我們雷矢的鑄造，誰知你竟將我們最重要的祕密洩漏給魔鬼。你所犯的罪行是所謂『監守自盜』。你知道不知道？世間的罪惡以『監守自盜』為最可恨，因為它叫人疑無可疑，防不勝防。你以你科學家的人格、信用、名譽做抵押品，換取我們的信任，卻去替魔鬼工作；把我們耗盡心血和勞力的成果，輕易給魔鬼享受，未免太可惡吧！自從我們發明雷矢，本來可以很容易將魔鬼打敗，把他們趕回地獄，現在事情可棘手了。看來神與魔之間的戰爭，還要延長幾百年，大地生靈，還要大遭塗炭，這都是應該由你一人負責的。況且你本神族，卻甘心勾結魔鬼，背叛天庭，更該罪加一等。現在只有請你去受你自定的苦刑，這也是你應得的懲罰。你現在還有什麼話說嗎？」

「至聖的大父，萬神的君王！」柏洛美索士戰慄地說：「我犯下了這樣彌天大罪，萬死不足蔽辜，豈敢妄冀您的寬大。但我之敢於冒天下之大不韙，犯此罪行，也還是出於一念愛護人類的愚誠，我只不過是受了魔鬼的哄騙罷了。因為他們說您要消滅地球上的人類，像前回洪水之災一樣，我才冒昧出此一途的呀。」他於是將潘都拉攜帶下凡的天帝贈奩放出怪物，人民大受災害各情，詳細敘述了一遍；又將魔鬼控告天神種種殘暴荒淫的罪惡史，說出幾件；意思想天帝明白他這回之所以敢於謀逆，實迫於對弱小的同情心和對強暴的正義感；欲天帝觀過知仁，對他矜原幾分，因而減輕一點他應受的刑罰。他並不企圖免罪，苦刑不管怎樣長，只須有個結束之期，他便於願斯足。

宙士聽了，微微一笑，他像回答柏氏一人，又像對全體天神演說，說出一番話來：「柏洛美索士，你所提到的我們天神的壞處，十分之八九乃魔鬼所揑造，十分之一二卻也是實在情形。你要知道我們天神原是有缺點的。世間最完美的只那一位全知、全能、全善的創造宇宙的大主，一切受造者是不能同祂相比的。我雖稱為天帝，卻不是創造者，未有我之前，這宇宙不已先存在嗎？我雖能先知，卻不能全知，否則何致於委任你監造雷矢，以致於發生盜火之一案呢？我雖有極大的能力，卻強不過命運，同人類一樣要受命運的支配，可見我不是全能。我們天神也受喜怒哀樂七情的誘惑，也有男女的情慾，也有愛憎的偏情，我有時亦所不免，這又可見我不是全善。我們天神中間甚至還有縱慾敗度，帶累天國聲名，頗足令人惋惜的，所以我說魔鬼對我們的攻擊，並不算全無根據。」

宙士說時，不覺對坐在旁邊寶座上的愛神阿卜羅蒂德、戰神阿里士瞥了一眼，登時把二人羞得臉紅過耳，只恨無地縫可鑽。原來他二人最近鬧出件桃色新聞，便是那所謂「銀絲網」[33]故事，天庭傳為笑談，風聲也曾漏入宙士的耳朵，所以今日宙士偶然提起。

宙士又接下去說道：「柏洛美索士，你要知道我雖不是全知、全能、全善，能力究竟比地球人類強，所以宇宙大主委託我代理執行天帝的職權。上天之大德曰『生』，大地生靈既為上天所造，我這代理上天執行職權的人，當然要一體加以愛護。而人類比一切生物更為靈秀。我們愛護人類自然更勝一層。我常希望人類繁榮、發展、享樂、日進無疆；希望千萬年後，他們的生活也能達到我們天神的水準。我們的措施也許偶有疏忽，偶有錯誤，但，我們總在不斷地設法改進。我們日夜兢兢業業，為人民服務，唯恐有負上天付託之重，怎麼你能輕信魔鬼的謠言，說我們想毀滅人類呢？——便是上一回洪水之災，也是萬不得已，因地上人類信從魔鬼，怙惡不悛，罪惡的杯子既已滿溢，上天只好假我之手，作此懲罰罷了。

「告訴你，柏洛美索士，那真正想消滅人類的，倒是你現在所信奉的魔鬼。他們是想把地獄的制度帶到地面上來。先將全世界的人類都置於他們的鐵軛之下，做他們的奴隸和馬牛；然後將他們完全剿滅，以便繁殖魔鬼種類於三界。魔鬼為什麼這樣憎恨我們天神？也正因我們是人類的保護者。一天有我們在，他們一天不能恣意宰割人類，所以非打倒我們不可。你連魔鬼這個野心都看不出來，豈不是太糊塗嗎？你該知道同情心和正義感是盲目的，缺乏理智的指導，比失韁野馬更危險。你是學者，理智應該比別人堅強，誰知你偏偏比普通人更感情用事。你今日想我因為你對人類這點子盲目的好心，而對你原情略跡，那是不可能的，要知道我身為天帝者，雖有無限的仁慈，但也應該執行最高的正義啊！」

宙士演說既畢，又向兩邊的天神問道：「你們看我這番話說得如何？柏洛美索士是不是應該喝下這一杯他親釀的苦酒？」諸神尚未開口，那個智慧女神雅典娜乃天帝愛女，一向口角鋒利，不肯饒人，因惱柏洛美索士洩漏她所發明的雷矢祕密，而且也瞧不過他這副觳觫乞憐的神情，便搶著先發言道：「罷咧，柏老叔，你也太無丈夫氣了！一個人作事，既敢作，便敢當。你既有心違犯天條，便該有接受懲罰的勇氣，這樣苦苦哀求減刑，未免太丟人吧！況且你自命為『人類的恩主』、『人類的保護者』，卻盜火給魔鬼，給人類以莫大的災殃，你自問良心，也該對人類做個補贖呀！尤其可笑的：據你剛才的供狀，魔鬼居然要先肅清你。你雖然立了盜火那般天大的功勞，他們也全不顧念。可見向魔鬼靠攏是很難的，靠不靠在你，攏不攏卻在他。這樣刻薄寡恩的東西，你竟一點瞧科不出。虧你還負有『預見者』之名，我想正該同你兄弟依辟美索士『後思者』那個名號對調一下才是呢。柏老叔，請莫怪我說話太刻薄：我看你這次的自首，動機並不純潔，無非因想自己在下界反正逃不脫魔鬼的毒手，才上天庭來覬覦萬一的恩赦機會罷了。」

柏洛美索士受雅典娜這一頓挖苦，羞慚滿面，俯首無言。倒是天鐵匠浮爾甘念往日共事之誼，再三替他向天帝討情，說：「學者們對於政治情形每不留意，故判斷常多錯誤。柏洛美索士所犯的罪行乃是『愚昧』，我們對『愚昧』只有矜憐，不宜憤怒，何況自首原有減等之例呢。」

宙士也想到潘都拉乃天庭所遣，這件事天庭也該負點責任，便對柏洛美索士說道：「照理，我對你的發落是不能從輕的，因為你所犯的案情，實在重大。不過自首也確有減等之條，現在將你的無期苦刑改為有期，即由『永遠』改為『三千年』。期滿以後，自有一個英雄來解救你。現在你不必再有所陳，去吧。」

於是宙士派風神赫梅士為監刑官，叫殿前兩個校尉，一名「權威」，一名「力量」，押解柏洛美索士到高加索山去受刑。

宙士對其他諸人的處分是——

潘都拉本來自泥土，現在命她復歸於泥土。

柏氏第二兄弟依辟美索士曾有諫兄不聽，被迫去職之事，宙士憐念他，命他繼兄之位，統治原來的王國。

梅諾鐵亞士攛掇阿特臘士起兵為兄復仇。宙士用雷矢將前者打入韃韃獄，因後者曾誇下能肩負地球的海口，遂將天體擱在他的肩背上。也虧他竟有那麼叫人難於置信的大力，居然將天體負擔了一段時光。以後實在來不得了，卻又苦於無法擺脫。一日，遇人間英雄波索士經過，阿特臘士知道他攜有能使人一見即變為化石的女妖馬杜薩之首，哀求給他瞧一下。波索士如言，這個大力士遂化為一座高矗雲霄的大山，山名即如其名，至今尚聳立於非洲北部。

① 宙士，Zeus，羅馬名字是周比特(Jupiter)。希臘神話裡的群神領袖，也即是統治宇宙的天帝。

② 柏洛美索士，Prometheus，又名「預見」(Foreseeing)。其故事大概如本篇所述。

③ 人類的始祖，宙士第一次降大洪水消滅人類時，柏氏用計通知其子陶開新(Deucalion)及媳辟拉(Pyrrha)得以逃避。水退，子、媳見人類消滅，不知如何補充之。忽聞耳畔有聲曰：「取爾祖母骨殖向後擲之，勿反顧，則人類將再生。」二人大驚，旋悟曰：「大地為人類祖母，其骨殖則山也。」乃撿山石向後擲，夫所擲者皆為男人，婦所擲者皆為女人。人類復繁。

④ 依辟美索士，Epimetheus，又名「後思」(Afterthought)。

⑤ 迦伯特，Japet，一作伊卜脫士 (Iapetus)。屬於鐵丹族 (Titan) 之巨人，在大地極西建立王國。

⑥ 阿特臘士，Atlas。意譯為「擎天神」，即肩負天體之巨人。

⑦ 梅諾鐵亞士，Menoetius。一般希臘神話謂他與柏洛美索士等四人為兄弟。他起兵反叛天帝，被宙士雷矢打入地獄。

⑧ 韃韃獄，Tartarus。地府最深一層，為魔鬼所居。凡為宙士雷矢所擊之人物，亦墜此獄。

⑨ 普非良，Porphyrion。魔鬼領袖，號「火王」(The Fire King)。

⑩ 浮爾甘，Vulcan。天帝宙士之子。其母天后希拉 (Hera) 與丈夫爭吵，遭夫毆辱。浮爾甘上前救護，被宙士推出天庭，墜落地上，因跛其足。一說，天后生浮爾甘時，見其容貌醜陋，惡而推墜於地云云。此神名字來自火山。又此神為火神，火焰動搖不定，故神之足跛。

⑪ 寧納司，Lemnos。浮爾甘工場，不止一處，此為其一。

⑫ 奧靈匹司，Olympus。在希臘北境，景色奇麗，峻不可上。希臘古代遂指之為天神所居之處。

⑬ 雅典娜，Athena。自宙士頭顱中生出。

⑭ 賽白拉斯，Cerberus。地府之三頭惡狗。

⑮ 獵人星，Orion，音譯奧里恩，一譯好獵翁。為海洋之子，見愛於月神狄愛娜 (Diana)。阿坡羅 (Apollo) 紿其妹將其射死。月神發現其誤，痛悼莫名，將奧里恩及其獵狗西里奧斯 (Sirius) 均送置天上。奧里恩成獵人星座，西里奧斯即天狼星。

⑯ 亞爾格斯，Argus。為天后希拉親信。宙士與娭娥 (Io) 戀愛，天后罰娭娥變為牝牛，使百眼怪看守，因其有百眼，永不睡眠。宙士乃使風神赫梅士 (Hermes) 吹笛以娛之，使之沉睡，救娭娥而去。天后恚甚，罰亞爾格斯變為孔雀，其百眼均排列尾上。

⑰ 赫梅士，Hermes，又名莫考來 (Mercury)。捷足善走，為神之使者，又為商業、旅行、牧人、盜賊之主保。為天帝宙士及平原女神美亞 (Maia) 之子。

⑱ 機械人，天鐵匠浮爾甘以銅（一說鋼鐵）為機械人，名曰達拉士 (Talus)。其體中有血管一條，自頂直通至踵，固以螺釘，行動如人，且有靈明知覺。天鐵匠以贈克里特 (Crete) 國王彌諾士 (Minos)，王欲斷絕旅客往來，置銅人港口，每日巡行領土三次，見有旅客登陸，銅人輒自燒紅透，誘客抱之於懷，使之烙死。亞各 (Argo) 船諸英雄取金羊毛返，登克里特之岸，銅人磔石拒船員，不使近。後為卡斯託 (Castor) 及普拉克士 (Pollux) 兩兄弟所擒，然無以殺之。智慧女神教以轉其體中螺釘，血皆溢出，銅人遂死。

⑲ 阿坡羅，Apollo。為太陽神，希臘神話關於彼之故事特多。彼又為音樂、文藝、醫學之神。

⑳ 狄愛娜，Diana。為月神，與阿坡羅乃孿生兄妹。

㉑ 海克士，Hercules，一名海拉克士 (Heracles)。天帝宙士與克里特國王之妻雅爾克曼 (Alcmene) 所生之子。生而神力無雙，曾於初誕之夕，在搖籃中，扼死天后遣來二巨蛇。後以瘋狂（天后使然）誤殺其諸子，悔恨出走，受役梅生耐 (Mycene) 國王優萊索士 (Eurystheus)。命作苦役十二端，海克士一一達成之。

㉒ 特洛伊，Troy。小亞細亞名城。荷馬史詩《依里亞特》(*Iliad*)所敘，全為特洛伊圍城之事。

㉓ 士蒂克司河，Styx。冥界四河之一，為諸神所敬憚，指以為誓，則不敢背。

㉔ 高加索山，Caucasus。宙士縛柏洛美索士於此山，令受苦至三千年。後為人間英雄海克士所釋放。

㉕ 阿卜羅蒂德，Aphrodite，即羅馬委娜絲(Venus)。但二神來源不同，實非一體，故本書有時作為一神，有時則作為二神。

㉖ 阿里士，Ares，羅馬曰馬爾士(Mars)。火星之神也。

㉗ 説服女神，Goddess of the Persuasion，其名為璧都(Peitho)。別名甚多，不具錄。她以金鍊贈潘都拉(Pandora)作為贈嫁奩具之一。

㉘ 優雅仙子，The Graces。其數不止一人，皆為天后希拉之女。

㉙ 賽克公主，Psyche。愛神邱比德(Cupid)情人。

㉚ 潘都拉，Pandora。在希臘語文中，pan為「全備」之意，dora義為「贈品」，一曰「天賦之才能」。希臘神話謂潘都拉乃宙士命浮爾甘以泥土和淚捏成之。以賜依辟美索士為妻。其兄柏洛美索士知天帝贈奩之寶箱有異，叮囑勿開。然依辟美索士為後思之人，思想遲鈍，竟聽潘都拉開啟，由是人間遂有百種災禍。但希臘古代又謂潘都拉為柏洛美索士妻，本文所取為此說。

㉛ 嘉儀美德，Ganymede。丹爾丹尼(Dardania)國王吒羅士(Tros)之子。宙士見其貌美，化為巨鷹，攫之上天，筵宴時，命捧酒盞，曰「捧盞者」(cupbearer)。在奧靈匹司神山上，捧盞者甚多，普通皆為仙女。在原來故事中，送潘都拉至下界者，實為風神赫梅士。

㉜ 鐵丹族，Titan。

㉝ 銀絲網，愛神阿卜羅蒂德為火神浮爾甘妻，憎夫貌陋，與戰神阿里士私通，其夫製網將兩人網住。見荷馬史詩《奧德賽》(*Odyssey*)。

天馬①

一

這不是一匹尋常的馬，因牠有一身銀白色的柔毛和銀色的雙翅，牠的鳴嘶也清越有如銀笛。牠能在天空裡飛去飛來。當牠緩飛之際，像一隻掛著白帆的小船，航行於藍波萬里的海上。牠若疾馳呢，那便像一顆流星滑過無際的蒼穹，曳著一道美麗的光輝。因牠有翅能飛，所以牠的名字叫做天馬。

愛琴海邊婆倭替亞②國有個幽美絕倫的山谷，名叫赫麗崆③，谷中有一道清澈的流泉，名叫希坡克靈④。這山谷是我們的天馬最愛遨遊的地點，而泉水則又是牠所最樂於吸飲的，因這緣故，牠每晚都要飛來谷中，天明始去。

每當夜深人靜之際，滿月漾開一片銀波，浸著赫麗崆山谷。

杜鵑鳥山前山後互相叫喚，叫得滿山月光更清冷了。

天馬此時必從天外冉冉飛來，有如鶺鷹之翱翔於碧空，一面打著迴旋，一面逐漸飛近。牠的影子由米粒大小的一顆明星，漸漸放大，終於一朵銀雲似的落在希坡克靈的泉邊，於是我們便可以窺見牠細頸高蹄，神駿非凡的全貌，並且我們也可以清楚聽見牠那清如銀笛的鳴聲。

在月夜，整個赫麗崆山谷是銀的，水光和樹影是銀的，聲音也是銀的。

二

白晝的時候，赫麗崆又另有一種風光。

森林幽石之間有無數綠草如茵的斜坡，微顫風中的野花，媚眼窺人，或向人嫣然微笑。芳草間點綴這許多淺紫深紅的花卉，綠坡變成一條一條的精工織成的波斯文氈。不過人工織成的氈子，無此柔軟，也無此芬芳。

山中有無數流泉，源於地母之心，湧出石罅，流向人間。這是地母甘芳的乳汁，用以哺育世間各種含生之倫的。

泉中最大者便是那個希坡克靈。它自最高的山峰，傾瀉而下，直落谷底。因石坑的反彈，又迸跳而起，高達數丈。浪花噴薄，如萬斛碎玉之落自碾床，但見瓊屑亂飛，繁瑛四濺，花花白成一片。陽光映射之際，雌霓雄虹，變幻無定，七彩暈眩，不可逼視。風過處，則細珠霏霏，飛颺遠近，撲到人的臉上，一股清涼之意，把人的靈魂都要冰成了水晶。

希坡克靈泉水流到山前，匯成了一個明漪照眼的小湖，水色碧綠，逾於翡翠，長著無數睡蓮，微風吹來，幽香陣陣。睡蓮原慣於在月光下作夢，日光下，它們也是不會醒的。夢的翅膀到處亂飛，整個赫麗崆山谷即在白晝也帶著一種恍惚迷離，如夢如詩的情調。善於尋夢的詩人，到了此間，應該認為發現了他們理想的樂園，不再想回到那塵濁世界裡去了。

不過赫麗崆原是夜的世界，晝景究竟不如夜景之美，我們還是來談它的夜吧。

希坡克靈的泉水比山中任何的水都更甜美、更涼爽。從前原無此泉，天馬來到此山，舉起銀蹄一踢，泉水便噴薄而出，所以這泉是天馬的私泉，除了牠誰也不能享受。仙女們每於月夜光降此山，九位繆司更是此山常來的貴客，時於林中偃仰嘯歌，舉行她們的文藝晚會。她們的芳蹤和天馬的俊影，每為山中守護羊群，夜間不寐的牧人所瞥見。但他們也只有一瞥的眼福而已，才一定睛細認時，便什麼都消失了，仙靈的蹤跡，原非俗眼所能久瞻的呀。

三

天生之材，必有所用，像天馬這麼個俊美的生物，這麼匹神駿的馬兒，哪能永久投閒置散，牠建功立業的日期，終於到來了。

黎西亞[5]國有一個名為卡里[6]的地方，一向安寧無事。一日，忽然來了一個怪物，頭如猛獅，身如綿羊，後面又拖著一條又大又長的龍尾。據說牠的名字叫作吉迷拉[7]。牠的來歷當然極不平凡，不過現在我是在這裡說故事，並非作神話考證，只有暫時按下不表。

吉迷拉不唯形狀生得怪異，還有特殊的本領。牠與敵人交戰之時，口中能噴出數丈遠近的火焰，不只將敵人燒得焦頭爛額，無處藏身，還能把敵人的陣地燒成一片火海。噴火之外，牠又能吐水，大股纚纚不窮的狂泉，向敵人沒頭沒腦澆過去，把敵人澆得有眼難睜、有手難舉，每乘敵人狼狽之時，張牙舞爪撲去，將他一口吞下。憑牠這種神通，敵人雖有千軍萬馬也奈何牠不得，只有任牠橫行了。

吉迷拉在卡里吞噬人畜，蹂躪田隴，將那地方攪成荒涼的廢墟，牠的凶焰又漸及於鄰近的土壤。

黎西亞國王伊奧拔特士⑧為了拯救他的人民，重禮延聘高人來制服這個巨怪已非一次，都無效果。後來聽說有個年少英雄伯勒樂芳⑨，武勇非常，新自他本國哥林司到阿爾果司⑩作客。阿爾果司國王是黎西亞國王的女婿，他遂派了一個使者告訴那個國王，申明想禮聘伯勒樂芳之意，請他將那個英雄送來。

伯勒樂芳在阿爾果司，頗受國王柏羅達⑪優禮款待。但王后恩娣⑫愛上了這英雄英俊的儀表，向他屢輸情款，被他拒絕，懷怨於心，反向丈夫進讒，說伯勒樂芳企圖對她無禮，因之國王也恨他了。但照希臘那時候的習俗，一個做主人的不能殺害他的賓客，否則必為輿論所不容。現在他送伯勒樂芳到黎西亞，卻附了一封密札，要求他丈人置這英雄於死地，以報妻子被辱之仇。

黎西亞國王讀信以後，想道：像吉迷拉那怪物有誰制服得了，現在讓這英雄去試試看。能夠殺卻怪物，乃國家之大幸，將來再想法子收拾這個人；不能呢，便借怪物的爪牙，替女婿雪恥，豈不免了我許多麻煩。

伯勒樂芳也已風聞怪物能力甚大，未可輕敵。出發前，先去請教預言家波里杜士⑬，預言家告訴他：要想征服此怪，須獲得有翅天馬為助。而這匹天馬曾經智慧女神雅典娜馴服，又將牠贈送了九位文藝女神，所以要想得到天馬，必須到雅典娜廟中祈求。

伯勒樂芳如言，到女神廟殺羊祭奠。通誠以後，夜間即寄宿廟中。夢見雅典娜給了他一副金轡頭，叫他帶到赫麗崆山谷，陳列於希坡克靈湖邊，天馬自會就範。伯勒樂芳翌晨醒來，發現那副金轡頭果然在他身邊。

四

滿月的清輝，將整個赫麗崆山谷沉浸在銀波裡。

杜鵑叫得心也要碎了。

希坡克靈湖水在月光溫柔撫愛之下，微漣不起，沉沉睡去，萬朵睡蓮，便是萬朵縹緲仙靈的夢。

杜鵑已叫得不能再叫，四山靜悄，萬籟俱寂，忽有銀笛的鳴聲，劃破長天的寥廓，天外一顆明星，帶著美麗的尾光，冉冉飛來。這是什麼呢？除了那可愛的天馬，還有其他生物有這樣俊美和神奇嗎？

天馬從容在泉源頭喝過水，在綠坡上打過滾，在林中任意遨遊一番，便到這湖邊來。忽見深草裡一道閃閃的金光，吸引著牠的視線。牠走近一看，原來是個轡頭，不知是誰將它陳列在這裡。

當牠認清了這是個轡頭，知道這對牠們馬類是最為不利的東西，便想立刻捨之而去，但那副轡頭製造得煞是精緻，而金光的燦爛，尤其奪目動心，天馬看得不覺有些迷醉了。

牠用鼻子去嗅嗅它，用牠前蹄去翻翻它，像一個頑童反覆視察一件玩具，想將它拆開，探索其中祕密，藉以滿足牠好奇的童心。最後，牠竟跪下前蹄，伸出牠的頭顱，試著鑽進那個轡頭裡去。牠大約在想這個可愛的轡頭，和牠自己銀白色美麗的頭顱，一定非常相稱，所以想戴上它到希坡克靈湖畔，顧影自憐一回。

誰知這個轡頭上畫有智慧女神的符咒，牠的頭顱不鑽進則已，才一鑽進，那轡頭便自動地收攏，將牠緊緊拘住，再也掙扎不脫。便是這樣，牠成了英雄伯勒樂芳的坐騎。

五

伯勒樂芳獲得這匹神駒，膽氣為之大壯，整備武裝，到卡里地方和巨怪吉迷拉作戰。

那怪物見伯勒樂芳前來，發出一聲怒吼，張開滿口雪白的獠牙，舉起銳利的前爪，向他撲來。這英雄右手挺著一柄鋒利的長矛，左臂蒙著一面精銅鑄成的圓盾，縱馬將牠抵住，矛鋒閃閃作光，只在怪物咽喉心臟盤旋上下，像雷火之灼擊老樹，不將它擊倒不休。

兩個大戰十餘回合以上，吉迷拉見不能取勝，又怒吼一聲，猛然側轉身軀，舉起牠那鱗甲森森的巨尾，向伯勒樂芳只一捲，好像沙漠獵人擲出繩圈去扣前面飛奔逃走的駝鳥，總是一撈一個著。但牠的敵人非常機警，連人帶馬向上一縱，離地立刻十數丈之高，教牠撲了一個空。吉迷拉再用巨尾猛力橫掃過來，便是一座鐵塔，也會被它打坍，又被牠的敵人以同樣的方法躲開了。

吉迷拉首尾都無可著力，愈為憤怒，愈狂吼不已。卡里連綿的山谷，為牠吼聲所震動，如暴風雨將臨前的一剎那，憤懣的雷霆在雲陣裡轆轆亂滾，整個的空間都為之戰慄起來。

吉迷拉使出牠最後的神通，初則亂噴烈焰，繼則又吐大水，牠的敵人跨著天馬，左閃右躲，飛翔空中，水火都傷害不到他的毫髮。

一條毒蛇咬不著敵人，狂怒會教牠回首自噬。一個勇士發拳猛擊對手，拳頭若落了空，那股力量便回到他自己身上來，往往使他閃倒在地。吉迷拉一生中還是第一次打這惡仗，牠的攻擊雖極猛烈，無奈總撈不著目標，因此牠也比平時更易疲乏，伏在地上，吐出鮮紅的舌頭不住地喘息。伯勒樂芳乘這機會，張開寶弓，發出如蝗的飛箭，有的射在牠的背脊上，有的射在牠的兩脅旁。吉迷拉頭的皮革和尾的鱗甲雖然厚，身軀則不過是隻綿羊，具有羊的荏弱之點。但見牠身上聚鏃如林，鮮血涓涓溢出，最後，牠掉轉龐大的身軀，意圖逃遁。伯勒樂芳跨著天馬，一道電光似的從空直落，一挺長矛從怪物肋旁刺入，直透牠的心臟，吉迷拉慘叫一聲，便頹然倒在地上死去了！

伯勒樂芳奏凱回朝，黎西亞國王一喜一惱。喜的是巨怪吉迷拉已死，永除一方之害；惱的是他女婿的仇人安然回來。他只有假意為那英雄大開慶祝的宴會，加以種種慰勞。過了幾時，又請他去討伐凶惡的沙里米人⑭和悍潑的女人國人⑮。借助於天馬，伯勒樂芳一一成功。當他返國之際，林中遇見一支伏兵，這是國王挑選本國最勇猛的戰士，偽裝強盜來對付他的恩人和嘉賓的。又是天馬得力，伯勒樂芳將這支伏兵殺得落花流水。

黎西亞國王見這位英雄無法可以屈服，只有釋怨為歡，盡心款待，後來竟將愛女招他為婿，並將王位也傳給了他。

伯勒樂芳從此安富尊榮，為一國之主。遵照智慧女神夢中再度的指示，將天馬放回赫麗崆山谷，恢復了牠的自由，那副金轡頭則安置女神廟中，作為供品。

六

魔鬼的領袖普非良日夜計劃著，怎樣傾覆天庭的統治，好讓他自己來做三界的主人。他知道天馬飛翔的能力，也聽見過那副金轡頭的故事，打定主意要到雅典娜神廟把這寶貝盜取出來。

魔鬼的陰謀詭計本來教人防不勝防，而神仙的疏忽有時也難教人原諒，這副金轡頭畢竟落於魔鬼之手。他將它改造得更為華麗，仍舊送到赫麗崆的希坡克靈湖邊。

七

月兒漾開了千頃的銀波，將赫麗崆山谷幻成了一座滿盛鎔銀的洪爐，滿山參差的樹影，搖拂夜風裡，有如通明的銀液在爐中滾滾翻動，看去但見一片璀璨的滉漾不定的光采，那麼的清冷，又那麼的柔和。百道流泉，齊鳴競奏，琤琮盈耳，所奏的也是一種銀色交響曲。其中希坡克靈的泉色更明，聲音也更高亢而美妙。

在月夜，整個赫麗崆是銀的，山光和樹影也是銀的，聲音也是銀的，不是嗎？

天外，忽又有悠長的鳴聲。清越有如銀笛，一顆明星帶著美麗的尾光，冉冉飛近了。啊，可愛的天馬，你又來了。

萬朵睡蓮仍然在希坡克靈的湖上作著它們的好夢。有時一朵花兒偶然欠伸了一下，如鏡的碧波，便記錄下它那婀娜多姿的倩影；一朵花兒低聲噫了一聲氣，吐出它鬱積過多的幽香；一朵花兒無意間仰起粉靨，接受月光一個溫柔的吻，它們這麼稍稍動搖一下，又都睡去了。睡得那樣香甜，好像世上沒有東西可以驚醒它們似的。

天馬到希坡克靈泉源頭飲過了水，綠坡上打過滾，林中遨遊過一番以後，便到這湖邊來。這並不說湖水不如上流清潔，只因牠不忍驚擾這些歡喜作夢的睡蓮，故此牠不來湖中喝水。

吸引著牠視線的，是湖邊深草裡一道閃閃金光，走近一看，原來又是那個從前曾捕捉過牠的轡頭。

這還是從前那個轡頭呀，可是上面的裝潢比以前不同了。那轡頭上面鑲嵌著各色寶石，雀卵大的金鋼鑽和夜光的明珠，比王中之王、帝中之帝的冠冕，還要珍貴；比天空最大的星座，還要輝煌。天馬看了它，又不由得迷醉了。

「這燦爛的黃金顏色，這五光十色的寶光，襯托著我的銀白色的頭顱一定比前更為好看，戴上它到希坡克靈湖水裡照照影子無妨。難道又有個什麼英雄伯勒樂芳來捕捉我？即說讓他捉了去，那也沒什麼要緊，和惡魔巨怪戰鬥，難道不是很開心的事？何況他最後總還要恢復我的自由呢。」

天馬作此想後，又去鑽那轡頭了。誰知這回作牠主人的並不是什麼為民除害的英雄，卻是那專與天神為敵，一意殘害人類的魔鬼。

八

魔鬼自從俘擄了天馬以後，還給牠戴著那副光耀的轡頭，但口中則給牠加了一道又粗又硬的鐵嚼環，牢牢扣住牠的舌子，好讓他們自由控制著牠，要東便東，要西便西。

天馬雖然會飛，卻還飛不到天頂心的高度，也飛不上天神地上宮闕的奧靈匹司神山。魔鬼要訓練牠高飛的能力，每天跨在牠背上強迫牠向高處飛。

魔鬼的訓練是非常殘酷的，他們不讓天馬吃飽，卻要牠馱著高飛。不但用鐵鞭驅策牠，還用利錐刺牠的脊肉，刺得牠血肉淋漓。鐵環扣住牠的舌子，牠不但再不能發出那清如銀笛的嘶聲，連滿腹的煩冤都無從呻喚一下。可憐的神駒，牠本是逍遙世外，自由自在的仙物，現在所得的待遇，連一頭躑躅風塵的跛驢，也有所不如了。

牠常後悔不該貪愛那副鑲珍嵌寶的黃金轡頭，致落得這樣個不幸的結果，但現在已經遲了。

魔鬼覺得他的訓練已經成功，他想跨著天馬，一直飛上奧靈匹司，來一個出其不意的攻擊，或者可以達成傾覆天國的企圖。

在天帝宙士一連串的雷矢轟擊下，魔鬼迅速翻下馬背，墜入愛琴海，僥倖逃脫了性命，那匹無辜的天馬，卻給天帝的雷火，燒成了一陣飛灰！

九

赫麗崆山谷從此不見了可愛的天馬的蹤跡。月亮灑下大滴銀色的眼淚，默默地悲傷著。濛濛的霧氣，將山中萬物，都籠罩於一層朦朦朧朧如殮衾的白紗裡。樹木枝葉下垂，慘然無聲，為天馬哀悼。

流泉雖把它永遠傾瀉不完的幽恨，流入大海，還在那裡不斷地嗚咽，直嗚咽得杜鵑也抱著碎心，遠遠飛開。

希坡克靈乾涸了。它本是天馬用蹄子踢出來的，天馬一死之後，它便鑽回了地母的腹中，銀色的瀑光和銀色的音樂，從此也在人間消失。

湖中睡蓮也都驚醒了，它們互相耳語：天馬哪裡去了？及它們得知那個不幸的消息，個個垂下粉頸，花容憔悴，終於一齊枯萎而死。

九位繆司再也不到此山舉行文藝晚會，赫麗崆從此成了荒涼的山谷，因為天馬不再來了。

①天馬，據希臘神話，天馬名白介沙斯(Pegasus)。有翅能飛。西洋人用以象徵文思，一般則指文學。
②婆倭替亞，Boeotia。
③赫麗崆，Helicon。文藝女神聚會之所。天馬即由雅典娜贈送女神等者，故常喜遊戲於此山。
④希坡克靈，Hippocrene。此泉為天馬蹄子所踢出。
⑤黎西亞，Lycia。
⑥卡里，Caria。
⑦吉迷拉，Chimaera。獅首羊身龍尾之巨怪。
⑧伊奧拔特士，Iobates。
⑨伯勒樂芳，Bellerophon。哥林司(Corinth)國王之子。得天馬之助誅吉迷拉後，晚年企圖乘天馬上奧靈匹司神山，宙士使牛虻叮馬，馬跳躍不已，伯勒樂芳顛墜空中，跛一腳，盲兩目，自此殘廢。一說被宙士雷矢殛死。
⑩阿爾果司，Argos。
⑪柏羅達，Proetus。
⑫恩娣，Antea。
⑬波里杜士，Polyidus。
⑭沙里米人，Solymis。
⑮女人國人，Amazons。

蜘蛛的故事

一

昆蟲界裡，蜜蜂、螞蟻之外，手段最精巧的要推蜘蛛，而最殘忍刻毒的也要推蜘蛛了。牠口中吐出一條條爍亮的銀絲，在樹枝之間，或畫廊之下，結成一張緻密的羅網來獵取過往的飛蟲。牠將羅網布置妥當，便牽著一條纖長的索，埋伏在隱祕的地方，虎視眈眈地等待著。設有一隻不幸的小蟲，撞進了牠的圈套，翅和腳被蜘蛛絲上的黏液膠住，掙扎時不免牽動那條索子。蜘蛛便飛也似從暗處搶出來，三腳兩腳緣索猱升而上，先用有毒的齒牙替牠的俘虜注射一針，使牠麻痺得不能動彈，再吐出絲來將牠牢牢縛定，然後慢條斯理地一口一口細享這頓精美的大餐。蜘蛛天生一個便便大腹，食量甚宏，聽著俘虜的哀鳴宛轉，食慾像因刺激而更加亢進，往往一頓可以吞下一隻螳螂或一匹大蟬。倘使那天牠的運氣好，獵獲物太多，當日吃不了，便留著明日後日來吃。

蜘蛛吃小蟲時是絕不肯爽利地一下便將牠弄死，習慣是在這個俘虜身上咬上幾口，又去咬另一個，讓牠們掛在網上求生不得，欲死不能，痛苦嚶鳴，每延至數晝夜，蜘蛛最愛聽的便是這種音樂。

動物親子間的愛情本來薄弱，但配偶之愛卻還是有的。當蟲豸們到了求偶的季節時間，會唱歌的，整天整夜，在樹梢和草叢裡，唱著悠揚動聽的戀歌；有色彩的，向對方炫示牠那五色輝煌的外衣和滿綴金星的馬甲；工於言情的，攜著愛人的玉手在碧莎淺草間，切切深談；有武力的，盡其搏擊之能，打倒情敵，以博心儀美人的一粲；有光亮的，提著瑩如綠玉的燈籠，遙隔稻畦或煙水長汀，一閃一閃地同牠倩侶打著約會的信號。當朝陽鍍金了夏晨，當皓月染銀了秋夜，在我們這個世界裡，也可說在另一個縹緲幽深的神仙世界裡，正有無數這樣可愛的小精靈們在互相挑逗著，招引著，追逐著，百端做著愛的遊戲。於是一笑無言，芳心默許；於是草際盟心，花間定約；於是籌備鋪張，正式舉行結婚大典。看呀，蝴蝶斜披彩衫，黃蛾淺畫雙眉，蜜蜂捧送甜糕，蠹魚慨分銀粉，都來替這些新郎新婦添妝賀喜。聽呀，蟋蟀彈著瑤琴，蚱蟬戛著玉磬，蚯蚓吹著長笛，青蛙敲著鼕鼕的小鼓，在綠蔭如錦的帷幄下，合奏婚禮進行曲。這場面是綺麗極了，也莊嚴極了。你別看輕牠們只是些渺小的生命，要知道牠們戀愛的哀感頑豔，可泣可歌，比我們這些號稱萬物之靈的人類還要勝過幾多倍呢。因為牠們的結合完全遵照著大自然的法律，牠們都是拿整個心靈，整個生活，來盡這延續種族的神聖義務的。所以牠們把戀愛表演得這麼熱狂，這麼真摯，這麼高尚而純潔，不像我們人類常常以婚姻為兒戲，常常摻雜著其他的動機。

但是蜘蛛的戀史在昆蟲界卻獨具一格，竟是用一串猩紅的血字渲染而成。當一頭雄性蜘蛛向牠女王獻媚以後，照例要葬身女王的腹中，百無一免。溫存未終，便已血肉狼藉，才欣然踏入溫柔鄉，卻被黑風飄墮羅剎獄，說來真使人毛髮悚然！母蜘蛛對於這殘酷的事實，卻有一套理論，牠說：「戀愛的目標，無非在於傳種，傳過種後，雄蜘蛛便成了毫無用處的東西，不吃掉牠幹嘛？況且孕婦需要豐富的營養料，多吃活食，才可使下一代子孫的體格更加強壯，將來才可以在生存競爭的世界裡取得勝利。」這可見蜘蛛在蟲類中原是百分之百的唯物主義者。大凡唯物主義講究到頭，一定要弄到互相憎恨，互相殘殺，即父子夫婦間也不容許有溫情的存在，蜘蛛的婚姻慘劇，也算是邏輯上一定的結論吧。

二

世界萬物之所以發生和存在，都是由於造物主奇妙的工程，我們實無法窺其玄奧，但有一件事卻可使我們深信不疑，這便是上帝祂老人家對於這紛紜萬彙並非一口氣創造成功，卻是一點一滴陸續著造的，所以從前沒有的，後來漸有；從前不完全的，後來變成完全。據說世上本沒有蜘蛛這一類的生物，牠的來源有一個有趣的故事，現在讓我敘述出來。

從前黎蒂亞①的某鄉村有一個姑娘名叫阿拉慶②，天性酷愛女紅，凡縫紉、編織、刺繡、紡織無不會來一手。在各種女紅中，她最自負的是紡織，能夠自出心裁，設計出若干圖案，雖翻來覆去，不過是那幾種花樣，也虧她安排得順理成章，看去頗足動目。阿拉慶雖不過是鄉下姑娘，野心卻有相當的大，常想出人頭地，叫滿村莊的人都來頌揚她。她想專心女紅之事，所以不肯結婚，少年們向她求愛，往往遭她叱辱，是故頗有人批評她性情冷酷。

魔鬼想推翻天神的統治，第一步便是想法破壞人們對於天神的信仰。他見阿拉慶的技巧和虛榮心大可加以利用，遂派了一個聰明頭目，變成一個女巫來和她做朋友，叫她專門織造神魔間的故事，那些故事對天神極為不利，而對魔鬼則恰恰相反。他要使人們相信天神腐敗墮落，他們的制度只有令人痛苦，我們要想過好日子，非接受魔鬼的統治不可。魔鬼教阿拉慶以深文羅織的技術，一個善良的人，可以說成窮凶極惡；又教她淆亂是非的標準，顛倒善惡的價值，一個殺人不眨眼的屠伯，頂上也可暈出聖人的圓光。至於怎樣哄騙青年來做魔鬼的工具；怎樣扼殺人們的良心，窒息正義的批評，使人們忘記本鄉本土的利益而去替魔鬼打天下，種種方法更是層出不窮。

阿拉慶生性本來冷酷，心胸又復窄隘，受魔鬼的漬染既久，自己儼然也變成一個陰森森的魔女了。魔鬼又教阿拉慶廉價傾銷她的織物，只須盡到宣傳的義務，白送人家也未嘗不可以。橫豎魔鬼口袋裡有的是錢，阿拉慶也不愁賠本。這一類的織物日夜不斷地從阿拉慶機上產生出來，誣衊天神和頌揚魔鬼的話兒，散布到窮鄉僻壤，先是一群淺薄青年瘋狂地跟著魔鬼走，後來老成人也被牽著鼻子跑了。不但阿拉慶所住的村莊空氣改變，整個黎蒂亞都激動起來。天神的廟宇日被破壞，代替的是一座座新豎立的魔鬼祭壇。人們對於從前所崇奉的神明再也不存什麼希望，而魔鬼所發行的未來黃金世界的「預約券」，則在每個人耳邊響著天樂般的和諧，在每個人的眼睛前閃著旭日般的光采。

三

阿拉慶既擁有許多信徒，把自己封為世界第一紡織師。但她覺得人們對於天上智慧女神兼紡織女神雅典娜還存有殘餘的崇敬，若想在工藝界唯我獨尊，一定要將雅典娜徹底打倒，所以她毀罵雅典娜更比別個天神厲害。在她的針誅線伐之下，雅典娜簡直是體無完膚。

雅典娜在天庭聽見這個消息，幻形為一老婦下降凡塵，來到阿拉慶家中，想看個究竟。她見阿拉慶的技巧果甚可取，一時動了憐才之念，想將她導入正軌，便說出一番好話來規勸她道：「藝術之為物，無論如何總離不開真美善三個字的條件，工藝品也不能例外。你專門散布謠言，捏造天神的罪狀，說美麗的謊，替魔鬼遮飾，便是不真；貪圖魔鬼的金錢，賣身投靠，又企圖借此吸引青年，造成自己的藝壇上的地位，便是不善；不真不善，美於何有？你空具才智，卻誤入歧途，侮辱了藝術，也侮辱了自己的人格，我實替你可惜，趁早回頭，還可補救，希望你去仔細想想。再者你每天對人嘲罵雅典娜，說她紡織的手段不如你，你敢同她比賽嗎？」

阿拉慶不但不服，反對雅典娜大肆咆哮：

「我瞧不起雅典娜，與你這老婆子什麼相干，要你來多嘴！你說我和雅典娜比賽，哼！要是她敢，只管請來，我阿拉慶不將她打得抱頭鼠竄而去，情願終身倒掛在空中！」

忍無可忍，雅典娜現出了她本來的形狀：

「好，我就來同你比賽一下！」

四

村中鬨動了阿拉慶和紡織女神雅典娜比賽紡織的新聞，大家都想來看熱鬧。男女老幼，雜沓而至，把阿拉慶一間機房，擠得幾乎連牆壁都倒塌了。擠不進去的則巴在窗檻上，或攀在庭中的老樹上，簡直是人山人海。

雅典娜發動了一個神祕的命令，平地湧起一座鑲滿珍寶的象牙織機，她坐了上去，左右伺候的仙女從金絲筐裡抖出一糾一糾的細紗。這紗原用奧靈匹司山腰綿軟的春雲紡成，送到銀河邊漂洗過多次，漂得雪似的潔白，再用絢爛的朝霞染成五色，展開時，光華奪目，恰像雨後彩虹般的燦爛。

紗線上了織機，金梭兩頭掠來掠去，雅典娜宛似一個技巧純熟的琴師，信手揮絃，便彈出一篇絕調。

她的手段果然十分神奇，頃刻間滿眼雲煙繚繞，織成了一幅極其精美的圖畫。

從前雅典城建造成功後，雅典娜和海王普賽頓爭著要做這城的主保神，相持不決。天帝宙士出面調解，叫他倆各造一樣有益人類的東西，誰造得優勝，誰主有此城。普賽頓用鋼叉叩海，海中跳出一匹壯馬——人間之有馬據說便始於此時。雅典娜則創造出一株橄欖樹——大地之有這可愛的嘉樹，也便是這場競賽的結果呢。宙士判斷道：「馬雖有益於人類，但馬又是戰爭的利器，世上有了這種動物以後，流血破壞的悲劇要比以往更多了，所以普賽頓的貢獻，害處大於益處。

至於橄欖樹，樹葉可以遮蔭，樹身質料堅固，可以製造器皿，建築廬舍，果子可食，又可榨油，好處無窮。這是和平的標誌，要想人類繁榮和文化進步，和平是不可少的因素，因此橄欖樹的創造者該獲得勝利的光榮。」宙士道罷，群神莫不鼓掌稱善，雅典娜便成了新城之主，雅典之名便是由雅典娜而來的。

現在雅典娜的織品所表現的便是這個故事。

我們眼睛裡先看見的是一片滔天碧浪，背景是隱約的海市蜃樓，渾身虬筋突露的海王普賽頓一隻腳插在海中，一隻腳踏在岸上，右手秉著他的三股鋼叉，左手牽著一匹高頭大馬，那馬渾身銀白，揚蹄振鬣，顧影驕嘶，有夭矯如龍之致。岸上當中寶座坐著天帝宙士，奧靈匹司十二大神，隨侍左右，身旁還有許多仙侍。背後崇墉屹屹，便是那新建的雅典城。有名的碧眼仙女雅典娜，頭戴雄冠，冠頂一簇羽毛，隨風飄拂，身穿冰綃霧縠的仙衣，玉肌隱約外露，胸前則蒙著她那副永不透穿的護身甲，一手持盾，一手握著金矛，立在一株橄欖樹下。那樹綠葉蔥蘢，結滿了纍纍果實，一片沁心爽目的翠色像要從鮫綃上滴下來。從來人都說神仙們的繪畫是活的，其實也不過是表現得栩栩如生，看去像能活動而已。這不過是一幅織畫吧，可是你望去時海浪像不住的軒騰起伏，閃射著金銀的光華，背景的海市蜃樓也像時刻推移變化，瞬息間變換一種景象。你耳朵裡彷彿聽見那龍馬的吼聲。橄欖樹震顫清風中，每片葉、每隻果，都像是一張口、一條琴絃、一個簫孔，在合譜著一首和諧的歌曲，讚頌著和平。讚頌著這莊嚴的和平，偉大的和平，與那龍馬的殺伐之音，形成強烈的對照。

五

在機房的那一頭，阿拉慶也在竭盡她生平的伎倆，創造她的得意之作。她自從受了魔鬼的薰陶，攻訐天神已成習慣，現在想出奇制勝，無奈搜盡枯腸，織出的東西，還是不出老套。她所織的並不像雅典娜是一幅整圖，卻是一堆零碎的漫畫；好像天后希拉為了嫉妒，和丈夫爭吵，遭了丈夫的捆打啦；天鐵匠浮爾甘因救護母親，被宙士推墜雲霄，跌斷一條腿，從此成為拐仙啦；宙士變化天鵝去誘惑麗都[3]啦；又變化白牛去騙歐羅巴[4]啦；還有關於達娜[5]囚室的黃金雨，關於愛神姦情的銀絲網，都是天神的笑史，她用簡單而尖刻的筆調，一一謔畫化地表現出來。

阿拉慶將天神們的缺點加以放大，並且將他們的容貌都描繪得醜陋可憎，見了叫人胸頭作噁。她既恨雅典娜，對於這位女神當然更不肯放鬆。她將雅典娜判決為特洛伊戰爭的罪魁，為了爭奪區區金蘋果上的一行字，引起十年喋血的苦戰，塗炭了幾十萬生靈，並且毀滅了一個有名的城市。

但阿拉慶雖出力織造著，她身邊的觀眾卻一個一個溜到雅典娜那邊去了。鄉下人雖不懂藝術，也還能分辨好醜，見了雅典娜那幅華彩繽紛的仙品，誰還高興再來看阿拉慶這種手藝呢？雖然以前曾深中她宣傳之毒，以為天仙沒有一個是好人，現在目睹雅典娜的姿容和氣度，只覺可愛可親，相形之下，阿拉慶滿臉邪惡凶戾之氣，更覺不可嚮邇，所以都不自覺地離開了她。

那群鄉人擁擠在雅典娜的機旁，不住嘖嘖讚賞。

林特老丈見了織畫中那匹龍馬，稱羨道：

「好雄壯的馬兒呀，牠的氣力一定很大，用牠來耕田，怕不抵得兩條大水牛嗎？」

加拉丹姑母指點著那株樹，對她丈夫說：

「瞧，萊士，這株橄欖多茂盛，倘使咱們園子裡有這麼樣的二十株，咱一家衣食永不用憂愁了。」

阿拉慶耳邊忽然聽不見慣聞的讚美聲，抬頭一看，她的「群眾」不知何時都被她的對手吸引過去了。她站起身也到雅典娜機旁，一看雅典娜的作品果然出色，自己的委實不如，不禁又羞又憤，又妒又恨，撈起金梭在那幅織畫上一頓亂劃亂砍，又用雙手來亂撕，頃刻把一幅美麗的畫兒扯得粉碎，口中噴出一連串汙穢的罵言。

雅典娜本想作一個符合藝術標準的作品示範，教阿拉慶開開眼界，別再蝸盤在自己的小天地裡，除了奉令罵人不知其他，現在見她狂悖如斯，知孺子之不可教，不禁嘆了一口氣說道：

「罷！罷！你既然賭了那個咒，上天自會教它應驗。你這種人真是死不足惜，我不願再同你說什麼，現在我回天上去了！」

一閃間，雅典娜便已不見，連同她的象牙織機，連同她的仙侍。

阿拉慶伏在織機上號啕大哭，誰也勸她不住。

六

第二天，人家發現阿拉慶懸掛在她自己機房的門上，用的正是她手織的一條絲帶。

當村人商議過一回後，來替她收屍時，可煞作怪，她的屍首不知哪裡去了，只見她自縊的原處，倒懸著一隻從來沒有看見過的怪蟲，鼓著圓圓的大肚，神情凶惡，口中忙著吐絲，八隻腳不停在操縱，正在那裡織網。

這蟲兒是阿拉慶應著自己的誓言變的。她生前不嫁，故這輩子愛吃情郎。她生前愛紡織，死後也繼續織著，而且要世世代代這樣織下去。不過從前遭她羅織是天神，現在只是蟲豸罷了！

① 黎蒂亞，Lydia。

② 阿拉慶，Arachne。

③ 麗都，Leto，又名萊托娜(Latona)。為黑夜女神。宙士變化天鵝，與之戀愛，孿生日月二神。

④ 歐羅巴，Europa。菲尼基國公主，宙士愛其美，幻化白牛走近其前。女見牛溫馴可愛，戲跨其上，牛即負之狂奔，橫越大海，至一新土而止。其地即以女名為歐羅巴洲。

⑤ 達娜，Danae。阿爾果司國公主。預言者謂王將來必為外孫所殺，王懼，囚女銅塔。宙士化為金雨，穿塔而入，與生子曰波索士(Perseus)。王以箱並盛母子，棄之海，為他國王所拾。波索士長大，卒於無意間殺其外祖。

森林競樂會

一

牧神盤恩①自從用七根蘆管束成一具蘆笙之後，譜上幾首牧歌，逢人賣弄，自稱是地球上唯一的音樂家。

從前大地上是沒有蘆葦這種植物的，盤恩蘆管的來源是這樣：福里齊亞②國王默多士③天生一雙驢耳，日常總戴著一頂紫絨風帽，保護他君主的尊嚴。但這件事瞞得住別個，卻瞞不住他的理髮師。

一個御前伺候多年的理髮師，畏刑貪賞，發誓替他保守這祕密。不過祕密在人心裡是永遠關閉不住的，你關閉得它愈緊，它愈要抓爬求出，使你的心日夜癢閪閪地不好過。最後，那理髮師真熬不住了，只好跑到城外河邊無人處，掘地成為一穴，將嘴湊在穴口，輕輕傾吐了默多士王的祕密，然後很輕鬆地回家。

不多時，河邊迸出一叢蘆葦，每逢風起，便彼此交頭接耳，細聲談話，談的便是那個驢耳故事。

盤恩有天到河邊，將那最饒舌的七根蘆葦帶回，做了樂器。不知是因為盤恩的樂技本不高明呢？還是蘆葦的作怪？他吹出的曲兒總是嗚哩嗚哩像驢子叫，單調、粗濁、鄙俚而蠢蠻，任何人聽了都要掩耳飛跑，但偏有人欣賞，那便是默多士王。那國王為了喜聽盤恩的音樂，時常離開宮殿，來到森林，兩人成了很要好的朋友。

盤恩的容貌是凶惡得怕人的，臃腫得像隻癩豬，渾身上下長著又粗又黑的長毛，滿臉也是毛毿毿地，只見兩隻圓溜溜的眼睛在毛裡發亮。鷹勾鼻子下是一張血盆大嘴，滿嘴白皚皚的齒牙。頭上長著一對蜷曲的羊角，又配著一雙尖豎的羊耳，腰以下是一對羊蹄。他名義上是風神赫梅士的兒子，其實是他母親和赫梅士手下一個牧人通姦的結果，來路便很不正。當他一生下地，便到處亂躥亂跳，叫喊的聲音震動山谷，把他母親嚇跑了，赫梅士拾起被棄的嬰兒，用一張野兔皮包裹著，送到奧靈匹司養育長大。他在群神中間扮演著一個最滑稽的丑角，常把群神惹得哈哈大笑，倒也有許多人歡喜他。但他後來竟想篡奪天帝宙士的寶座，不是酒神狄亞儀蘇士④救護他，便不免要死於宙士的雷矢之下了，從此天庭不能再容他，只好回到他父親赫梅士的根據地——亞卡底⑤山谷——想法兒在地球上來建設他的王國。

二

森林裡，深山中，幽澗畔，湖澤邊，常有許多精靈，男女老少俊醜不一，數目之多，有如夏夜蔚藍天空裡的星星，也像人間大都市熙來攘往的民眾，只是我們凡人的肉眼卻瞧不見他們罷了。

據說那些花木的精靈全像天上小天使一般秀美可愛，身上也都有一對透明的翅膀。夜間安息在花心裡，破曉時，花瓣在晶瑩露珠下徐徐展開，他們也揉揉眼睛，從花心坐起，抖去了翅膀上所黏惹的花粉，帶著一身甜郁的清香，輕輕飛起，像一匹翩翾花叢的銀蝶，又像是一朵旋舞於迴風中的玉英。

精靈們的形體能隨意大小，大則如人，小則如一蜂一蟻，他們每成群住在一株花或一棵樹上，每一枝柯，容得下他們整個的家族，一朵蓓蕾，一張綠葉，也可以構成他們一個小小家庭。當陽光暄麗，和風送暖之際，他們繞著樹飛翔環舞、手牽手兒唱歌；或彼此追逐閃躲，捉迷藏玩耍。風起時，他們提著金絲燈籠，飛到山巔水涯，拂過露草的梢頭，掠過睡意沉沉的塘水，人們看著認為是螢光點點。當淒清的秋夜在西風裡低聲嘆息的時候，這些頑皮小仙人，跨著辭枝的綠葉，當作小小遊艇，鼓起翅兒，便像扯起兩片彩帆，航行在銀波萬頃月光的海上，往往漫遊到天明，還不肯回來。

這些精靈的生活雖美妙得像詩歌，像夢幻，但也有他們的弱點。他們雖不像我們凡人會生災害病，卻也會死亡。原來他們的生命與其所寄託的花、樹有拆不開的關係的。一朵花兒萎謝了，一株樹兒天然枯黃了，對他們尚無妨礙——只須搬家就是——不過倘若無端遭遇外力的摧殘，他們的末日便立刻到來了。所以，朋友，我要囑咐你，不可輕易折花砍樹，應知道在你隨意一舉手之間，有一個家庭，一個社會在傾覆呢！有無數你聽不見的悲號在呼籲著，無數你看不見的流血悲劇在表演著呢！

說到山魈水怪，美的固然有，醜陋獰惡的卻居其多數。他們以前與花木精靈相比時，總是自慚形穢，白天深藏著不敢出來。自從盤恩到了亞卡底，他們才感覺揚眉吐氣的時候到來，很快地都投到盤恩旗幟下，成為他的幹部。他們的種類甚繁，盤恩為稱呼方便起見，給他們一個總名目，叫做「小盤恩」。那些優美的精靈受盤恩搗毀窠巢的恫嚇，只有投降，供他們的奴使。

三

盤恩和山谷回音愛歌⑥結了婚。愛歌名為他的妻，其實是他的宣傳部長。盤恩奏的蘆笙，本來非常刺耳，音節也極單純，但在愛歌巧妙播送之下，那嗚嗚像驢鳴的聲音，人們聽起來，卻往往誤認是碧霄銀漢間，偶被一陣輕風送來塵世的智慧女神鳳笙的餘調哩。況且，朋友，我又要告訴你，單調聲音是天然具有一種征服人心魔力的：一句話，你天天反覆著說，人們初聽討厭，幾次以後，便覺順耳了。你再反覆個千次萬次，人們便會將它深鐫在心版，別的話都聽不進去了。你說太陽是從西方升起來，人是用頭顱來走路的，都可以把人說服，問題是在你說話時反覆次數的多寡。人們的腦子，原就是這麼簡單可憐的呀！

現在盤恩日夜在林中吹他的蘆笙，愛歌四面八方替他播送。像春水綠波上的圓紋，愈漾愈大，愈大愈遠。林巒水石，回答出無數聲音，居然成了一部參差抑揚的山林交響曲。所有林中獵人和牧人都聽得著了迷，說道：「哦！哪裡來的這麼美的曲兒呢？繁花如錦的春天，鳥兒藏在濃綠樹蔭裡，百囀著牠們的戀歌，也不及這個好聽呀！」

他們被蘆笙的聲音吸引著，一步一步走到森林的深處，見了盤恩和他手下那群山魈水怪的形狀，吃了一驚，想轉身退出林子，卻已不可能了。四面天羅地網布置得那麼嚴密，你插翅也飛不出。他們只有宣誓服從，永遠做盤恩國度裡的順民。

盤恩起初對待他們，條件也還優越，打獵必有所獲，放牧，則牛羊永不受豺狼的襲擊。這聲名傳播開去，各地獵戶和牧人都到亞卡底森林中來，求盤恩的庇護。開頭幾時果然可以得到一點小好處，盤恩便在歌功頌德聲中，被奉上「獵神」和「牧神」的徽號。各地農民和做手藝的也攜家來投。但漸漸地，他們發現盤恩統治，卻是一張日益沉重難於負荷的軛。這張軛套在他們頸子上，使他們永遠擺脫不掉，完全變成盤恩的奴隸，他們這才覺悟是上了宣傳的當了。

原來盤恩向他們徵求重稅：牛、羊、穀物，按月進獻；蜜和酒，按日進獻。盤恩愛吃羔羊，每一群羊，所抽數目極大，致羊群無法繁殖。獵人的獵獲物起初抽十分之一，漸漸對分，漸漸分到四分之三。他所統治下的獵人、牧人都挨餓，窮窶得比乞兒都不如。但最難對付的還是那些小盤恩，他們吃羔羊不算，還要吃嬰兒。他們的民眾，不止沒飯吃，差不多都成了絕戶。對花木精靈，則課以花、果、巖蜜，及山林一切可供食用的物品，課得也相當的重。而最難擔負的則是一種「精神的稅」。盤恩要他們作歌頌揚自己，把天地間好聽的話都說盡了，還嫌不足；並且要他們日日說，時時說，你想這份差使苦不苦！

四

每天當午的時候，盤恩和他的黨徒們，都要在森林或山洞睡覺，這就是有名的「盤恩的午睡」。他們睡時，不許有一點聲音的吵擾：啄木鳥得停止牠丁丁的啄木聲，清風不敢在樹葉間囁嚅，連泥土底下的蚯蚓都須暫時放棄牠們翻泥的工作。若偶有一聲低低的哀呻從忍飢不住的羊群裡漏出，那些睡得像死狗般的小盤恩便會從夢中跳起來，給羊群的主者一頓痛鞭不算，還要將那群不幸的牲口一齊趕入他們的庖廚去。

當黑夜躡足自天邊走來，整個亞卡底山谷深深浸在暗影裡，森林的豪宴也便開始了。盤恩頭戴葡萄枝葉編成的冠冕，身披文豹之裘，架起兩隻羊毛腿，高高踞坐當中的座兒上。他的黨徒，高高矮矮，在草地上圍成一個圓圈。中間燒起一堆熊熊大火，火上架起鐵叉，燒炙著一隻隻肥美的牛羊。他們用手撕那油脂滴滴，馨香四溢的炙肉向嘴裡送，又自大甕中舀出一瓢一瓢甘香的蜜酒或醇烈的葡萄美釀，仰著頸頸兒直灌。醉飽後，便來舉行跳舞：大鑼、大鼓、鈸、笛、簫，敲打著，吹奏著。男女捉對兒瘋狂似的擁抱、舞蹈。狂呼大叫，哈哈的歡笑，喧鬧的音樂，洋溢於數里之外。這種盛會每夜舉行，自天黑直到天亮。奴隸在旁伺候，也莫想有片時的休息。天明時，主子們都睡了，奴隸才敢偷偷瞌睡一下。但又必須趕快醒來，以便執行主人所分派的勞役並治其私事。

盤恩國度裡人民受不了這種統治，想反抗，苦於無力；想逃亡，則幾百里的密林複壑，曲折盤旋，你無法尋路出去。再者，你無論向哪個方向跑，耳邊猛然間會襲來一種尖銳悠長的吼聲。那聲音比地獄厲鬼的悲嘯，還要令人恐怖、失措。聽見這聲音，人們渾身神經自然緊張起來，四肢自然痙攣起來，整個靈魂都像在解體，在溶化，終於頹然倒地，而被捉回了。捉回後，你的命運只有你自己知道。這個奇異的吼聲，是盤恩鉗制他民眾的利器之一。於今西洋某幾國的語文裡「突然襲來之驚怖」一個字，以「盤恩」為其字源，便是這個緣故。

五

一天，太陽神阿坡羅駕著日車從亞卡底山上駛過，偶在那終古昏暗的森林裡，傾注了一脈金芒。奴隸們忽如夢覺，日日醞釀著革命運動。那些花木的精靈本來以美、自由和光明為其生命的，更騷動得厲害。他們揚言寧可讓盤恩整批地殺死，不願再供他無理的驅遣了。盤恩知道事由阿坡羅而起，深恨那位大神。託人寄信給他，要以自己的蘆笙和他的七絃琴比賽，誰贏了，誰占領牧神和獵神的位置；誰輸了，誰接受剝皮的酷刑。

奧靈匹司諸神見了這份挑戰書，都很憤怒，都慫恿阿坡羅加這魔王以應得的懲罰，於是選定了競賽的日期，屆期阿坡羅將率九位繆司女神降臨亞卡底，裁判員由雙方推薦，共請了兩位：正裁判是山神謨拉士⑦，副裁判是福里齊亞國王默多士。

盤恩生活本來俾晝作夜，所以音樂比賽會也定於夜間舉行。開幕那晚，亞卡底谷氣象煥然一新。長春藤和葡萄蔓自合抱不交的大橡樹根盤旋而上，彼此糾纏在一起，又鬆鬆軟軟垂掛下來，好像是一串一串的彩繩。綠葉間，本來滿綴著紫晶似的葡萄果實和珊瑚珠似的長春藤子；奴隸們又裝飾以萬朵紅黃藍白的野花。山林中所有夜的微光如：碧燐、螢、貓頭鷹的眼光、涵泳春星的水影、反映月色的微波、瑩瑩如金剛鑽的露水……閃爍於林梢樹杪及遠近草地上，遠看去恍然是明燈萬盞，錯落綴於縱橫素彩的中間。

但這些微弱的光輝一會兒又被更強更大的光輝吞沒了。奴隸們奉命預先砍了無數香木，繞林架起燎炬，森林中央廣場更架了一個大火堆，一聲令下，盡都點起。樹林的枝葉映照得深深淺淺，層次分明，本來是一色翡翠般的湛碧，被火光內外一逼，暈成了琥珀的黃，瑪瑙的紫，和珍珠的白，一座森林忽變成了璀璨眩目，七寶莊嚴的宮殿。縷縷輕煙帶來苾馥襲人的香氣。廣場火堆的前面敷設許多寶座，寶座左右，簇擁著無數年輕美貌，華裳粲粲的花仙和樹仙，手中掌著各色鮮花、翠旌、錦幢、羽扇，有幾個替盤恩捧著豹裘的垂裳。原來盤恩是講究外觀的，平日他的國度裡雖充滿了呻吟、眼淚、血腥，遇著外賓來參觀的時候，也會收拾出一個淑氣融和，風光旖旎的境界來呢。

六

競賽者和仲裁人就座之後，開始音樂的演奏。盤恩舉起他的蘆笙走到廣場中央立定，吹出他平生得意的歌曲，他當然也有幾個傑作。最稱為傑作中之傑作的是一個長調，名為〈酒仙漫遊曲〉。原來盤恩自蒙酒神拯救以後，便和酒神成為密友，曾跟從他旅行歐亞各洲。他原來是酒神最大信徒之一。

酒神狄亞儀蘇士自從發明釀酒的方法，帶著盤恩一大群山魈、水怪、木魅、花妖，雲遊各地。每到一處，便要當地民眾建設他的祭壇，推行他的教義。他所教於人者都是肉體的享受，官能的陶醉，現世縱樂的迫切，靈魂蔑視的必須。他教人種植葡萄，釀成美酒，時常聚眾轟飲，打破男女界線，破壞尊卑秩序，果然暫時能實現一個「皆大歡喜」的樂境。可是，所有種麥的田畝改種葡萄，人們酩酊的快樂，抵不住饑饉的痛苦。況且優美風俗和善良道德的陸續破壞，也能造成社會的混亂和不安。但在盤恩曲子中，這些都含糊帶過，只盡量誇張酒神物質的文化，以為已經收了改造世界、增進人類幸福的大功。盤恩又把自己保護獵人、牧人生活的安全，提高他們享受水準的話，拚命渲染一通，說自己才是酒神教義的實行者、勞苦大眾的救主，這地球上再沒有人比他盤恩偉大的了。

蘆笙的構造雖然粗陋，七根管子究竟是長短不一，吹出的聲音也該有個高低吧？但在盤恩的口裡吹出來，卻永遠是嗚哩、嗚哩……單調得像負傷垂死的驢子的哀鳴，再難聽也沒有。

盤恩吹完，退到自己寶座坐下，得意的神色，不自覺地泛上他的醜臉，四面歡呼拍掌聲音，從他黨羽裡春雷似爆發開來：

「牧神萬歲！」

「山林之主萬歲！」

「勝利歸於盤恩！」

「榮耀與他同在！」

奴隸們卻低下頭來，偷偷流著悲憤的眼淚。

七

現在輪到阿坡羅了。這位宙士的愛子，象徵光明的大神，徐徐自寶座立起。代替頭上鑽冕的是一圈翠綠的桂冠，映著玉顏，更顯得風流瀟灑。身上穿的則是一襲其長曳地的紫袍。黃金色的頭髮，柔波似飄蕩，自廣闊的前額披拂於兩肩，眼光耿耿，似兩顆春曉的明星，正直的鼻梁，巧笑的口輔，構成一種剛柔和諧的線條。美是美到極處，但天然是一種男性的美，嫵媚而英武。他含笑向聽眾鞠躬行禮之後，走到競賽席前，十隻纖秀有力的玉指，便在七條金絃上跳躍起來。

他歌頌著青春的歡樂，陽光的燦爛，流水的光華。他歌頌著山嶽的鎮定，海洋的含蓄，雷霆的憤怒。他歆羨童年的無愁，也神往於老年的安靜。他陶醉戀愛的甜美，也體味失戀的嚴肅。他讚美生命的豐富，也欽仰死亡的偉大。他享受成功的光榮，也忍耐失敗的寂寞。他譜出了人類追求光明的熱烈，保護正義和服從真理的決心。他譜出了時光的無窮，空間的廣大，森羅萬象的奧妙，宇宙創化的神奇……

阿坡羅彈了幾個散曲後，停頓片刻，調絃移柱，又復琤琤瑽瑽彈了起來，所彈也是一支大曲，原來是他的一篇自敘傳，題目是〈太陽的行程〉，共分四大段。

曲兒的第一段：敘述他母親麗都仙女怎樣和他父親天帝宙士相愛，怎樣遭了天后希拉的妒忌，命毒龍比松[8]到處追蹤她加以迫害。宙士怎樣暫時化麗都為鵪鶉，以遮掩希拉的耳目，最後將她送往迭洛司[9]島，這座大島從前原漂浮於愛琴海的海面，宙士用一根金剛鑽長鍊自海底將其繫定，使其成為麗都的避難所。可憐的麗都怎樣在這危崖錯落，寂寥無人的海島上一株棕櫚庇蔭下，生產了一對孿生的孩子，男孩是他自己——太陽神阿坡羅，女孩便是月神狄愛娜。

當這一對美麗孩子張眼看見天光時，迭洛司整個土地都展顏微笑，驕傲自己能膺受這莫大的光榮。曠野變成金色，湖水流著金波，樹葉篩下黃金影子，純白的天鵝接翼從天外飛來，泊滿了島岸。當地所有山神水仙和花木的精靈，一齊歡踴歌唱，慶祝宇宙光明的降誕。

曲兒的第二段：阿坡羅自敘長大之後，成為奧靈匹司重要的神明之一。他每天清早，穿著全身金縷法服，懸著銀弓，佩著箭箙，駕著四馬日車，環繞天空一周。一面向前進行，一面向世界傾注他的光和熱。他驅散幽夜的瘴霧，濾清大地的空氣。他喚醒土壤下沉睡的種籽，催開花朵，拔起草木的萌芽。他驚醒了三冬蟄眠的蟲豸，增加人類和牲畜體中的活力。大自然在他溫柔愛撫之下，低聲笑語，唱出自成韻律的詩歌，應和著羽族嘹喨的合奏。流水受了他眼光的瞥射，也回答他以嫣然含笑的嬌波。他給予萬物以欣欣生意，使大地變成光明幸福的樂土。他驅散疾病，保持生命的健康，打破憂愁，給人以輕鬆和愉快，並給人心靈以美麗的憧憬。他巡行之際，有時奏起他的金琴，天才詩人聽見這雲外飄來的仙調，筆尖兒自然會開出一朵朵的鮮花。音樂家和藝術家的靈感，也要憑他啟發，才會有神奇的創造。阿坡羅之所以被稱為醫藥、音樂、藝術、科學之神，是有其絕大理由的。

第三段，調子由平靜變為高昂，原來是阿坡羅在敘述他平生的戰績。阿坡羅一生憎惡黑暗，但他卻命定要與黑暗永久鬥爭。他的仇敵是比松，就是從前迫害他母親麗都的那條毒龍。比松是天后希拉的親信，也是大毒龍炭風⑩的副手。提起炭風來頭可真不小，這怪物原是從天后希拉腸子裡爬出來的，是希拉與丈夫嘔了一場大氣，一股非常怨毒之氣蘊結成胎而生的。牠有倔強的四肢，和蜿蜒夭矯的身軀，鱗甲之厚任何刀斧都砍不進。這毒龍有一百個頭，也就有一百張嘴，每張嘴吐出一條漆黑的長舌。因此牠說話的聲音極複雜：像瘋牛的怒嗥，像野獅的猛吼，像幼狗的哀鳴，上界神仙都沒一個能懂。比松以前曾奉天后命餵養過牠，現在又召集一群天狼作為牠的羽翼，占據了黑暗的王國。大凡世上所有損害田稼的狂風、暴雨、冰雹，都由牠們而來；所有足以致人畜於死亡的瘴癘瘟疫，也由牠們而來。阿坡羅幫他父親宙士起兵征討這怪物，百頭毒龍雖被雷矢打死，比松卻率領天狼退到帕爾那蘇司⑪山下的克里剎海口，自立為王，給予人民牲畜的災害與炭風並無兩樣。阿坡羅追到那裡，用箭將天狼一一射死，然後將比松也翦滅。這場戰爭是綿長的、艱苦的，但阿坡羅的神箭卻大顯威風，成為繆司們永久謳歌的對象。至於阿坡羅在特洛伊戰役中所有武功，已由盲詩人荷馬傳播人世，他也就沒有在自己琴絃上重複了。

第四段曲兒敘的是太陽神一生戀史。這位在天庭和人世享盡光榮的神明，戀愛卻偏不如意。他第一回愛上河神的女兒妲芬[12]，但那女郎偏不愛他，見了他就拔腳飛跑，最後雖被他捉住，卻變了一株綠葉婆娑的桂樹。他雖然把那常綠的枝葉裝飾自己的頭髮、弓、琴，但情人的倩影卻永遠從他眼睛裡消失了。第二回燃熾他的情火的是仙女瑪白珊[13]。女郎之父本已選中了這位天神作他的嬌客，女兒卻寧可嫁給一個凡人。理由是天神青春永駐，將來自己年老色衰，難免秋扇之捐，而凡人則反可以共偕白首。想不到一個小小女郎對愛情倒有這樣的深謀遠慮，他只有聽其自決了事。第三回，他用自己預言的能力來兌換特洛伊公主喀桑德蘭[14]的愛情，不意竟受了那狡獪女郎的欺騙。雖然喀桑德蘭遭了他的詛咒，說的預言無論怎樣靈，永遠得不到人們的相信，但這位可憐神明的心底也永遠留下一條傷痕。最後，他總算和美豔絕世的仙女柯綠妮絲[15]結了婚，伉儷之情極篤，兩人也著實度過一段甜蜜幸福的時光。可恨他後來因誤信老鴉的讒言，將妻殺死，事後他雖痛哭自己的鹵莽，罰那多嘴的鴉，由純白變成漆黑，且永不能與群鳥為伍，但他愛情的損失能由此而彌補嗎？不能，永遠不能了。

阿坡羅與人間美少年海奧辛士[16]為友。一天，同在林中草地擲鐵餅為戲，他竟因一時失手，斷送了良友的生命。後來他又與人間一位青年王子發生感情，而這位王子又因誤殺阿坡羅的愛鹿，自恨而死。他的戀愛史完全是一部失敗史，不意連友誼也遭命運的嫉妒，這究竟是什麼原因呢？

八

當阿坡羅彈奏時，所有森林野獸都跑了出來，蜷伏於他腳下，一動不動。山神謨拉士聽得出了神，頭向前傾，耳朵向右側，山崖也立刻向前傾，山上一行樹木也立刻向右側起來。這篇洋洋大曲奏畢時，空間忽現異象，黎明女神不待天明，便拽起天幔，降下一陣粉紅色的花瓣。慶雲湧現天半，七色絢爛的光華，流星似滿空交織。山林詠歌，大海舞蹈，與縹緲天樂相應和。那些花木的精靈，忘記了盤恩的淫威，情不自禁地發出一陣歡呼。一齊跑到阿坡羅身邊，圍繞著他上下迴翔，攫著空中亂飄的花瓣，盡情地向他身上投擲。

幾個不怕死的獵人和牧人也喊道：

「我們願受阿坡羅的保護。太陽大神呀，請你拯救我們於惡魔盤恩之手！」

盤恩見了這種情形，勃然大怒。正待發作，默多士卻搶著從裁判席上站起，高聲對阿坡羅說道：

「阿坡羅，你的曲兒專敘自己的事情，未免太貴族化、太個人主義了，這個時代是不需要這種音樂的。盤恩的曲兒卻正和你的相反，所以這次競賽的結果是盤恩贏，我主張……」

默多士王的話尚未說完，善於接腔的愛歌，就響亮地接著叫道：

「……盤恩贏，我主張！」

阿坡羅聽了默多士的話，顏色微變，正想回答他，忽然一陣清風飄過，輕輕帶走了那國王的風帽，露出他那一雙毛茸茸的長耳來，阿坡羅一見，不禁轉怒為笑，說道：

「怪不得你這樣欣賞盤恩的音樂，原來你本來生著一雙只配聽這種聲音的耳朵啊！」

謨拉士搔著他那白髮飄蕭的頭顱，顫巍巍地站起，說道：

「默多士陛下，音樂的優劣自有一定的標準，你只顧袒護你的好友，說的話怎能教天下人心服？況且我是正裁判，我有權先發言，我要說這次競賽的結果，阿坡羅應該接受他勝利的榮冠！」

花木精靈們聽了這話，又是一陣熱烈的歡呼鼓掌，盤恩猛然把身上披的豹裘向後一擲，赤裸裸地從寶座上跳起，大喝道：

「捉住這貴族化的東西，活剝了他的皮！孩子們快動手呀！」

那些小盤恩一齊從花叢草際撈起埋藏著的兵器，亂吼著向阿坡羅進攻。阿坡羅這次是來赴音樂會的，既沒有攜帶他的長矛和銀弓，也沒有駕四馬日車，一點武裝準備都沒有，變起非常，一時抵擋不及，紫袍被撕破一角，額上又著了一下盤恩擲來的飛鏢，乳色的生命液淋漓從玉頰邊流下。他只好一面揮著金琴虛作攔隔，一面率領九位繆司尋路遁逃。他在林子邊尋到了他乘坐著來的天鵝仙車，和繆司們一齊跳了上去。扯斷寶石鍊，天鵝便鼓翼上升，頃刻飛到青雲之上，脫離危險境地了。

盤恩沒有殺死阿坡羅，只有拿謨拉士出氣，把這位可憐老人打得半死，再把森林中所有美麗的花樹一齊拔盡砍光，從此盤恩的國度永遠支配於「醜惡」之下，永遠沒有半星兒「美」的閃耀。

九

盤恩用詭計勝了阿坡羅，還要向天下後世散播關於阿坡羅的謠言：他說默多士王的驢耳是阿坡羅恨他直言，罰他變的。又說阿坡羅與山魈領袖馬兒西耶[17]——盤恩的好友——賭賽樂技。阿坡羅輸了，惱羞成怒，活剝了馬兒西耶的皮，用以形容阿坡羅的偏狹和殘忍。造謠本屬盤恩長技，人們的耳朵也本來不比默多士耳朵高明，所以這話歷代相傳，竟成信史，神話家都這麼記載著。但是阿坡羅雖為太陽之神，也擁有「牧神」和「獵神」的名號，當然光明最後還是戰勝黑暗的。唯這話神話家並沒有告訴我們，因此我們也就不必多為查考了。

---

① 盤恩，Pan。森林之神，又為牧神、獵神，長於音樂，相傳牧笛、蘆笙均為其所發明。此神實際為風神之子，性本和善，唯希臘古代視為物質享受之象徵。本文借以影射唯物主義之某種制度，故強派其為魔方人物。

② 福里齊亞，Phrygia。

③ 默多士，Midas。天生驢耳之國王，與盤恩及酒神等友善。酒神嘗賜王以點物成金之指，王初甚喜，後覺其大不便，籲酒神收回。酒神命於某河中洗之，始恢復原狀，然河沙之含金沙自此始云。

④ 狄亞儀蘇士，Dionysus，又名巴考士 (Bacchus)。天帝宙士與人間公主賽梅麗 (Semele) 所生之子。

⑤ 亞卡底，Arcadia。

⑥ 愛歌，Echo。山谷回音之女神。見希臘納西沙士 (Narcissus) 故事。但又相傳其為盤恩之妻。

⑦ 謨拉士，Tmolus。謨拉士山之神。

⑧ 比松，Python。

⑨ 迭洛司，Delos。

⑩ 炭風，Typhon。其故事如本篇所述。

⑪ 帕爾那蘇司，Parnassus。意譯為文藝山。音樂文藝神阿坡羅及九位繆司，常於此山聚會。

⑫ 妲芬，Daphne。為愛神邱比德鉛頭箭所射，故不肯接受阿坡羅之愛。一說她實為月神信徒，曾發守貞之誓，其化為桂樹，亦月神助之使然。

⑬ 瑪白珊，Marpessa。

⑭ 喀桑德蘭，Cassandra。

⑮ 柯綠妮絲，Coronis。

⑯ 海奧辛士，Hyacinthus。

⑰ 馬兒西耶，Marsyas。山魈領袖，與盤恩為好友。他曾與阿坡羅競賽樂技失敗，踐預約之言，受剝皮之刑而死。與阿坡羅競樂技者實為馬兒西耶，但希臘神話亦有太陽神與盤恩競技之說，本文所取為此說。

日 車

一

你想知道地球上之所以有火山和溫泉的緣故嗎？你想知道非洲土人皮膚黝黑的理由嗎？你想知道火星的臉孔為什麼這麼通紅？大、小熊星為什麼每晚跳下海水嗎？你想知道那蕭蕭多悲風的白楊，和那帶著斑斕血點的琥珀之來源嗎？

每天航行青天碧海之間的日輪，你當然要猜是大火球一個。哈，哪知道它卻是一輛極華美的四馬金車呢！

這輛金車是由太陽神阿坡羅親自駕駛的。它運行天空裡有一定的軌道。倘使它離地面太遠呢？大地便變成雪地冰天，萬物都凍死了。倘使它離地面太近呢？那可更了不得，整個地球便要變成一座熊熊火海，萬物更無處逃生了。從前這個「日車」曾失過一回事，幾乎替世界帶來了恐怖的末日。這是個動魄驚心而意義卻相當深長的故事，假使你願意聽，下面便是。

二

太陽神阿坡羅和海洋的女兒克麗曼①相戀，給了她一宗寶貴的紀念品：四個玲瓏活潑，玉雪可念的孩子。

一個男孩是在三個姊姊聯袂降臨以後才來的，他的名字叫做法艾頓②。

從來父母偏憐少子，何況法艾頓又是他母親膝前唯一男兒。所以仙女克麗曼將世間所有母親的慈愛，世間所有母親的柔情，一齊傾注於這個兒子身上。自他幼小時代起，便對他百依百從，三個做姊姊的對於這個幼弟也事事退讓，使他在家庭中儼然成為一個重心人物，一個驕貴的王子。

母親又告訴他是太陽神阿坡羅的兒子。常常指著叫他看東海上那滃然一簇的金雲，說他父親的宮闕便在那雲兒上。當太陽駛過天空，母親又指著對他說，他尊貴的父親正在執行光照宇宙，溫煦萬物的職務呢。法艾頓處於這樣家庭環境，當然也像個被嬌慣壞了的孩子般，性格帶幾分倔強和執拗，聽了母親這些話以後，更加了一層自大的成分了。

但是，法艾頓究竟是個好孩子，他秉性聰明，善於思索；又富於熱情，也富於正義感，宇宙間一切缺陷，常常刺痛他那嬌嫩易感的心靈。他常自問：為什麼世間有大欺小，強凌弱的現象？為什麼月不常圓？花不常好？為什麼既有春夏的榮華，又有秋冬的肅殺？為什麼人類有生老病死的痛苦？為什麼好人活在世上每每受罪，惡人反而吐氣揚眉？為什麼……？為什麼……？這一連串的疑問都不是他幼稚的頭腦所能解答的。他仰首問雲，雲躊躇不語，一會便消失於藍空了。他低頭問水，水頑皮地回答他一個明媚的笑渦，悄然溜走了。既沒人替他解釋，自己又想不出所以然，所以他常鬱悶不樂。

當法艾頓到就學年齡，母親將他送入附近一所學塾讀書。三個姊姊則留在家裡，幫助母親料理家務。

古時學塾原來像現代學校一般，其中也有太保團一類的組織。那太保團的領袖名為愛巴浮士③，對人自稱是天帝宙士和仙女娭娥的兒子，因這個世界充滿了不平和罪惡，他是負了改造使命而來的。同學少年震於他那高貴的家世，又惑於他那世界革命的宏論，附和他作他同黨的大有人在。實際上大多數人是貪圖他擲來的大把糖果，或懼怕他的拳頭和腳尖，因為愛巴浮士之爭取同志，原是利誘威逼，雙管齊下的。

法艾頓對於這個世界秩序不是也常懷不滿嗎？論理他也應該加入這個團體才對。但他總自覺是太陽神的親骨血，不願向人低頭。愛巴浮士糾合他幾次，見他不肯上鉤，懷恨在心，常嗾使羽黨向他挑釁，常弄得他啼哭著回家。

一天，愛巴浮士又向法艾頓進攻，法艾頓不甘示弱，對他說道：

「你說你是天帝宙士的兒子，可是，我也是太陽神阿坡羅之子，咱倆同屬神明的後裔，幹嘛你老是這麼欺侮我？」

「哼！」那少年冷笑一聲說，「你說你是阿坡羅之子，有什麼證據趁早拿出來。拿得出，咱倆從此講和，天下太平；拿不出，讓大爺先揍二十拳，從此大家管著你叫狗雜種！」他說時提起一對揑緊的拳頭在法艾頓面前晃了一晃。

聽了這樣的下流話，熱血湧上了法艾頓的頭，恨不得伸手給他一個耳光，但還是忍住，問道：

「你要什麼樣的證據？請說。」

「倘使你真是阿坡羅之子，你把你老子的那輛日車，駕駛著在我頭頂上走一遭，我才相信。」

「好，明天瞧就是。」

三

那天午餐時，法艾頓回到家中，愁眉深鎖，飯拿到面前也不肯吃。

「我兒，為什麼這樣？莫非又在塾中受了人家的氣嗎？」他母親很關切地問。

「媽，你說我是太陽神的兒子，同學們卻不肯相信，說我吹牛，弄得我自己也開始懷疑了。媽，你有什麼辦法給我一個確是『神裔』的證明呢？」

「孩子，我天天指著天空對你說這話也不止千百次了，你還不信，教我還有什麼法兒可想？除非帶你上天，讓你爸爸親口告訴你吧。」

「對！我正想上天討父親的日車在天空巡遊一轉，堵堵那些同學的嘴。今天在塾中我正和愛巴浮士打賭來著。」

「喲，弟弟，這可使不得！」大姊瑯白蒂④是個明白事理的姑娘，連忙勸道，「像你這樣毫無經驗的小孩，怎能駕駛日車，仔細惹出事來，算了吧！」

「愛巴浮士算什麼東西，他嘲笑你，你置之不理得了，想他也不能生吞了你。為了想向他爭回這口氣，卻去冒那樣大的危險，何苦來呢？」二姊傅愛竇絲⑤、三姊福貝⑥也同聲苦勸。

但是，法艾頓本是個固執要強的孩子，而克麗曼又是個溺愛不明的母親，母子倆置瑯白蒂三人的話於不顧，開始上天去找阿坡羅。

四

仙女克麗曼攜帶著兒子，飛著，飛著，飛過了那碧浪滔天的大海，飛上了那滃然湧起海面的一簇金雲，果然到達了阿坡羅的宮闕。這是日出之處，正當大地的東方。

迎面一座穹形巨闕，高入雲霄，其建築材料既非雲母石，亦非閃光的綠巖。日宮建築物的顏色本以紅、黃為基本色調，這座巍闕，黃光晃耀，像是整塊精金鑄成，卻又呈寶石的光潤和滑澤，看去似乎透明，實又不透，所以我們也只有套一句中國人形容仙物的老話頭「非金非玉」了。闕上浮雕都是阿坡羅一生戰績和天庭史詩。人物比真的大上好幾倍，一例月珮星冠，威儀肅穆，雲車風馬，氣象萬千，那生動的神態，人間任何巧匠也鐫刻不出。即使希臘名雕刻家腓提亞士⑦來此，也要敬謝不敏。

進了這座巨闕以後，眼前展開一片綠草如茵的廣場，中間一條廣闊坦平的白玉道通到正殿。道的兩邊都是十幾丈高的大樹，樹身亭亭直上，瑩澈如水晶，其中筋絡年輪，似乎都了了可辨。葉兒都像翡翠鏤成，有芭蕉大小。葉間果子或紫或紅，灼灼閃著寶光。這種樹不知是何名目，東方某古國稱日宮有「扶桑之木」，太陽東升時一定要拂它一拂，也許就是指此樹而言吧。

克麗曼本不能常到日宮，今日既已來此，樂得帶兒子各處玩玩。母子二人逶迤到了殿後，見那裡有一大園，園中嘉樹蓊鬱，綠蔭如畫。有一樹極珍異，葉上有無數細孔，都蓋著一層薄膜，如帶簧的簫眼，風過處，樂音齊發，不啻萬玉哀鳴。那聲音的緩急高低，固視風力而定，但又能隨人情緒的憂樂而為轉移。葉上每一音符都像一個神奇的手指，最煩躁的心靈經它一摩撫，也會平靜下來，安貼起來。樹後有一玉亭，阿坡羅公餘之暇，常坐其中，調弄他的金琴，與這樹所發的妙音，彼此應和，可以譜出無窮盡的樂曲。亭的四周，又點綴著無數瓊葩玉蕊，克麗曼在下界雖忝稱仙子，也目所未睹，口不能名，這可見日宮的景致是如何的富麗。

由亭子轉過去，見一大池，波光容與，克麗曼告訴兒子說，這是他父親的私人浴塘。他每晨整裝出發前，照例要在這池洗浴一次。據說這池中的水乃上界生命水匯聚而成，浴後可以恢復青春的精力。那拉日車的四匹驊騮所喝的也是這池水呢——這或者便是東方人所稱為「咸池」的了。

池旁有大桂一株，金銀纖蕊，正細細噴發著一股醉人心骨的甜香。這桂樹和人間的桂又自不同。人間的桂團團如綠玉蓋，美雖美，卻缺欠玲瓏，這株桂則枝葉婀娜，顫抖清風裡，似一嫻婉的少女，突遭暴力劫持，驚魂欲碎，楚楚可憐，別有一種嬌逸風流之致。法艾頓見這株桂樹四周有玉欄圍繞，彷彿園主對它特殊愛護似的，問他母親以緣故。克麗曼臉上忽露不樂之色，半晌，才說：「這樹是個不要臉的女孩兒變的，你爸爸將它種在這裡，太沒正經，頂好不必問吧。」原來這桂樹前身便是阿坡羅第一戀人河神之女妲芬，乃阿坡羅自臘東河邊將它移植天庭，以示永久悼念的。想妲芬在世時未嘗片刻愛過阿坡羅，現在已化成了無知的樹木，還要遭人罵為不要臉的女孩，也未免太不幸了。而克麗曼與妲芬從無半面之識，卻無端吃這醋，又可見仙女們的心眼兒比我們凡人還仄狹得多哩。

那邊又有一株向日葵，正旋轉它的黃金盤，對著西方那一抹斷霞，盈盈凝盼，像等待著一個人的歸來，等得不耐煩的光景。這又是什麼呢？這是水仙客麗蒂⑧，她生前與阿坡羅有過一段短暫的羅曼史，後因那太陽神一去不返，她坐於草地，九晝夜不飲不食，只抬頭望著天上，纖纖玉頸跟著太陽影子轉移，後來竟化成了這一種奇特的花兒。

克麗曼當然也不願在這向日葵面前多事停留，但可恨的是，園中事物多半與阿坡羅戀愛紀念有關，躲了這，偏又遇著那。譬如林間飛翔的烏鴉，便是其中之一。

鴉乃阿坡羅的愛鳥，本來白如天鵝，且善能人語。但因其會說話，未免有點喜歡搬弄口舌。阿坡羅的戀人柯綠妮絲便是因為牠多言，惹起丈夫的誤會而致死的。

阿坡羅後知柯綠妮絲之冤，罰鴉由白變黑；又剝奪了牠人言的能力，讓牠從此只會呀呀地叫。

但牠在鳥類中還不失為最饒舌的一種。這鴉以後繁殖成群，每飛夕陽中，羽毛閃閃作金色，「日中金烏」的典故想必由此而來。

園的盡頭，有個大廏，克麗曼又告訴說，這廏是阿坡羅關牛羊的。從前阿坡羅的牛群放牧於璧里安山中，他的弟弟風神赫梅士是個極其狡猾的傢伙，才生下地便會弄手段偷了他哥子五十頭牛。被他哥子發覺，到父親宙士面前控訴，赫梅士那小東西百端狡辯，使他父親也作不得主張。但後來赫梅士畢竟認了錯，將親手製造的一具玳瑁殼裝成的七絃琴送給阿坡羅，作為五十頭牛的代價。這琴便是阿坡羅每天彈奏著的金琴。至於羊群也算是阿坡羅財產的一部分。每天牛群放牧在澄藍天宇裡，下界人認作一朵朵的金雲，而羊群呢，則認作一朵朵的銀雲。

正說話間，金烏成陣自天邊飛回，牛羊也一隊隊返廏。克麗曼知天色將晚，領兒子趄回殿前，見殿陛下多了兩行執矛持盾的金甲衛士，氣象十分森嚴。打聽之下，知道阿坡羅已是回宮了。克麗曼對兒子說自己是海洋女神，沒有進入日宮的資格，「送你只能至此為止，你自己進去見你爸爸吧。」又附耳囑咐道：

「關於借日車的事，恐怕你爸爸不肯答應，頂好先要求他指士蒂克司河起個誓，這樣，事情便好辦了。」

於是她將法艾頓介紹給殿前衛士，請他們帶他進去見阿坡羅，自己則轉身回到下界去了。

五

衛士通報以後，阿坡羅下令叫帶那孩子進來。

法艾頓進了三重金門，才達內殿，遙見他父親阿坡羅坐在黃金獅子寶座上，身穿紫袍，頭戴一頂金剛鑽攢成的冠冕。兩旁站著「晝」、「月」、「年」、「四季」諸仙女，都穿著其長曳地的銀白仙裳，手中則執著各式樂器。

殿中這一團的寶氣珠光，使乍來天庭的法艾頓眼花撩亂。尤其戴在阿坡羅頭上的那頂鑽冕，射出極其強烈的光采，宛然一輪正午的太陽。法艾頓只覺得寶座上坐著的那個人，籠罩在幾百道同時並出的虹霓光下，幻成了一個瑰麗絕倫的影子：好像是一大堆碧玉、藍玉、紅寶石、綠寶石、黃寶石被幾千度的高熱鎔化在一起，眼前閃爍著一片七色的光輝，實在認不清他的形貌；同時，他的眼睛其實也張不開，只好低下頭，雙手掩著面，立在殿前，踟躕地不敢前進。

阿坡羅見了法艾頓的情形，明白其中緣故，隨手將頭上鑽冕卸下，叫仙侍收了進去，然後招手命他近前，父子親熱地擁抱了，才問法艾頓上日宮來找他的原因。

「喔！親愛的爸爸，給世界以光明和溫暖的大神！倘使我真是您的親兒，您可以給我一個確實的證明嗎？我今天冒昧來到您跟前，便是為了這個目標呀！」

「可以，兒子，你要任何證據，我都答應你。」

「爸爸，在您允許之前，請您指著士蒂克司河起個誓。」

阿坡羅遲疑了一下，但想小孩子的願望，有什麼難於滿足，他果然照兒子的話做了。

「爸爸，我想您將您的那輛華美的日車，借我在天空裡馳騁一天。」

聽了這話，阿坡羅臉上掠過了一陣陰影，他深悔剛才不該冒昧起誓，但已無法挽回。他只有正容告訴他兒子，日車不是像他這樣大的孩子所能駕駛的。又告訴他天空的道路怎樣的難行，太陽的行程又是怎樣的遼遠，他自己每天駕著日車，小心翼翼，猶恐失事，這件事怎樣可以輕易嘗試得呢？

法艾頓這孩子主意一定，九牛也挽不轉，愈聽他父親說得艱難，嘗試之心愈加熱烈。阿坡羅無可奈何，只有微喟一聲，停止了對他的勸說。叫人取些酒餚來，父子草草用過，帶兒子進了另一大廳，指點他看嵌在壁上的一幅黃玉浮雕——黃道十二宮圖。

阿坡羅仔細告訴兒子各宮排列的次序和它們的特點。他說一年分為十二月，日車每月走一宮，十二宮裡的「金牛」、「巨蟹」、「人馬」、「摩羯」諸星座都極不容易對付。以金牛座而論，日車應該由金牛這隻角尖鑽進去，彎彎曲曲走半日，再由那隻角尖穿出來。角中黑暗無光，道路又窄，一個不小心，車子卡在轉彎處，便會擱淺在那裡，或者跌得馬仰人翻。巨蟹的雙鉗渾如兩座大山，日車通過略慢，恐要被牠夾得粉碎。獅子的饞吻好可怕呀！但人馬的弓箭更令人寒心，因為箭能及遠。你拚命在前逃走，背後箭如飛蝗，一支接著一支射來，閃不及，身上準被射個透明窟窿。幸而目前是冬季，這幾個星座都不是日車應走的路線。但目前十二月分的星座天蠍宮也是夠危險的，那個尾巴上倒馬樁一般的鉤兒最凶最毒，他自己經過這個星座時，沒一回不提心弔膽的呢。

阿坡羅又引兒子到一座渾天儀的面前。那儀器的璇璣及座子乃黃金鑄成，裡面渾圓的天體則為整塊藍玉鏤空琢就。無數夜光明珠嵌在上面作為二、三等星，大金剛鑽則作為頭等星，排成了一天燦爛的星斗。阿坡羅將儀器旋轉給兒子看，教他明白天體運行與日車行駛兩者間的關係。

阿坡羅對著天圖和儀器，口講指畫，不厭其詳，法艾頓也聚精會神地聽受著。今日他在日宮算上了一堂下界學塾從來沒學過的天文課。

日宮並非不夜之城，神仙也有需要睡眠的時候。夜深了，父子倆也疲倦了。阿坡羅吻了兒子，自歸寢殿，法艾頓則被安頓在一小室中休息。

六

次日，天尚未明，法艾頓便被侍者催起，阿坡羅也起來了。他叫人帶他兒子到那生命水的池子裡洗了浴；又叫人取來一瓶香膏，將他滿臉滿身厚厚塗了一層，說可以避免日車強光的灼炙。之後，父子同到殿前，那輛四馬日車已駕好在那裡等待著了。

這輛日車是天鐵匠浮爾甘親手鑄造送給阿坡羅的珍貴禮物。車身的材料不出金銀之類；鑲嵌的珍寶也不出金鑽、明珠、瑪瑙、貓眼、翡翠，和各色寶石之類。但倘使你將人間那些貴重的金屬和價值連城的珍奇來比擬它，卻又未免太寒傖，太可笑了。那麼，你或者要問這究竟是些什麼品質呢？啊！原諒我，親愛的朋友，人間的事物，我可以描繪，天上的事物，則實無法形容，便叫我生出一萬張口，還是說不明白的。總之，如前文所述，這輛日車正是我們下界人所看見的太陽。但它在下界人的眼裡是一團不容諦視的白熱強光，而在天上，則光線變成悅目的柔和，像日光透過三稜鏡時的斒皇奇麗，這是太陽的本來面目哪！不過像你我凡人在天上看它時也要稍稍習慣才行。法艾頓昨日看見他父親頭上戴的那頂鑽冕，竟弄得雙目難睜，便是一個例。

駕車的四匹馬，也各有來歷，每匹馬都有一個名字。一色銀蹄金鬣，渾身閃射紅焰，牠們毛片像烈火，性情也像火般猛烈。馬背上都長著一雙翅膀，必要時會拉著日車騰空飛起。聽說那匹曾幫助英雄伯勒樂芳，力戕獅頭龍尾羊身巨怪的天馬白介沙斯，也歸了阿坡羅，成為日車四馬之一。不過白介沙斯色白，而駕日車的天馬則紅，這話也許是神話家捏造出來的。他們是為羨慕日馬的名貴，使伯勒樂芳的坐騎也得廁身其間以為榮，才說這樣的話吧。

阿坡羅親自將兒子抱上日車，將一根七寶金鞭遞在他手裡，又叮囑了他幾句話，才帶著一臉的憂容，進宮去了。

七

叱吒一聲，金鞭向空一颺，四匹馬曳開腳步，開始啟行了。伺候在巨闕前的一群黎明女神扯起了深紫色的天幔，前面展開了一條粉紅玫瑰鋪成的道路。日車的金輪一路輾過，花瓣紛飛，如大海浪花的噴濺。法艾頓在這樣香雪海中浮拍著，快樂極了，也得意極了！

這時候，天色還未甚亮，長天無際，萬顆明星輕顫曉風中，如淚光之搖搖欲墜。日車所到，群星漸向黑暗的雲中隱去，壓陣的是那顆日出前必然出現的啟明星。等到這顆大星也收斂了它那熠熠光芒時，世界已從沉睡裡蘧然醒來了。

法艾頓駕著日車，由東向西，一路馳去，不知走了多少里數，逐漸逼近天蠍宮。遙見那個大蠍，蹲在對面，高如丘山，目如閃電，那個帶著毒鉤的尾巴，高高豎起，在那黯澹的黃道背景裡，畫出了個巨大的疑問符號。法艾頓一見這樣可怕的景象，幾乎嚇昏了，手扯韁繩，猶疑地想繞個道兒走。但這一宮是太陽本月分必由之道，是非從蠍子腹下穿過不可的。那四匹馬究竟是天馬，而且這條道路牠們也不知已走過多少遍，所以不管法艾頓怎樣，還是拉著日車直向前奔。那大蠍見日車將近，兩鉗一攏，意思是想將法艾頓箝住。牠口中的毒氣已噴到法艾頓的臉上，幸所敷油膏甚厚，毒氣傷不了他。即在這一剎那間，四馬拉著日車已在蠍子肚腹間一衝而過了。那蠍卻又來得奸滑，並不轉身，只乘勢將尾巴向下一按，不是日車跑得快，準被牠那尾尖上可怕的毒鉤撈個正著！

脫離了天蠍轄區，人和馬都透了一口氣。可是天路還是十分崎嶇難行，幾乎寸寸有荊棘，步步遇險阻。原來天體是向左旋轉的，而日月星辰則由右而行，日車與天體走的是正相反的路線，天體大而日車小，這股子向後拉的力量有多大，請你們自己去想像吧。虧煞天馬調良，法艾頓在他父親宮中那大半夜的天文課也沒白上，總算勉強對付過去，沒有出什麼岔子。

八

日車在空中連續走了幾個鐘頭，將近亭午，漸近法艾頓的故鄉了。下望愛琴海明豔的藍光，與長天混成一色，希臘各邦，錯落海面，瑩瑩如荷葉上的露珠。原來此時時令正當嚴冬，大地積滿冰雪，從高空望去，冰雪的反光將那些星羅棋布的島嶼，映逼得好像透明的一般。法艾頓忽然想起家鄉這些日子以來，正淹沒在寒流裡，呼呼的北風以不可抵抗的威力，蹂躪著樹林，鞭撻著大地。牛羊躲在棚裡瑟瑟地發抖，鳥兒噤不能聲，蟲兒都鑽入泥土。他前日在枯枝間不是發現許多可愛蝴蝶僵死在那裡嗎？昨日上學時，不是曾看見無數鷓鴣、鵪鶉、畫眉、白頭翁、小麻雀，為了雪地無食可覓，誤入頑童們所張設的羅網嗎？他不是又看見一個年老的乞丐，被冰雪滑倒，斷折了一條腿兒嗎？他又不是聽見人說某窮寡婦的破茅屋被狂風捲去了屋頂嗎？啊！大地的痛苦多半來自嚴冬，一切含靈負氣之倫，正在喃喃怨恨這壞的季節而盼望春天的早回。他又想起平日所聽的愛巴浮士的理論來：「那少年常說世界是可以用人力來改良的，自然的秩序也可以安排得使它合理化的。今日我駕駛著日車，正掌著『溫暖』和『生命』，我為什麼不將日車降低一點，使世界改換一個局面呢？」法艾頓作此想以後，便將手中的金鞭向馬身上抽去，同時在車中立起，兩腳用力向下蹬，想使日車下沉。

馬兒好像知道這樣幹要弄出事來，固執地仍在原來軌道上馳走。法艾頓將金鞭連連抽去，使馬身上都迸出一條條的白色傷痕。那些馬負痛，仰首狂嘶。眼中熛射赤光，口鼻噴出一焰一焰的煙和火。法艾頓見牠們不聽命令，大聲呼喝，用全身的勁頓足，金鞭更雨點般落下來，那四匹馬給逼得走投無路，將身向下一挫。呀，這一來，日車便脫離了天空的軌道，好像高山崩雪，一瀉而下，再也停留不住了！

九

日車一和地面接近，地上像有一根無形的大軸，滾滾向後轉動，頃刻間把那一層耀眼生花的雪氈捲起了，露出黃褐色的土壤和一些殘青剩綠。溪澗川河的結冰也溶化了，水得到解放，唱起感頌的歌聲，扭著舞步去了。太陽的熱力傾注在地面上，匯成一股熱浪，鑽入植物的枝幹裡，奔迸在動物的血脈裡，像硬要將宇宙沉睡的靈魂撼醒。法艾頓在天空裡，彷彿看見原野田疇匆匆地已在迴黃轉綠，寒林已擠出了嫩青，枯枝已烘出了嬌紅，一個鳥語花香，春風駘盪的豔陽三月，似乎已在他這個小小魔術師的金杖下倏然湧現。他滿心的歡喜，覺得自己比愛巴浮士更值得驕傲，自己才是個真正改造世界的英雄呀。但他所見的這些景象都不過是他的想像而已，實際上，世界不但沒有由他而改良，反而由他而惡化了。

太陽一秒鐘一秒鐘地增強它的熱力，地面上的情形也一秒鐘一秒鐘變得可怕起來：河水騰騰冒出水蒸氣，瀰漫為一片白霧；不久，水又開始沸騰了，魚鱉等水族如遊鼎中，亂擲一陣，轉眼一齊糜爛了。水氣蒸發既盡，所有水道都露出白石磊磊的河床，只有大江長河和那汪洋無際的海洋，沒有乾到底罷了。

南北兩極終古皚皚的積雪也在開始溶化了。幾千噸重的大雪塊，自萬丈危峰滾下，砰訇如雷，山鳴谷應。那些崩雪，一路瀉入冰洋，一路橫掃原野，把那生活寒帶的荒寒民族和少數種類的動物，一掃而光。

樹木的水分既被炙乾，開始在燃燒。高山卸下雪冕，露出它們的禿頂，也開始點著了火。愛琴海邊那幾座有名高峰，像阿托司⑨呀、杜留司⑩呀、伊丹⑪呀，甚至文藝女神和阿坡羅經常遊賞的帕爾那蘇司呀、赫麗崆呀、漢繆司⑫呀，都燃亮在明麗的天空裡。不知是不是因為宇宙大主在舉行什麼莊嚴慶典，點起一排排朝天絳燭，將大千世界照得通紅！

日車像一把大火炬，一路燎過去，地上人民和飛走潛跂之屬，像聚蚊般，一霎便失了蹤影。

日車又像一個大火輪，一路輾過去，屋廬城郭，一霎也變成了陣陣飛灰，只有潛入深潭或鑽入山窟的生靈，勉強留得性命。非洲人民離愛琴海遠，被熱力灼焦了皮膚，從此變成黑種。亞洲人離得更遠，只薰黃了一些。還有什麼棕、紅人種的膚色，也是那時候一火所逼成。

我們知道地獄的位置本在地心，現在像被掀翻到地面上來了。火舌瘋狂般亂舐，貪饕地吞滅一切。地獄底的硫磺泉、瀝青河也在地面翻騰洶湧，氣味觸鼻難聞——地上各種礦泉、溫泉，便是彼時開始造成的。冷熱空氣對流得太快，自然會形成大風。火挾風勢，更到處蔓延，整個地球，幾乎成了一座火海。噴起的紅焰和黑煙，有幾百丈高，連在空中的法艾頓也感到薰灼。

海洋也煮熱了。海王普賽頓在水晶宮裡忽覺熱不可耐，將頭伸出海面，想看看外面有何事故發生。他三次伸出頭來，三次縮回水底，因為水面空氣更像火似的，令人受不了。

大熊星帶著小熊星正在海面天空相撲嬉戲，大火逼來，無處可躲，撲通！撲通！母子兩個先後跳入海中。這是大、小熊星每夜沒入海水的真正原因，但後代神話家卻借此另編一個故事。最倒霉的是火星。他這一年的行程同地球的距離恰恰最近，被火把臉炙成赤色，直到於今還轉不過來。人們見火星的顏色，以為象徵著「血」與「火」，所以喊他做火星，又說他是戰神之星。不錯，火星固屬戰神，戰神卻未必一定紅臉，他之紅卻是意外的災禍所釀就的！月神狄愛娜駕著她的銀車正上天來，忽見她哥哥阿坡羅的日車降低高度，與她走在同一軌道上，不知何故？為怕兩車磕撞，退讓太急，幾乎將月車顛翻。但她也被日車的奇熱燙著了一下，所以月兒初出或下降地平線時，慘澹帶紅色。中國詩人歌唱什麼「落月如金盆」，又什麼「金波耿玉繩」，以為很美，哪知道狄愛娜當時的狼狽啊！

在這一場大火之下，法艾頓的家鄉完了，學塾也完了，愛巴浮士和他的太保團員來不及逃避，統統給燒死了。現在，我可以將這位世界革命志士的身分宣布出來了：愛巴浮士哪裡真是什麼天帝的兒子，原來正是一生以傾覆天庭為職志的地獄之子，奉了魔頭普非良的命令來搞學運工作的。他用言語激動法艾頓去駕駛阿坡羅的日車，本是一種陰謀，以為可以使他在天庭搗個大亂，想不到大禍卻發生在地球上，他連自己性命也賠上了。

十

法艾頓在天空看見地面這種情形，知道自己已闖下了滔天大禍，嚇得臉色慘白，身體如狂風中敗葉不住簌簌地發抖。丟下金鞭，雙手拚命拉扯那轡繩，企圖將日車帶回原來軌道。可惜氣力過於薄弱，左扯扯不上，右拉拉不成，他這時候只有瘋狂般尖聲嘶叫和大哭的分兒。這時候，他才覺悟自己被那不正確的理想所害了，但可惜覺悟得是太晚了！

地祇見大局不可收拾，大聲呼籲天帝救援。宙士被驚動了，到天門前向下一看，見一個小孩駕著日車在雲中無目的地亂跑亂轉，不禁心中大怒，手一揚，雷矢從他掌中發出，霹靂一聲，打中法艾頓的心窩，將他一個倒栽蔥自雲端打下，直撞入愛里丹紐司河⑬，跌得粉身碎骨！

阿坡羅這時候也已獲得警報，飛奔趕來，恰值日車吐出了法艾頓，他便接著一躍而入。用力將轡繩一勒，四匹馬陡然人立，八隻銀蹄空中亂舞。阿坡羅又加上幾鞭，馬兒一努力，翅膀張開，連飛帶跳，竟跨上了天空原軌，地球始得免於完全毀滅。這位太陽神為順從兒子，弄出這場禍事，當然不免要受天帝嚴厲的責罰，但這卻是後話。

十一

當火勢熾盛時，仙女克麗曼率領三個女兒投入她父親「海洋」的懷抱。事定後，上得岸一看，家園已成焦土，又聽得愛子的噩音，痛哭不已。她又怕天帝要加罪於她，悲悔憂懼，三下交攻，不久便一命嗚呼了。她死前嗚咽的哭聲，混合於愛里丹紐司河的波聲裡，使她的悲哀永留世間。

三個女兒既哭弟，又哭母，久之竟變成河邊一行白楊，無論有風無風，總是蕭蕭瑟瑟地悲泣，血淚凝成了琥珀，替人間珍寶又添出一項珍奇。

愛里丹紐司河流永久嗚咽著，河邊白楊永久蕭蕭瑟瑟悲泣著，似乎永久在對世人訴說一個傷心的故事。這便是：一個少年人誤用他的熱情，想改造世界，反而幾乎毀滅世界的悲劇！

---

① 克麗曼，Clymene。

② 法艾頓，Phaeton。

③ 愛巴浮士，Epaphus。宙士與仙女娭娥所生之子。嘲笑法艾頓非日神裔胄，故有借日車之事。

④ 瑯白蒂，Lampete。

⑤ 傅愛竇絲，Phaethus。

⑥ 福貝，Phoebe。

⑦ 腓提亞士，Phidias。手雕宙士大像，為世界七大奇工之一。

⑧ 客麗蒂，Clytie。原為水仙，見愛於阿坡羅，後被忘棄，伸頸延盼太陽，至九晝夜，化為向日葵。

⑨ 阿托司，Athos。

⑩ 杜留司，Taurus。
⑪ 伊丹，Ida。
⑫ 漢繆司，Haemus。
⑬ 愛里丹紐司河，R. Eridanus。

銀的紀律

一

我們都知道月神狄愛娜和阿坡羅是一對孿生子，孿生孩子在容貌、性情方面每每相像，甚至嗜好、習慣也易於相像。所以狄愛娜與阿坡羅，雖則一司日而一司月，但兄妹二人的相貌似自一個模子倒出。他二人服裝車馬，顏色雖異，形式則同，故此希臘古代的人，常喚狄愛娜為「女阿坡羅」。

月神狄愛娜的容貌當然是美的。阿坡羅是男中最美者，狄愛娜可說是女中最美者了。但筆者在這裡說了一個「最」字，問題又來了。

奧靈匹司神山所有女神如天后希拉、地母賽麗絲①、司春女神卜賽芁②、智慧女神雅典娜、愛神阿卜羅蒂德、美神委娜絲，固沒有一個不美，即低一級的女神如司時仙女、優雅仙子等等，也絕非我們人間美的標準所得而比較，那麼，狄愛娜在她們之中究竟居於哪一等呢？啊，親愛的讀者們，我要告訴你：世間只有同類的事物，才可由相比而別其高下，否則是沒有辦法的。你拿著兩顆晶瑩的金剛鑽，或兩方無瑕美玉，叫人評個優劣，人家或者可以勉強給你一個答案，但倘使你托著一顆滴溜滾圓，精光四射的珍珠，和一粒大鑽石，叫人分別好歹，我想即使他是眼光最為高明的珠寶商，也要敬謝不敏吧。所以說從前仙女愛里絲③想挑撥天后希拉、雅典娜、委娜絲三人的惡感，在一隻金蘋果上刻著「給最美者」那幾個字，是很可笑的作為，不像神仙的舉動。而那三位仙女為要競爭究竟誰是最美，引起了特洛伊十載的刀兵，也頗令人費解。我想這個故事不過是盲詩人荷馬故意捏造的，作為他那偉大史詩的開端而已，哪會真有其事呢？因這緣故，狄愛娜的美和奧靈匹司那幾位重要女神相比，絕無軒輊之分，我之謂她最美者，是為了她有她美的特色。

然則月神美的特色是怎樣呢？你抬頭看看你頂上這輪光華圓滿，寶相莊嚴的月兒，便可得其大概了。狄愛娜的美，正是明月的具體化：爽朗、靈透、森寒、嚴潔。她捲曲的柔髮向腦後梳掠，結為一髻，額上束有銀色的緞帶一條，有幾個髮圈，無意自帶邊滑出，墜於雙肩之上。她那個蘊藏無窮智慧的額角，因這個髮型而顯得更加廣潤，煥發寶玉似的寒光。秀眉微向上挺，透露著一股英氣，那雙明如秋水的眼睛，像能洞徹人的肺腑，直達於人們靈魂的深處，使人不敢對她正視。

鼻梁正直，與額角作平行線，如一座寶岩直削而下，正是一個典型的希臘鼻子。小小嘴唇，閉得極其嚴緊，上面寫著「勇決」、「堅毅」，不像婉妙女郎巧笑蜜語的櫻唇，卻是一張發號施令將軍的鐵吻。她的身體頎長，肌肉堅實，胸脯飽滿，那緻緻作光的玉臂和玉脛，像內藏神奇的彈簧，一按便會迸跳起來，正是一個頭等女運動家的胴體和四肢，每一部分都平均發展，一分一寸的筋肉都是力。天神的容華，絕不隨時光之流而消逝，而日月二神的青春之美，更屬於青春中最芳鮮妍美的一段。狄愛娜的行動飄逸，顧盼神飛，與其愛好奔馳，不喜寧處，也由於她身體內部少年活力儲藏過豐，正像盛滿美酒的玉杯，不得不向外噴溢一樣。

總之月神的體格，若找話來形容，則剛健婀娜四字，勉強可擬其萬一。

狄愛娜參加奧靈匹司群神的朝會，常著一襲長裙拖地，光采燦爛的銀縷仙裳，胸前瓔珞，乃是雀卵大的夜光明珠，間雜以金鑽寶石，一色素淨，有似冬夜寒星，光芒灼爍。額上銀冕則是一鈎新月，壓住她那頭柔波似美髮，我們恍然看見一隻兩頭翹起的小白船，停泊在一汪金波閃爍的小湖裡。月神耳際的明璫，照她習慣，只有綴在左耳的一顆，這便是我們人間所常見的新月旁那粒小星。

狄愛娜每夜巡行天空，所駕的月車，也是天鐵匠浮爾甘替她製造的。那輛車以白金作底，鑲嵌珍寶之富麗，也與日車不相上下，不過都屬冷色，那絢麗的虹霓七彩之光，見了月神，每自慚庸俗，豈唯不敢在月神身上，濺上半點，乃至連她所用器具也不敢沾一沾。駕車的有時是四匹色如純銀的白馬，有時是四隻金蹄金角的銀鹿。這四鹿也都有其名字和來歷，與阿坡羅日車的四赤馬相同，現在只有暫不介紹。

二

我們見太陽每日都要出來，月兒則每月中常有幾天完全不見，以為月神比日神的工作，要較為輕鬆，狄愛娜是有假期的，她休息去了。不知月神除了駕馭月車、巡視大地以外，她的職務還多著哩。高山、湖澤、森林、田地、草場都要歸她管理，因為她原是雨水肥沃之神。林中的野獸和人家的家畜也由她保護。她也像她哥哥阿坡羅擅長醫藥，常替人治療疾病。大地上一切無生命的、有生命的，固定的、活動的，都要常常接受狄愛娜手指溫愛地撫摩，才能形成、存在；才能茁壯、繁息。

但狄愛娜更愛的是年輕的人和物。她愛小羊、小牛及一切幼稚的動物。她愛少年男女，更愛的是那像春花初蕾的少女。她是新綠女神，她是小動物及青年男女的主保。

青年男女誰不歡喜談情說愛呢？當良夜沉沉，長空如洗，草中秋蟲之聲四徹，朦朧的月光，帶著新葉的清香，編織了一張滿綴晶瑩露珠的網，自樹梢頭直垂到池塘的堤岸。池水像睡去似的，一碧如煙，微漣不起，偶有一隻青蛙，跳入水中，咚，同時濺起了幾滴水珠，池水倦眸微睜，身子也略為顫抖了一下，旋又冥然沉入夢境。整個空間，都被一種縹緲的、迷離的情調支配著，情人們喁喁的細語，這時候也變成了夢中的低囈，他們的手，不知不覺緊緊握住了，他們的兩顆心，也緊緊融合在一起了。

或者兩個情人沿著幽僻的小徑，並肩而行。遠處夜鶯的歌聲，隨風飄來，柔美的旋律，在譜著一個哀豔的愛情故事。蓮馨花在他們腳下，噴發著細細的幽香，似因承藉他們的腳步而欣悅。不是嗎？他們這一對，這時候不正成了伊甸園裡神的驕子？他們不覺停了下來，像被過多的幸福壓得行走不動，需要休息一下似的。他們擁抱著坐在石磴上，盡量接受那溶溶如波的月光的愛撫，答謝這愛撫的，是他們眼中所閃爍的快樂的淚光。

所以，狄愛娜又是情人所最崇拜的神明。

三

天界諸神各有其所偏愛的娛樂，狄愛娜最愛的則為畋獵，故此她頂愛作女獵戶打扮。每天公事一畢，她便卸下法服，換上一件長僅及膝的薄綃衫兒，那衫也沒有袖子，所以她修長的四肢，瑩然裸露。腳下穿一雙銀繩鞋，繩索交錯直絡到腳踝以上，極便於奔走馳逐。那鞋上雖沒有翅兒，鞋的主人，若想和風神赫梅士來個什麼百米、千米賽跑，保證她不會失敗。她肩頭跨著一隻箭箙，是水晶琢就的，透明而不碎，內盛銀箭數十支，腰佩一張百寶銀弓，手裡則是一支銛利如霜的獵槍。在她身畔是二、三隻猙獰如豹的銀毛獵狗，有時則是一隻白鹿。狄愛娜在動物裡特別愛鹿。她這隻常隨左右的白鹿，後來逃到阿卡底一帶為災，英雄海克士奉他主人優萊索士之命，奔逐希臘全境，足足一年，才把這鹿捉住，成為他十二大役的第三役。

狄愛娜和一群水仙在森林廣野之間，追逐野獸，整日不倦。她箭法之準確，恰像她哥哥阿坡羅，那支標槍，投擲出去，總中著目標，從無一次失手，所以她每次出獵，常常滿載而歸。

希臘天神並不像中國神仙餐風吸露可以過日子的，他們不但每日要在奧靈匹司饗宴，尚需要人間牛羊的祭獻。荷馬史詩不是曾說海王普賽頓在非洲黑人處大享百牢之祭，樂而忘歸，遂不再過問其仇人優里賽士④之事嗎？又不曾說風神赫梅士往奧吉吉亞島⑤，宣諭宙士之命，教仙女卡麗普莎⑥釋放那伊大卡國主返國，風神飛行海上二旬，受了仙女所款盛筵，精神始振嗎？希臘神話又說，有一回天帝宙士與群神，接受福里齊亞國王唐達臘士⑦的款待。那國王欲試驗天神預知的能力，殺其親生之子，詐為烤牛脯以進。地母賽麗絲正值腹飢，首先夾了一塊肩胛吃下，宙士發覺被騙，急停止刀匕，以神力使那可憐孩子復生，所缺肩胛，只有用象牙補足。他雖罰那殘忍的父親，永墮地獄，地母所吃那份人肉卻永遠嘔不出來了。這可見天神們是要吃人間煙火食的。他們為了口腹，有時竟會受凡人的作弄。現在月神狄愛娜親手獵來的野味，當然要成為群神席上之珍，而大恣其朵頤之快。

畋獵之餘，狄愛娜又喜以音樂舞蹈為消遣。她擅長琴瑟簫笛，更善歌唱。天上的文藝女神和優雅仙子的歌舞隊，有時是阿坡羅當領班，有時則狄愛娜作隊長。地上的花仙水仙以及無數山林仙女也常有歌舞團的組織，一致推狄愛娜為名譽團長，因為這些仙子常在月白風清之夜，出來活動，試問除了月神，有誰是適當的人選呢？

狄愛娜還有個完全由她支配的舞隊，由六十名海洋仙子組成，每當月圓之夕，便要大大練習一次。仙子們在天風海濤的交響樂裡，按著節拍，扭著美妙的狐步，銀白的鮫綃仙裳，翩翩翻拂。舞到高潮之際，天地也像迴旋起來、搖動起來，眼前成了一片白花花的世界。那舞姿之優美與雄渾，人間字彙絕無法形容。

四

奧靈匹司群神裡，只有灶神委斯塔、智慧女神雅典娜及月神狄愛娜三位是不婚的神道。而狄愛娜則更曾當她父親天帝之面，莊嚴宣誓，她要永遠守貞，以便盡心於其職務。狄愛娜對於她手下那群河女神及海洋仙子固要求她們效法她自己，畢生不字；甚至人間供奉她香火的女祭司，以及信從她的少女們，也以守貞為唯一條件。

月神自己處女的尊嚴，不容有半點貶損，正如長空那輪皓月，不讓纖雲翳蔽一般。這裡有幾個故事，可以為證：

阿克泰洪⑧是底庇司⑨的王子，酷好遊獵。一日，他帶了一群獵犬，追逐林中，不料竟撞到月神常在那裡洗浴的碧潭之畔。月神正當浴後，身上只披著一幅輕綃，由一河女神的仙侍為她挽髻。另一仙侍忽見樹影外有男子窺伺，驚而呼叫。彼時月神穿衣已不及，眾仙侍急智之下，將她圍繞起來，企圖以肉屏風遮斷外人的視線。所苦者狄愛娜比她們高出一頭，還是不能完全遮住。於是月神急掬潭中之水，向那男子之面灑去，說道：

「倘使你能夠，便去告訴人，說你瞧見狄愛娜沒穿衣服！」

阿克泰洪受了這幾滴水，像中了箭鏃，又像受沉重石塊的打擊，立刻倒地，俄而頭上長出杈枒的雙角，耳朵尖而上聳，兩手兩腳，變成四隻蹄子，皮膚變成毛片，原來他已化成一鹿了。他舉足向林外逃去，四面獵狗撲來，不覺被群狗擒住，一陣亂撕亂咬。他大叫：「莫咬，莫咬，我是你們主人阿克泰洪！」無奈他的話一出口僅成呦呦的鹿鳴，他終於被自己的狗咬得七零八落而死！

海王普賽頓所生之子好獵翁⑩是個巨人，其身之長，據說當他立在海中時，雙足伸入海底，肩胛尚露出於海面。若他在陸地上行走，則人們僅見一座高山在移動，山頭永遠埋沒在濛濛雲氣裡。這個巨人居然敢對那萬古皎潔的青雲之后發生妄想。常對人誇口他將埋伏東海之濱，等月車自海中上來，便將它一把逮住，則美麗的狄愛娜豈不將成他懷抱中物？他這樣信口開河，還不算事，又到處散布謠言，說月神對他如何如何的垂青，他們不久將在奧靈匹司大宴群神，舉行結婚的典禮了。他的無禮，到底得到懲罰，一天，他浮拍海中，竟被狄愛娜一箭射死。不過人間傳說，以訛傳訛，居然說月神真的愛他，唯阿坡羅反對，故意與妹子打賭，使她射遠處海上一座黑岩，誰知那座黑岩，卻是好獵翁的頭顱，致月神誤將她的情人射死。

又有一個名愛斐⑪的青年，也愛上了狄愛娜，曾對人說如下的故事：月神某夕與一群水仙在河中游泳，他游上去想逮住她。月神與其同伴泝流而下，其迅如風。趕到某處，河流曲折，淤泥壅塞，她們游泳的速度，因之減低，看看要被他追上了，她們忽於轉眼間，寂然不見，愛斐徘徊四顧，了無蹤跡可覓，不得已怏怏而返。

後來知月神並非水遁而去，也非用起了什麼隱身法，原來被追情急，掬起了河中汙泥把自己滿頭滿臉一塗，蹲伏於一堆亂石之後，水仙們也如法炮製，故此矇過了他的眼光。不然，這次狄愛娜是難逃他掌握的，他提起時每以為恨。

有人說這是愛斐想狄愛娜而不得，自己編造這個故事以為慰情聊勝之計的。又有人說，事是有這件事，不過他所追逐者乃是女獵者亞勒猶薩⑫。那女郎自負善走，以月神第二自命，喜在河中挑逗愛斐為樂，愛斐竟認她真是月神。

此事為狄愛娜所聞，深惡其說話的唐突，罰愛斐變為一河，此河即以其名為名。女獵者則變為一泉，河與泉雖隔一海，潛流相通，現在讓他們盡量去調情做愛，不要再牽涉到真正月神身上吧。

人們又相傳狄愛娜曾戀愛人間美少年安狄美恩⑬，無奈那少年每夜睡在「忘谷」，遺忘人間萬慮，只是酣睡不醒，她只能於每夜驅車經過他身邊時，注視他面片刻，並在他唇上接一個輕柔的吻。這又是別人的事，夾纏於她的身上了。原來愛安狄美恩的是西冷仙女，是地方性的月神。她時代也比狄愛娜為古，與狄愛娜並非一人。

五

阿泰泠他⑭是亞卡底國王司哥奈士⑮之女，她父親久無子息，渴盼有個男孩，以便將來承繼他的王位，屢向神明許願。後來王后果然懷孕，誰知生下的卻是一個與國王希望相反的女孩。國王一時惱怒，令人抱去拋棄深山。一兩天後，他又懊悔起來，叫人去山中尋找小公主回來，卻不見了。

原來這女嬰被一母熊啣歸窟穴，加以乳哺。嬰兒到了週歲左右，能爬行穴外，被一個獵者發現，拾回家中，養以為女。女孩在獵戶家中逐漸長大，成了一個極其出色的女獵戶，尤其她那雙捷足，許多男孩都比不過。

月神狄愛娜既為森林野獸的主保神，故此她也是獵戶們崇拜的對象。獵戶家的少女們大都誓願守貞，作她信徒，阿泰泠他也不例外。

狄愛娜生性愛憐少女，見阿泰泠他既有高貴的血統，容貌又美麗非常，對她當然更加寵愛。初則夢中向她示兆，繼則竟容許她和她真身接近。將她編入仙侍隊裡，訓練她行獵和馳走的技術，阿泰泠他一身絕藝，都是月神的親傳。

現在狄愛娜要送她回到父王的宮殿，因她父王至今膝下猶虛，懷念拋棄的女兒，常向月神祈求，幫助他再行獲得，一方面，月神也想借公主之歸國，推廣月神的祭典，吸收更多的信眾。

阿泰冷他啟程歸國之日，月神對她說道：

「我送你返國以後，別的沒有什麼，可慮者是你父親要逼迫你結婚，以便有嫡親骨血來延續他的王統。不過你是我的信徒，曾發畢生守貞誓願，這誓願不容破壞，你必須注意。

「我是情人的主保神，常願天下有情人都成眷屬，現在竟對你們作不婚的要求，豈非矛盾？況戀愛為我們天神之所不避，我又何必自己立不婚之誓，還要你們也追隨我的榜樣呢？有人說我之發願守貞者，是鑒於我母親麗都仙后為愛情受盡折磨，故灰心於結婚之事，這個理由，實非正確，我之為此，實另有其重大原因的。一個人精力和光陰都有限，有了家室之累，還想專心於他的職務，多少有點困難。以我的職務之繁而且重，又有什麼餘暇去談戀愛呢？何況目前世界正呈現空前危機，地獄的黑暗勢力，日益擴大它的陰影，意欲完全吞滅光明而甘心。我原是代表光明之神，更應兢兢業業，朝夕淬礪，以備與黑暗的魔鬼決戰，更說不上什麼室家之好了。

「我尚恐獨力難支，所以著手組織一個光明的部隊。這部隊以水仙海神為基本隊員，人間少女為補充隊員，你阿泰冷他即是補充隊員之一。若你們將來與惡魔作戰立功，將來自獲永生的賞報。

「我們天神行事都遵照自然的律法，自然的律法即造物主所頒的黃金的律法，便是我父親身為群神領袖，也應遵守毋違的。自然要生物永久繼續繁衍，是以兩性結合，原屬天經地義，我倡導不婚，豈非違反自然的大律？不知結婚是自然律法，是自然所要求於我們的；不結婚也是自然的律法，也是自然所要求於我們的。這話說來道理頗深，現在我就趁此機會，對你們闡述闡述吧。」

狄愛娜和阿泰冷他說話時，許多水仙及海洋仙子也正在場，所以她談鋒轉向，以眾人為對象了，當時她眼望眾人，很莊嚴地說道：

「如上所述，我之倡導不婚，是因為要專心職務，及與惡魔戰鬥，所以這是一種犧牲。這個華嚴世界的基礎是建築在犧牲上。大而像這無垠天宇中森列的星辰，小而像一粒種籽之微，一顆魚卵之細，都需要犧牲，而後成其圓滿的發展。你們都知道這個地球也像活物之需要飲食，而後始能維其生存。太空中每日都有大批流星，投入空氣燃燒，補充地球的營養。這在流星不是犧牲嗎？蕭颯的秋風裡，樹葉初變枯黃，繼則紛紛飄墮，是為什麼？原來這些勇敢的葉兒，要把僅有的營養料，留給母樹，好讓它度過漫長的冬季呀！嫣紅姹紫的花兒，引誘蜂蝶，盡了傳種義務後，即行萎謝，毫不沾戀；再者一株花兒的種籽每次萌生，何止千芽萬縷，密得有如夏夜的繁星，過幾時你再去看看，只有一、兩芽得以生長，其餘都消失了，爛作春泥，供它們中間幾個幸運的姊妹吸收了。動物裡，魚兒、蟲兒，一次排卵輒幾百萬粒，能得孵化而又長大者只有寥寥可數的幾個。空間有限，陽光、雨露、肥料、食物也有限，不有甘心退卻的，哪有順利長成的？那些甘心退卻的，是一種無言的可憐的夭折，但也是一種崇高的、悲壯的犧牲！

「自然界芸芸萬彙，既無時不在犧牲，無地沒有犧牲，作為萬物之靈的人類，又何能不知犧牲的真諦？所以我想對於『犧牲』二字的意義，你們應該都已了解，不必我再費口舌了。

「我們的部隊，既是一個戰鬥的部隊，沒有紀律，絕不能維持。自然的律法是金，我是月神，銀白是我的顏色，故此我要名我的紀律為『銀的紀律』。這銀的紀律，是以良心的坦白，女孩兒的貞潔及白熱化的戰鬥精神凝結而成，三者的顏色不正和月光一樣光明而皎潔嗎？你們既尊我為領袖，我便是你們的統帥，士兵必須絕對服從統帥，然後始能意志集中，力量集中，充分發揮戰鬥的威力。你們應絕對信任我，嚴格執行誓願，否則我必從重降罰，絕不寬貸，這是我要鄭重對你們聲明在先的。」

阿泰泠他回到她父王那裡（她父親預獲月神示兆，父女相認，毫無困難），過了不久，她父親果然勸她結婚，女兒提出條件，求婚者必須和她競走三圈，贏得她的，她即委身以事，否則那失敗者，必須交出他的性命，作為愛情的賭注。

以公主之豔名及亞卡底國家之富，誰不覬覦？人家總設想一個女孩子縱然會跑，天然生理的限制，哪裡跑得過男性？是以鄰近各國少年貴族，來與她作這離奇的婚姻決賭者，月有數起，誰知沒有一個不失敗於她足下，以後也就沒人敢來問鼎了。

六

亞卡底的鄰國是卡里頓⑯，人民一向過著太平歲月。近年不知從何處來了一隻野豬，碩大無朋，白晝匿身山中，天一黑便出現，蹂躪森林、田野，殺傷人畜，鬧得舉國騷然。民間又流行一種謠諑：這隻妖彘是月神狄愛娜遣來的。因國王倭尼士⑰有一次大祭天神，獨遺月神狄愛娜，月神為了報復，特降這個災殃。國王也曾百端禳禱，但毫無效果。

王子美里基⑱本是參加金羊毛之役的少年英雄之一，組織了一個獵隊，隊員都是亞各船員，如迦孫⑲、底索士⑳等生龍活虎般英傑，一共二十餘人。人數到齊以後，正待出發，忽宮門衛士來報，有一少年女郎求見。王子延入殿中，見這位女郎，年齡不過十七、八歲，穿一件羊皮獵裝，當胸一排耀目的金鈕，嚴鎖著她健美的胴體，肩頭跨著一隻象牙箭箙，佩一張銀弓，手執一柄獵矛，姿態輕盈，容光煥發，宛似月神狄愛娜親降塵世。自稱是亞卡底公主阿泰冷他，一生愛好狩獵，是以應募前來願助一臂之勞。王子聞言大喜，殷勤致謝。筵宴間，公主動問野豬來歷，王子說是月神狄愛娜遣來，公主變色道：

「不見得吧，月神是保護森林田野之神，哪有反加破壞的道理？我想這隻野豬，定是個妖物，是屬於魔鬼方面的。」

「民間沸沸揚揚，都這麼傳說著呢。同時那回我父王祭神，確遺漏了狄愛娜，不過那只是無心的疏忽，並非是敵對月神作有意的冒犯，誰知月神竟這麼嚴厲地報復我們！」

「月神不見得計較這類小事，倘使災禍果由月神所降，則我們應該誠心向月神謝罪，也未嘗不可獲她的原宥。」

「我們何嘗沒有向月神哀請過，受鞭青年的鮮血，染紅了月神廟的階石，自願獻作贖罪祭的少女，也已犧牲過幾人，但總不能挽回月神的憤怒，奈何！」

「天神降罰，我們只有忍受，你現在去獵這野豬，豈不是有心反抗神意嗎？」

「反抗天神，只有使天神更加憤怒，招來更大災禍，我們又何嘗不知。可是，這隻野豬為害敝國已將二年，糧食無法耕種，耕種了也無法收成，人民餓死者無數。人民忍無可忍，幾次糾合獵戶設法捕捉，不是被妖彘吞食，便是在衝突中被其踏傷，這樣橫死者又不知有多少人。人民沒有日子過，迫得向鄰國流亡，情況之悲慘，不可勝述。我們身為國主者，有保護人民之責，人民遭此塗炭，何忍坐視，因此我只有組織這個獵隊來碰碰運氣了。公主倘到敝國民間去巡視一番，見人民水深火熱的狀況，恐怕也要惻然動念的！」

阿泰冷他聽王子一番訴說，默然不語，若有所思。宴罷，即隨群雄出發。

七

一個美貌如仙的少女，忽加入一隊青年人中間，自然會像一塊磁石似的，吸住眾人的眼光也吸住眾人的心思。王子美里基對這公主非常巴結，也曾乘機向她求婚，公主只是搖頭不答。王子的兩位舅父，對她也極露垂涎之態，一有機會，便向她獻勤，頗撩王子醋意，甥舅間漸生磨擦。

獵那野豬是件艱巨工作，他們調動了全國獵戶及許多民壯，又徵集獰猛的獵犬數百頭，窩弓毒弩數百具，先在野豬出沒的森林附近十餘里，張設下極牢固的羅網，又挖掘了若干大而且深的陷阱。民夫都埋伏在森林四周，二十幾位英雄，則全身結束，直趨妖彘的窟穴。

在群雄圍攻之下，那龐然大物，幾度顛狂的抵抗，咬死幾個人，衝傷了幾個人，最後居然被牠突破幾道羅網，向北狂奔而去。群雄捨命追逐，還是追不上，正欲發出功敗垂成之嘆，阿泰冷他忽捷如鷹隼，一躍而前，在那野豬脇部刺入一矛，野豬憤怒，回首打算咬她，群雄湧上，亂矛爭下，才將那怪物結果了。

他們當晚動手剝下那張豬皮，美里基王子說，這次之獵，以阿泰冷他公主為首功，豬皮應歸她獨得。眾人都無異言，兩位母舅卻提出抗議，說為這張珍貴的豬皮，卡里頓付了莫大的代價，所以這張皮應該留存國庫，作為歷史的紀念，不能送給別國的人。二舅之言固有其充分的理由，但也可以說是有心與王子鬧的彆扭。甥舅初則爭辯，繼則吵罵，繼又奮拳。美里基一時被怒火燒昏，竟拔刀將二舅一刀一個，刺死在地。

這是歡樂中的敗興，但也無法補救，只有率領民壯扛抬獵物，奏凱回京。才及王宮大門，王子美里基忽連呼心痛，倒地不起，旋即氣息全無。

美里基何以這樣暴卒呢？原來他母親雅娣亞[21]產下他後，未及幾天，有一預言家來到王宮，王后即以孩子將來壽命短長相詢。預言家指著爐中一根正在燃燒著的細樹枝，說這樹枝燒盡時，即王子命終之日。王后急自爐中抓起那枝子，將它弄熄了，藏之祕處，已歷二十餘年。現忽聞兒子殺死她的兩個兄弟，王后悲而且怒，一面詛咒兒子快死，一面取出那樹枝向火爐裡一丟，誰知樹枝一爇，她兒子的性命果然也完了。王后悔之莫及，也立即自戕而死。

這當然是敗興之上更大的敗興了。群雄無心接受慶祝，索然散去，阿泰冷他也悄然回到本國。二舅及美里基母子之死，都為她一人而起，她心裡何嘗不明白？這悲劇不是肇因於野豬嗎？野豬不又是因月神狄愛娜為發洩私憤而遣送來的嗎？她對月神的信仰，完全喪失了，回到本國以後，再也不到月神祭壇[22]前敬禮了。

八

亞卡底少年貴族美拉尼恩[23]供職宮庭，過去公主與求婚人競走，常由他當裁判。他也十分愛慕公主，但目擊那些求婚失敗者，一一被逼自殺，甚感寒心。愛情固可貴，生命則更值錢，在「愛」與「死」之間，他不能不有所考慮。

自從公主回自卡里頓，放棄了她最愛的狩獵，在宮中學著享受一個公主應享的紛華，對男人的態度，也不像以前的冷峻，少年貴胄，漸來與公主周旋，不過為了她那可怕的徵婚條件，尚無人敢向她提出結婚的要求。

美拉尼恩一日伺候著公主散步御園。蘋果初次成熟，纍纍掛滿了枝頭，公主摘下一顆嫣紅若醉的大蘋果，在手中反覆玩弄，誇讚這蘋果之美，說種籽是鄰國某王贈送她父親的，品種之優良，希臘第一。

「人間蘋果，無論它怎樣好，怎及天神的金蘋果。」美拉尼恩說道。

「我也聽見金蘋果的話，不知究竟是怎樣個東西，你知道嗎？」公主問道。

「金蘋果產於大地極西仙后愛里絲園中，懼人盜取，常命百頭巨龍守護其樹。英雄海克士受役優萊索士曾得其三；波索士要去斬女妖馬杜薩，也曾問看守金蘋果的三仙女，得知女妖住所；特洛伊之戰乃由金蘋果引起，可見此物來頭之大。

「金蘋果乃婚姻祥瑞，什麼緣故？因天帝宙士與希拉結婚時，愛里絲曾攜一滿綴蘋實的金枝來賀，天后愛而植之園中，親自澆溉，長大成樹，她為紀念自己的婚姻，名所結蘋果為『婚果』，每值人間有真正戀愛將結婚者，則命愛神委娜絲以蘋果相贈。」

「怎樣贈法呢？」公主又問。

「情郎或情婦每見金蘋果自空而降，拾而食之，則不但婚姻美滿，子息繁盛，而且還可享受長生之福。見而不拾，則蘋果立刻消失，其人必有後災。」

公主聽了這番話，頗露歆羨之色，美拉尼恩又試探地問道：

「假如公主看見金蘋果顯現，你拾也不拾？」

「當然要拾，我倒想嘗嘗那蘋果究竟是怎樣的味道呢。」

過了些時，美拉尼恩居然向國王求婚，有前例在，他不得不和公主賽跑一次。

美拉尼恩在諸少年中，跑功不壞，但與公主同跑未及一圈，已落後了一段，忽有一隻蘋果，很大，金色輝煌，十分可愛，自空落在公主的腳前。公主猛憶美拉尼恩之言，俯身拾起，向懷中一塞，繼續向前跑，卻給她的敵手，跑在前面了。

第二圈，她又領先，又有一隻金蘋果落在她身邊，因她衝力大，已超過蘋果三、四步，轉身來拾，又給美拉尼恩趕上。

第三圈，她跑在男的前約十碼，已將及終點，又一隻蘋果在她腳間滾過，直滾到跑道之外，這回拾取的工夫擱得更大，她居然輸給美拉尼恩。

她只有如約，和美拉尼恩結婚。婚後，新郎始吐實言。蘋果無非是普通果子，他將它漆成金色，一共漆了十幾個，令心腹奴僕每人各懷數枚，雜在觀眾裡，見主人落後，便把蘋果向公主拋去，誰知公主果然中計了。

新娘也微笑說出了真心話：

「那蘋果我也知道是假的，本可不拾，你布置溫柔圈套，我不鑽，你也無奈我何！」

「那麼，你又何以要拾呢？」

「傻瓜，還不是為它是婚姻祥瑞呀！」

公主愛嬌地笑著，送過來一個甜吻。

一夕，夫婦遊戲園中，偶然走過那座荒涼的月神祭壇，狄愛娜忽向他們顯現，滿臉怒容，對公主說道：

「阿泰冷他，你居然破壞誓願，與人結婚，你對我犯了重罪，你知道不知道？你結婚事小，違背誓言事大。你之所以違背誓言，實由於聽信那個關於妖龕的謠言而起。不知那個妖龕是魔鬼送來的，謠言也是魔鬼散布的，你居然信以為真而懷疑我，可見你之不明。凡懷疑領袖者，結果一定要背叛領袖，你今日是背叛我了，為嚴格執行我的『銀的紀律』，我今日不得不加你以應得的懲罰。至於美拉尼恩敢於運用詭計，引誘我的女信徒，我也要加以懲罰。」

月神道罷，用手向夫婦二人一指，夫婦即變為雌雄二獅。這對獅子，後又由月神送給地母西倍兒㉔，為其駕車之獸。

①賽麗絲，Ceres，一名狄美特(Demeter)。宙士同胞，封為地母，掌大地五穀及一切農林。
②卜賽芳，Persephone。地母之女，後為冥后。
③愛里絲，Eris。大地女神，實為較古之地母。
④優里賽士，Ulysses。荷馬史詩《奧德賽》的主角，亦即是伊大卡(Ithaca)國主。
⑤奧吉吉亞島，Ogygia。
⑥卡麗普莎，Calypso。
⑦唐達臘士，Tantalus。福里齊亞國王。以烹子餉天神故，宙士罰其落地獄永受飢渴之苦。彼立身池中，渴而欲飲，則水迅落；空中百果芬芳，垂枝目前，舉手攀摘，則又成空。
⑧阿克泰洪，Actaeon。
⑨底庇司，Thebes。
⑩好獵翁，見〈盜火案〉註⑮。希臘神話又云好獵翁善獵，侈言將獵盡大地野獸。月神狄愛娜乃保護森林野獸之神，使大蠍螯殺之。好獵翁上天成獵人星後，每當天蠍星座出現，則隱不見，蓋猶畏之也。是則好獵翁與狄愛娜乃仇敵而非情人。本文所取為此說。
⑪愛斐，Alpheus。實為希臘愛斐河之神。
⑫亞勒猶薩，Arethusa。實為泉神。泉名即如其名。
⑬安狄美恩，Endymion。人間牧童，絕美，常睡於卡里之蘭特馬司山(Mt. Latmus)之忘谷。月神西冷

(Selene)愛而吻之，不醒。天帝乃使其永久酣睡，以保其青春於永久。一說安狄美恩為夕陽象徵。月與夕陽，每夕必相遇也。但希臘神話家既混西冷與狄愛娜為一，則安狄美恩的事，也夾纏到狄愛娜身上。

⑭ 阿泰冷他，Atalanta。本為月神信徒，故善獵及馳走，其不欲結婚亦由誓願而然。

⑮ 司哥奈士，Schoneus。

⑯ 卡里頓，Calydon。照原來故事，野豬實為月神所遣。

⑰ 倭尼士，Oeneus。

⑱ 美里基，Meleager。

⑲ 迦孫，Jason。

⑳ 底索士，Theseus。

㉑ 雅娣亞，Althaea。

㉒ 祭壇，月神的人祭。希臘古代祭月神須殺人為犧，斯巴達則鞭撻青年以代，亦利用以鍛煉青年之忍苦力。受鞭者，血濺祭壇，神色自若云。至殺少女祭獻，則見荷馬史詩。

㉓ 美拉尼恩，Milanion。原來故事，美拉尼恩祈求愛神委娜絲相助，女神特賜金蘋果三枚，用以延稽公主之馳步。後以結婚後忘向委娜絲獻祭，愛神罰夫婦變獅。

㉔ 西倍兒，Cybele。福里齊亞所崇之女神，其資格有如希臘地母賽麗絲。

九頭虺①

一

大力士海克士自奉了他主人梅生耐國王優萊索士的命令，到迺梅森林，殺死了那隻殘害人畜、為禍多年的迺梅巨獅②，回到京城，席猶未暖，那國王又對他說道：

「海克士，我現在又要派你到萊納③去剷除一個九頭虺，以除一方之害。這怪物本來比巨獅更凶，不過因萊納在我國邊境，距離我國都較遠，所以我現在才派你去。我也知你才做完第一件大工，需要休息，不過那地方情形危急，說不得，只有再辛苦你一趟了。」

「我既遵從神明的指示，自動來為陛下之奴，當然唯陛下之命是聽，有何辛苦可言。但不知陛下能不能將這怪物來歷告訴我，讓我得到點參考資料嗎？」海克士說。

「提起這個九頭虺的來歷，可說極不平凡。」國王說道，「牠父親便是那個專與天帝宙士為敵的百頭巨蟒炭風，母親是個半人半蛇的妖物，可說都是天地間一般至陰至冷之氣，也可說是一般乖僻凶戾之氣凝結成胎而生的吧。牠們結合為夫婦以後，又產生了一夥兒女，都是神怪史上鼎鼎大名的人物。九頭虺乃其中之一。你才殺卻的迺梅巨獅與九頭虺也正是一母所生的呢。這妖虺占據了我國萊納北境一山名為赤嶺者作為巢穴，距今已有好幾年了。你知道萊納地處希臘南部白羅坡尼司④，本來紫海藍天，風光如畫，自這怪物來後，天色長年陰沉，氣候也變得寒冷起來。那地方本來是人民富庶，牲畜繁衍的，這怪物來後每日吞食人畜，先將赤嶺周圍一帶的生靈吃光，現在又吃到二、三百里內外，人民除了向外逃亡，更無辦法對付牠。地方長官告急文書雪片飛來，我希望你早日啟程才好。」

「原來如此，那我當然非早去不可，為使陛下滿意，明天一早動身便是。」海克士回答。

二

海克士旅行了幾日，到了阿爾果司海灣，便覓路向萊納北境的赤嶺進發。

距離赤嶺數百里的村鎮都是荒涼滿目，村莊上聽不見雞犬鳴吠之聲，牧場間也不見半隻牛羊在嚙草。只見道路上絡繹過著牛車，男人執鞭，女人偎著破爛家具，解懷奶著孩子。沒有車子的則步行，挑著擔子的，扛著包袱的，扶老攜幼，牽著牛羊等家畜，狗兒跳前跳後，汪汪地叫，人們臉上都帶著悽惶驚怖之色，急急趲行著，像早離開這地點一天，便早一天得到安全似的。

「你們是做什麼的？現在要到哪兒去？」海克士同一家停車樹下休息的村人攀談起來。

「我們都是前面村莊的老百姓，現在是為逃難啊！這裡出了一個大怪物，難道您客官沒聽見說起？」

「你們說的便是那九頭虺嗎？我這次來到貴境，正為剷除此怪而來。我想今日我既已到此，你們不必再走了，各人都回到自己的家裡，等待我的捷音，豈不省了一番跋涉。」

「客官，您在說笑話吧？那怪物身長百肘，有九顆頭，吃人時，一頓便要九個人。吞豬羊時，一吞也是九個。客官，您雖然長得這樣雄偉，但也還填不滿牠一半肚子呢。我們勸您頂好同我們一樣向後轉，別白白送了您寶貴的生命。」

海克士聽了不由得暗暗好笑，「村人們膽子就是這麼小，不知我海克士乃是天帝宙士之子，神力無雙，哪裡會懼怕什麼妖怪。」便說道：

「諸位要走，我當然不便強留，我是奉命來誅妖的，怎麼可以空手而返呢？」

「客官，我們奉勸您是出於好意。您應該知道那怪物絕非人力所能抵敵，不然，我們結合上幾百幾千人豈不也將牠幹掉？為這怪物，我們全國獵戶都犧牲完了。兩個月前，我們國王派了一支大軍來圍剿牠，禁不住牠九個頭一齊亂咬，毒氣亂噴，巨尾又亂擊，五千軍隊，竟給牠一頓掃得精光。現在您客官看來雖像個好漢，究竟是孤單一身，怎敵得牠過呢？況且牠周圍巢穴四、五十里以內，道路也十分難行，所以我們要勸客官考慮。」

「道路為什麼難行，這倒要問清楚。」

「客官，您不知道那靠近赤嶺一帶的地勢本來低窪潮溼，這九頭虺身軀極重，凡牠所經過的土地，便劃出一道深溝，牠進出的次數既多，地面上便憑空添出無數縱橫的溝洫，久雨以後，積潦灌滿，長出一片蘆葦，那地方竟成為一片沼澤之區了。一不小心，掉下爛泥坑，愈陷愈深，無法掙扎得起，你便要受個活埋之罪。我們說道路難行，便是這個緣故。」

「多謝指教了。無論有何困難，我是非前進不可的。」海克士一面回答著村人，一面順手握住道旁一株極老的橄欖樹幹，搖了幾搖，將腰略為一努，便將這株很粗的老樹連根拔起，拔出腰間寶刀，一頓修削，作成了一根與他自己身軀差不多長短的大頭棍。他披好了西梅獅皮，掛正弓箭，將那新做的大頭棍扛在肩上，與村人作別，便邁開大步，昂然獨向深山進發。村人們見了他這麼大的氣力，也為之駭然。

三

海克士一路前進，所見村莊愈為破敗，田野愈為荒蕪，群動皆息，有如一個死的世界。漸近沼澤範圍，這便是九頭虺巢穴所在處了。除了那隱在雲霧裡屹然矗立的赤嶺，滿目平陽，並無半點樹木，只有彌望無際乾枯了的黃茅白葦在寒風裡瑟瑟發顫。這時候正當冬季，以希臘南部的白羅坡尼司氣候來論，應當是風和日麗，有如初春，而現在不知為什麼緣故，天公拉長一張鐵青的臉，不露一絲笑容，只有幾片黑雲，空中亂捲，凜冽的寒氣砭人肌骨，北風像一個巨人般在天空裡馳騁、咆哮，那帶著威嚇性的嘹喨大嗓，似向世界播送它不祥的預告：它將要掃蕩全宇宙；它將要凍死大地所有生物，只容許冷血種類存在；它將要破壞目前自然的秩序；粉碎人類文化的痕跡，另建立一個長夜漫漫，冰封雪裡的北極王國。

這沼澤本難行走，但現在卻有一條較乾的道路，直通赤嶺，道旁破爛戰車和鏽了的刀盾，零星拋擲，海克士才知村人之言不虛，這條路看得出是那回大軍圍剿九頭虺時，軍士們用土臨時鋪成的。優萊索士不肯將這話告訴他，也許是怕他膽怯不肯前來。海克士沿著這條乾路，如飛前進，沒多時便到了赤嶺之下。

嶺下的土地倒頗乾燥易於踐履，因為亂石犖确，加以枯骨縱橫，都是牛羊和人類的骨骼。這大約是那九頭虺歷年戕害生靈所留下的紀錄，海克士不勝感嘆。他沿著這座高峰團團尋去，直到山陰，發現半山有一大窟，窟前新死的屍骸堆積成丘，血腥撲鼻，耳中又聽得噓噓蛇哨之聲，舉目一看，那個他所尋找的目標，九頭妖虺，正盤做一堆，雄踞在屍山上，距離他不過數丈之遙。

這是條紅鱗大蟒，身子雖盤在那裡，半身卻豎起空中，九頭參差昂揚，有似一株深秋落葉的老樹樁，怒拿著無數鬼臂般的枝椏。只見牠十八隻眼睛射出極可畏怖的凶光，九張大嘴，吶唌著鮮紅的蛇信，哨著聽了令人血液也要凍凝的蛇曲，像對海克士示威；九個頭在空氣裡上下盤旋著，又像在那裡找尋罅隙，好對人來一個突然的致命的攻擊。

見了這樣可怕景象，這個誕生未及半夜，便在搖籃裡扼死兩條神蛇的天神般的勇士，一時也不覺怔住了！

原來上回國王派遣五千軍隊來圍剿這怪物時，一大半的人被這怪物巨尾掃入泥沼，一小半被牠咬死、擊死，屍體都委積於牠窟前，讓牠每日盡量飽餐，更吃得腸肥腦滿，鱗甲生光。海克士在本國底庇司山中度獵人生活時，所見各種顏色蛇類極多，紅色的也不少，卻從來沒有看見像這九頭虺一般的紅得出奇。牠盤在那裡，像一團燒得正旺的烈焰，又像一大片夕陽蒸透的絳雲，渾身斑紋環節，花團錦簇，豔麗絕倫，看了令人神搖目眩。這應是千萬人的脂膏將牠身軀培養得這麼肥澤的，千萬人的鮮血將牠色彩渲染得這麼鮮明的。這才知道宇宙間醜惡之所積聚，也可轉變而為一種美，同樣可以博得一般人的欣賞。

海克士面臨巨敵，不能後退，一個虎跳向前，雙手舉起大頭棍盡平生氣力，對那大蛇劈頭就是一下。這一下力量之大，一座山峰也該為之倒塌。那妖蛇吃這一棒，將身一挺，響一聲，解開了盤糾，似一串玉連環陡然被鐵錐敲碎，牠被激得狂怒起來了！

只見牠蜿蜒著巨大的軀體，九頭齊伸，向海克士亂撲過來，恰如一陣捲地狂飆，又似十來股狂舐過來的火舌，一人一蛇，在這亂骨岡前，展開了一場大戰！

海克士那根橄欖木的大頭棍，極其沉重，一下一下，打在蛇頭上，或打在蛇身上。那妖蛇因吃人太多，身體狼犺，轉折不靈，雖然有時將巨尾纏住了海克士，而因他氣力太大，輒被掙脫；九頭雖然對他亂咬，而他身上所披的迺梅獅皮，堅逾鐵甲，無法咬透。況海克士又矯健無比，一面攻打著敵人，一面也防衛著自己，東一跳，西一縱，兔起鶻落，解數無窮，妖蛇雖猛，輕易撈他不著。大戰百餘回合以後，九頭虺似乎有點疲乏了，停下來喘氣。海克士乘勢一把抓住牠一個頭，拔出腰間霜鋒，很快地將它切下，但那傷口並不見血，轉眼間又冒出兩個頭來。海克士大驚，揮刀亂砍，砍下一個頭，照例生出兩個，只見牠杈杈枒枒，長出了一身的頭，現在不是九頭虺，卻要叫牠百首怪了。牠倒比以前更增十倍威勢了。

自日午鬥到天晚，這個銅筋鐵骨的英雄，也已殺得一身大汗，不敢戀戰，轉身向山下就跑，那妖蛇也不來追，只在晚風裡吱吱唱著牠得勝的蛇曲。

四

海克士滿身塵土，拖著大頭棍，一陣風衝下赤嶺。到達附近一座廢村，跳下清溪，將身上洗滌乾淨，休息樹下，尋思解決妖虺的辦法。忽聞一陣轔轔車聲，劃破黃昏寂寞。他舉首一望，見遠處一簇飛塵，滾滾而至，漸行漸近，原來是一輛戰車，車上立著個少年武士，認得是他姪兒伊奧勞士⑤。

少年一見海克士，即帶住馬，跳下車，叔姪二人歡然擁抱。海克士問他何以會尋到這裡，來此又做什麼，那少年說道：

「自從阿叔一時神經失常，誤殺諸弟，悲痛出走以後，嬸娘日夕懸念。打聽得阿叔聽從神示，投身優萊索士國王為奴，嬸娘教我來探望，並勸阿叔回去。我前腳才踏入梅生耐國門，阿叔後腳已出發到萊納來誅殺九頭妖虺了。所以又趕到這裡來助阿叔一臂之力。阿叔同那妖物諒已見仗，勝負如何呢？」

海克士備述本日戰況，說那妖虺有斫去一頭即茁生二頭之異，因此殺牠不死，為之奈何？

伊奧勞士低頭思索了一陣，忽恍然大悟似的說道：

「阿叔，我記得古書上有這麼的記載：這類妖物，既為凝陰之氣所凝結，所怕的只是烈火。明天我們再去見仗，你切下牠的頭，我用火去燒灼那傷口，新頭便生不出來了。等到九個頭都給切下，那巨怪豈不就完事大吉！」

海克士也恍惚聽見老年人有這樣的話，深以姪兒建議為然。兩人到各處破屋一找，居然找出些破布爛氈、松香油脂之類。劈下許多樹枝，將氈布縛在枝端，加上引火材料；又尋出一些燧石火絨，安排停當。將戰車引入院子，解開馬，給牠們些水草，叔姪二人則將車中帶來的牛脯美酒飽餐一頓，頂緊門，便去睡覺。

次日，叔姪取原道上山，到了赤嶺之前，那九頭虺似知海克士還要再來，已在窟前嚴陣以待。海克士叫姪兒將火枝預備著，不必上前助戰，因他知道伊奧勞士乃純粹凡軀，禁不住那妖蛇半口的。

人蛇又復大戰，激烈更倍於昨日。海克士見妖虺氣力不加，抓住牠一個頭，一刀切斷，回首對姪兒做姿勢叫他上前。伊奧勞士將火枝去灼了那蛇的傷口，但仍然有二頭冒出。正無可如何間，海克士忽覺右腳脛奇痛徹心，像被什麼鐵鉗猛鉗了一下，看時，乃是一隻大赤蟹，正伸出另一巨螯要來鉗他左腳。這好像是九頭虺的伴當，於情勢緊張時出來助戰的。這英雄把棍子向下一搗，「咯」，清脆地響了一聲，妖蟹已碎於棍下，巨螯仍深嵌在他脛肉裡。海克士躬身去拔除時，突然聽得他姪兒慘叫一聲，拋開火枝已倒於地下，原來九頭虺乘這場紛亂，已將他螫傷了。

海克士顧不得疼痛，抱起姪兒，跳出圈子，躍上戰車，鞭馬疾馳下山，回到昨夕住處，見姪兒雙目緊閉，臂間傷處沁出黑血，已死去多時了。

現在，海克士前進則孤掌難鳴；退後，則無以覆他主人優萊索士之命。況見平生鍾愛之姪，為助他而死於非命，十分感傷。從來不知哭泣為何事的他，這時也不覺將頭深埋兩臂間，大灑其英雄之淚！

忽覺眼前一亮，耳畔有個聲音喚他道：

「海克士！海克士！不必灰心，我來教你殲滅妖虺之法。」

抬起頭，面前立著一個身帶大光，永保青春之美的神道，認得是太陽神阿坡羅。

海克士急起立致敬，求教尊神以誅妖之法。

於是阿坡羅對他說出下面一番論調，他說道：

「你姪兒伊奧勞士火炙之法，可以制勝其他多頭的妖物，卻難於克服這條九頭虺。你不知道妖虺本亦像牠父親炭風，生而百首。炭風因頭太多於行動反有障礙，傳牠隱現之法。牠中間一頭永恆不死，稱為『主頭』，其餘各頭的精力均由這主頭支持。有主頭在，新頭便不斷茁生。主頭不移去，火燒刀砍，也毫無用處。現在我祕傳你一個真正殺死此蛇之策：明天你再去與那妖物作戰，先砍下牠的主頭，壓在赤嶺頂上一塊大崖石之下，其餘各頭即無能為力了。再用火炙，新頭便無法冒出，足制妖物的死命了。這好像頑強之藤往往可纏死一株大樹，你想救樹，光是枝枝節節地去刪削藤蔓，那是徒勞無功的，找到藤根，一截兩段，全藤自然枯死樹上了。又好像一座大堤，穿潰了一穴，水四面亂流，你這裡用土圍，那裡築堰堵，也是徒勞無功之舉；而且愈圍堵水勢愈見浩大，愈將不可收拾。把那堤穴牢牢塞住，不是一下子便將水阻止了嗎？這叫做治標不如治本，你明白了這個道理沒有？」

海克士領了阿坡羅的訓示，深表感謝，因知太陽神兼為醫藥之神，有起死回生的力量，為他姪兒乞恩。阿坡羅說道：「正是，伊奧勞士命不該絕，況明日作戰尚有用他之處，我此來也正要救他呢。」取出一撮仙藥納入死者口中，這少年便立刻回生了，並且毫無所苦。又替海克士脛間摩撫了一下，脛傷也更無痕跡。

五

這個故事，敘到這裡，是可以結束了。我們簡單地來說吧。第二日，海克士與伊奧勞士復行上山，與那妖虺戰到分際，看準了牠中間的那個頭一刀斬下，叫姪兒持矛盾抵住那蛇，免牠追來，自己持著蛇頭，飛步奔上赤嶺峰頂。見頂上果有一塊大崖石豎立在那裡，他展施出拔山的偉力，將崖石揭起，掘了一穴，把蛇頭端端正正擺在穴裡，用土埋妥，再將崖石放下，壓得嚴密，又迴身飛奔下山。但見那個九頭虺失去主頭以後，好像一個正在苦戰中的猛士，忽然失去雙眼；又好像一頭猖獗突圍的野獸，受了洞穿心腑的一箭，已經精力大減，呈出倉皇無主的神態，雖在強作抵攔，已無進攻的能力了。海克士一刀劈下牠一個頭，叫姪兒用火一炙，果不見再有新頭冒出，須臾間，八頭盡被斬下，黑血湧出如泉，這條擾亂世界多年的紅鱗大蟒，已直僵僵死在地上了。

海克士見昨日姪兒被螫立死，知此蛇極毒，傾出箙中所有的箭，將箭鏃沾了蛇血，留作後用，始與伊奧勞士驅車下山。

這時候，天空裡巨人的咆哮寂然無聲，陰雲解駁，吐出蔚藍天光，俄刻又湧上一輪光輝皎潔的白日，世界似從一場噩夢中醒來，變成喜氣洋洋的了。叔姪兩個快樂地唱著凱歌，應和著得得蹄聲，向梅生耐首都疾馳而返，準備去接受國王給他們勝利的桂冠！

① 九頭虺，原名希特拉（Hydra）。水蛇類。在天上為水蛇座。
② 迺梅巨獅，Nemean Lion。
③ 萊納，Lerna。
④ 白羅坡尼司，Pelopones。
⑤ 伊奧勞士，Iolaus。希臘神話或云是海克士之僕，或云是其姪。

吃人肉的馬

一

愛琴海的北邊，太拉司①廣野，有個民族名為俾士東②族，國王狄俄迷特③，據說是戰神阿里士的兒子。奧靈匹司諸神撒下人間的種籽本來不少，戰神性情粗暴，嗜殺成性，他留在凡間的兒女大都變成害人的妖怪；有的雖儼然人類，也安著一顆魔鬼的心，狄俄迷特正是屬於這一類的人物。不過假冒世系的事，世所常有，以天神之貴，當然多願託其苗裔以為榮，有人說狄俄迷特是否真為火星之子是大有問題的。當時譜牒之學尚未成立，華胄遙遙，從何追考，我們對此也只有存疑而已。

魔鬼與天神為了爭奪世界的統治權而進行戰爭，到這時候已經歷了很綿長的一段歲月了。魔鬼自知神通遠遜天神，只有一貫地在壓倒的軍隊數量上注意。那時地球人類傳衍日益繁盛，全世界合計何止數萬萬，這個可愛的數目，當然成了魔鬼一心所要爭取的對象。

魔鬼原是世間最狡猾的東西，他們看出人類崇敬天神而畏惡魔鬼的心理，便將自己真面目隱藏起來，幻變天神的形貌，造作天神的言語，假借天神的名義來欺騙人類。神出鬼沒，機關萬變；手腕又陰險毒辣，無所不用其極。原來「只問目的，不擇手段」這兩句政治名言，並不始於今日，傳授衣缽的祖師卻正是那個大名鼎鼎的地獄之主——群魔領袖普非良呢。

魔頭知道太拉司國王狄俄迷特自負神裔，常有征服希臘全境的野心，便來與他商議合作。推翻奧靈匹司統治以後，魔頭自為天帝，而讓狄俄迷特做希臘全境的主人。但有三個條件必須接受：其一，狄俄迷特與魔頭必須成立父子關係；其二，遵照魔鬼指示，編練軍隊，準備軍需，政治方面也要推行魔鬼新定的制度；其三，當魔鬼與天神作戰時，太拉司必須盡量供給人力、物力。

魔頭對狄俄迷特說：「天神們並不足畏，只有宙士的雷矢不易抵抗。但雷矢之為物，用一支，少一支，重造甚難。現在我們拿人民的血肉去消耗他的雷矢，等到他的雷矢投擲已完，一時不及重造之際，我們便可將全體天神趕入地獄最深處的韃韃獄，這世界豈不便歸我們占領？」他教狄俄迷特建軍的方略，要那國王編練步兵二十萬，整備戰車二千輛，這個數目在那時代其實大得驚人。希臘最強大的王國，常備兵額，至多不過一、二萬，太拉司是個地處荒寒、文化落後的國家，居然要建立十幾倍的武力，真是談何容易。所以狄俄迷特聽了魔頭的話，心下躊躇，一時未曾回答。

「我兒，」魔頭說道，「你不必為難。我已調查清楚，你們太拉司國有三十幾萬戶口，每戶以五口計，也有百多萬人口，一戶出壯丁一人，這建軍的計畫不就貫徹了嗎？」

「但是，親愛的爸爸，」國王答道，「一家五口，有不能工作的老人和小孩，有氣力荏弱，或懷孕哺子的婦女，每戶壯丁僅得一人，頂多二人，抽去當了兵，誰去耕田呢？誰去經商作工養活家口呢？再者兵器、盔甲、戰車、營幕一類的輜重，都是極費錢的，現在需要的量數這麼多，請問又出在哪裡？」

「壯丁抽去了，老弱和婦女難道不能生產？你是國王，你掌握死生大權，百姓不肯服從，難道不能殺他？誰不怕死，站在白如霜雪的利刃和翻騰沸滾的油鼎面前，誰人敢哼半個『不』字？你知道革命譬如賭博，是需要下本錢的呀。賭注下得愈多，所得利息愈大。倘使你有孤注一擲的勇氣，一個赤貧漢子，一轉眼間便成為百萬富翁了。現在我們所從事的是世界革命的大計，你怎麼竟想吝惜你的本錢呢？」

「不過，這個賭注是百萬生靈的生命啊！做國王的人，是人民的父母，世上有父母拿兒女的性命來賭運氣的嗎？」國王滿臉顯出苦惱的神情說。

「我兒，」魔頭笑道，「你說這話還是將民命看得太重，革命者是從來不把人的性命當作一回事的。你知道牛馬是天生來供人拉車耕田的，牠們不聽話，便該用皮鞭痛抽；再倔強，送進屠場，抽了牠的筋，剝了牠的皮！樹木、泥土和五金是用來建築廬舍和器皿的，我們都應該盡量利用。假使你體恤牛馬的勞苦，不忍摧殘樹木的生機，不願范土為器，放進窯裡去燒，不願加金屬以鍛煉敲打，你一輩子也不能吃飯、行路、住房子了。況且世界萬國人民多的是，你若征服全希臘，想比你太拉司多上幾百倍的人口也有。」

狄俄迷特也覺得魔頭說的話太傷天害理，但他虛榮心素來熾盛，那個希臘大皇帝頭銜的誘惑力也委實太大，便不由得連連點頭，說道：

「親愛的爸爸，既然這樣，我照著你老人家的話去做就是。只是軍需一切，敝國地小民貧，一時來不及製造，還望爸爸多幫點忙才好。」

「幫忙是可以的，但也不能毫無代價。我的乾兒子滿天下，要我幫忙的國家多著哩。我雖神通廣大，也不能一一答應他們的要求。你太拉司雖算不得工業國家，農業、畜牧卻也發達。好吧，你拿牛羊和五穀去和別的國家交換軍用品，我從中調度，使你們有無相通，兩不吃虧，我只抽你們百分之五的經手費。再者，我派來你們國家的顧問團要一律由你贍養，並且待遇必須從豐。」

這條件是被接受了。

二

那時候屈服於魔鬼勢力之下的國家甚多，魔頭派去無數魔幹充作這些國家的顧問，其實都是監視各國執政者的密探，國王一舉一動，都有報告，並將整個政治組織都嚴密控制起來。他們要狄俄迷特將民間馬匹一概收歸國有，又按戶出馬一匹，十家共出運輸車一輛，一村共出戰車五輛。每輛戰車駕馬四匹，二千輛戰車，需馬八千匹，番代的和後備馬在二倍、三倍以上。運輸糧食武器又以騾馬為主，車、步兩軍合計所需騾馬何止十餘萬匹。太拉司雖是產馬之區，一時也搜刮不出這麼多的馬。普非良究竟不愧群魔之首，手段高強，他到歐亞各洲，弄到無數良駒，叫狄俄迷特拿糧食來同他交換，所以太拉司國新式的，富於機動性的軍隊，居然訓練成功了。

魔頭又送狄俄迷特四匹牝馬，作為國王戰車之用。這四匹馬各有名字：一名波丹哥斯、一名朗朋、一名伊克桑杜斯、一名臺諾斯④。相傳乃西風與那個人面鳥身，慣於盜竊的哈卑女神結合所生。但人家又說其中兩匹的父母乃是另一對怪物。這四匹牝馬，都細頸長鬣，蹄如削鐵，眼如明鏡，渾身毛片，一色通紅，看去像是四團烈火。奔走時，腳底生風，口鼻噴出濃煙和火焰，所以詩人們又說牠們便是太陽神阿坡羅駕馭日車之馬，被魔鬼偷來送太拉司國王的。這話當然無稽，不過這四匹馬雖非來自天庭，人間卻也絕不會有，想來只有那原居地獄的魔鬼，知道牠們的來歷吧。

馬類本是素食主義者，這四匹馬卻不然，牠們性格凶猛如虎豹，也像虎豹一般愛吃肉，並且非人肉不飽。四匹馬每天需要四個人，戰時食糧更要加倍。廄中執役的人都是魔鬼派來，別人近前，定被踢得腦漿迸流，或被咬下臂膀，齧斷大腿。駕上戰車時，也只有國王狄俄迷特駕馭得牠們住。別人駕，牠們便狂嘶亂跳，定將車子顛翻。

開始時，馬的食料取給於愛琴海邊往來商船的賈客，或周流於各國的旅行家、行腳僧、負販行商之流。後來聲名遠播，商船寧冒風濤之險，不敢在太拉司港口停泊，行旅也相戒裹足。國王只有用本國人民來餵這四匹馬。橫豎他這國家自屬行魔鬼制度以來，改造工場的奴工和牢獄的囚犯，都填塞得實騰騰地，正愁無處再行安頓，拿來作為馬料，可說是廢物利用，再好也沒有了。

這四匹馬駕上戰車作戰時，便亂噴煙火，向敵陣猛衝過去，有如百霆齊擊，又如狂風之亂捲雲片，千軍萬馬，當之無不四散披靡。四匹馬的力量，說句誇誕的話，也就抵得那二千輛普通戰車，故國王更愛惜得性命相似。

還有那幾萬匹戰馬，雖然不吃人肉，可是也得用上好料子飼養呀。這些馬料都是人民束緊腰帶奉獻出來的，所以這些凡馬雖然沒有直接吃人肉，間接也還在吃人。

太拉司壯丁都奉召入伍去了。上自七、八十歲的老人，下至六、七歲的孩童，都須下田耕作，到工場製造軍需品。耕田的牲畜，被國家徵收，或拿去同魔鬼換軍火，或編入運輸隊；鋤犁一類的鐵器也都送入兵工廠改鑄了軍器，人民只有用木製的農具和自己的體力，同土地奮鬥，流汗流血，夜以繼日地苦作。收獲的糧食，一車車運往魔鬼指定的地點交納，他們自己連雜糧也混不上，只有將那抽得其長過人的萵苣和一點麥麩，苟延著他們賤逾糞土的生命。因為軍費浩大，尋常稅收不足支付，田賦加了幾倍，苛捐雜稅又多如牛毛，人民脂膏已被剝盡，還要被放進搾床搾取最後一滴的血液。百姓想造反，則魔幹監視極嚴，可怕的連坐法，一人有罪，禍延全族；想逃亡，則各隘口都有軍隊扼守，插翅也飛不過。捉回，則罪人和他全家的墳墓，便是國王那四匹妖馬的肚腸。人民受不了虐政的磨折，只有作消極的抵抗——自殺。鄰國謠傳：太拉司的樹木都變成人參果樹了，川河盛產人魚。因為每天清早，樹枝間總懸掛著成串的人，隨風搖盪；碧波間總漂泛著無數浮萍般的屍體，流入大海。至於因勞累和飢餓而死的，更是陳陳相望於道。這慘絕人寰的景象，卻也蔚成了一種奇觀！

人民沒飯吃，軍隊的給養卻優，說得上「士飽馬騰」。老百姓以應募當兵為大幸。所以太拉司人民乾癟了，軍隊卻日益壯大起來。狄俄迷特倚仗他那四匹妖馬和強大的軍隊，侵略附近各國，居然戰無不勝，攻無不克，版圖日益擴大。國內戶口消耗雖多，新征服的民族，卻給他填補上空額。他將贏來的錢，押下更大的賭注，母子相生，賭本愈來愈雄厚了。這才知道他乾爸爸普非良的理論，果然是百分之百的正確。

狄俄迷特天性極殘暴，自拜魔鬼為父以來，與魔鬼沆瀣一氣，更完全失去了人性。他心目間常見一頂大大的金冕，懸在那萬里無雲的藍空裡，光輝四射，宛如一輪旭日。但想伸手得到它，必須攀登一座白骨堆成的峻嶺。這座峻嶺，一時填築未成，他已感覺萬分不耐。殺呀！殺呀！他要放手地殺，加緊地殺，骨嶺加高一層，他同那可愛的金冕便接近了一步。殺呀！殺呀！他要放手地殺，加緊地殺，幾時殺的人數滿盈，幾時他便可以實現那希臘大皇帝的美夢。

一個頂天立地的巨人，獨立宇內，下視希臘全境，煥如錦繡，千萬人民蠕動於他腳下，正似螻蟻，諸天為他喝采，大海為他頌歌，人生到此，才可說快活，才可以躊躇滿志！他一想到那個光榮的景象，便不覺得意地縱聲狂笑起來。

三

梅生耐國王優萊索士見北方新興的武力，對鄰邦蠶食鯨吞，了無止境，且逐步向他自己國境逼來。他前次為圍剿那個九頭妖虺，犧牲了五千精銳，元氣一時難於恢復，一旦太拉司來侵，拿什麼力量來抵抗？況近獲諜報：太拉司國王在愛琴海邊舉行軍事大演習，武力的南針，正指著梅生耐，狄俄迷特的摩天巨刃已在他頭頂上閃閃作光了。是以優萊索士朝夕惴惴，好像亡國之禍，已迫於眉睫。

他那英雄奴隸海克士這時候正奉命遠征克里特島，替他的好友彌諾士王誅殺那頭海王送來蹂躪國土的牡牛。這是海克士受役於優萊索士以來，所作第七件大工。他奉主人之命去與各地怪物戰鬥，工程艱鉅無比，卻沒有一次不順利達成任務，優萊索士對他十分信任。近因局勢緊張，國王盼望海克士的歸來，真不啻大旱之望雲霓，好容易那天盼得他來到，便與他商議抵抗狄俄迷特的方法。

「陛下，」海克士說，「這件事，道路沸揚，相傳已久，我也早已知道了。想太拉司國王所恃的無非是那四匹吃人的妖馬，我們若能先將那四匹馬奪來，擊破他的軍隊，易於反掌。我想他的軍隊無論怎樣強，總強不過那一頓掃滅了五千人的九頭虺，和那能彈羽射人的鐵翅鳥群⑤吧；也強不過我這一回所殺的海王牡牛吧。這些凶惡的妖物，都已被我一一殺死，何懼於那些血肉之軀的凡夫呢？」

「你說先奪取那國王的妖馬，實為上策，但不知你怎樣奪法？」國王問道。

「妖馬既這麼獰惡，對陣強奪也難，只有趁夜盜取。太拉司軍隊既在海濱演習，國王一定親臨指揮，四妖馬一定也在海濱，這正好，盜取時可以少費些手腳了。不過我要坦白告訴陛下，前幾回奉命誅殺諸怪，我都是單獨一身前去，現在既與一國為敵，沒有個把幫手可不行。求陛下派遣一支軍隊和幾艘兵艦，讓我率領北上。再派一員得力的武將，做我的副手。」

優萊索士對於海克士所提條件一一依從，給他軍士三千人，大艦十隻，副將也由他自擇，但妖馬說明必須生致，因為優萊索士想用來駕自己的戰車。海克士指名要亞伯臺洛士⑥做他副將。這個少年將軍乃風神赫梅士與人間女郎所生之子，善於駕駛馬匹，有神御之稱。海克士自來梅生耐，為了彼此都是英雄，膽肝相照，兩人間建立了很深的友誼。

四

艦隊到了太拉司境，海克士下令偃旗息鼓，軍士都伏在艦內，裝作商船模樣。他自己扮成商人，帶了幾個隨從，攜了份禮物，尋到國王御營，請求覲見。對國王說，來的這幫船，是底庇司販皮貨的商船，他自己則是商人公推的領袖。因船舶遭風漏水，需要修理，懇求國王允許在港內停泊幾天。又說聽說國王四匹神馬有許多靈異，也希望他能讓遠方商人，開開眼界。

狄俄迷特見禮物豐盛，欣然允其所求，命一名侍衛帶領海克士到御廄看馬。那四匹馬被鐵鍊鎖在銅櫪上，正在那裡大吃人肉。見了生人，怒目如焚，噴嘶跳躍，大有想將他們夾生吞下的意思。海克士認清了御廄的方位，即告辭返船。

天黑，海克士悄悄抄小路到了御廄，殺倒魔幹，衝到櫪前，扯斷了鐵索，把四匹馬都牽出來。那馬亂咬亂踢，若非他身上有迺梅獅皮保護，定受重傷。見牠們性情這樣狂暴，雖已被人牽住，還發瘋般掙扎，死也不肯就範，那英雄幾乎捺不住心頭的怒火，若非優萊索士有命生擒，他早已一刀一個，將牠們宰卻了。他用他那根大頭棍使了三分氣力在牠們背脊上各搥了幾下，才把牠們弄得略為馴服，跨上了一匹最強悍的，牽著其餘三匹，飛奔到了海岸。

遙見海邊火光如織，雪刃縱橫，喊殺之聲，與拍岸的驚濤，喧騰一片。原來狄俄迷特送海克士返船後，趁夜親率羽林軍隊，來劫底庇司商船，以為不但可以奪取財貨，還可以憑空擄得一批愛馬的飼料。誰知亞伯臺洛士極有將才，早作戒備。接戰之下，太拉司國王未免吃虧，本認那幫商船是手到擒來的綿羊，哪知卻是伏爪潛牙的猛虎，自己準備不足，士卒大半痍傷，只有退回岸上。亞伯臺洛士也麾兵追上岸來，恰遇海克士趕到，他將那四匹馬繫在道旁一株大樹上，一路大頭棍排山倒海般劈過去。狄俄迷特哪料到斜刺裡又殺出這一股奇兵，腹背受敵，無法抵擋，率領殘卒，衝開一條血路，向自己大軍所在地奔回。海克士與亞伯臺洛士率兵緊緊追趕，一直趕到了國王的御營。

這時天色已是大明，國王奔入營裡，急叫駕車。四馬均渺然不見，幾個屍首倒在血泊裡，半截鐵鍊拖在地上，證明馬已被人盜去。國王驚極，但也已無可如何，只有調兵迎敵。當他走出御營，忽見平原上連雲萬幕，一色豎起白旗，渾疑一夜北風飄來的漫天大雪。原來國王戰敗的消息傳播得極快，軍心一時都變了。他們紛紛殺死魔幹，打算向他們的解放者投降。這些軍人來自隴畝，全家大抵死於國王的暴政，此仇永銘肺腑。他們在隊伍裡雖然待遇較好，但他們可也不是白痴，知道自己的性命無非是國王那頂希臘皇帝冠冕的賭注，遲早是要給輸去的。憤怒不平和過去種種窮冤酷恨，在他們心頭愈積愈深，愈釀愈烈，一遇機會便要整個發洩出來。現在機會果然到了：火山爆發了，漫山漫野，一片火辣辣的紅光！大堤決口了，怒濤奔注，一瀉千里，沛然莫之能禦！這個局面，任何人不能挽轉，除非地球中止它的運行，宇宙完全毀滅！

御營已被團團圍住，四面是震耳欲聾的轟雷般叫喊：

「打倒狄俄迷特！」

「殺死暴君！粉碎虐政！」

「我們今日要報仇！報仇！」

狄俄迷特走投無路，終於被自己的人民捆住，獻到侵入者的軍前。

海克士以為還須鏖戰數場，才能奏凱，這回他卻料錯了。沒想到太拉司軍隊陣前起義，大局急轉直下，輕輕讓他成就了這一段擒王破國的百世奇勳！

「這是你們的國王，你們打算怎樣處置他，隨你們的便。」海克士對太拉司民眾說。

「拿他去餵那四匹妖馬。他這四匹馬不知吃掉我們多少百姓，今天也教他親自嘗嘗這個滋味！」民眾齊聲大叫道。

「好！那四匹馬繫在海邊一株樹上，你們隨心所欲去幹吧。」

民眾將狄俄迷特推擁到繫馬的樹邊，他如何死法，無須詳繪，總之這個暴君終於得到他最殘酷的報應。

至於後來那四匹妖馬的下落，也該一為交代。優萊索士因亞伯臺洛士善於調馴馬匹，便把這四匹馬交給他。那少年一日偶不小心，竟被這些馬撕裂得血肉狼藉，奄然就斃。國王痛失愛將，對於這四匹妖馬不敢再行請教，命海克士牽去，遠遠送到奧靈匹司神山之下，釋放林中，後不知其所終。一般傳說，則說被山中野狼吃掉云。

① 太拉司，Thrace。
② 俾士東，Bistones。
③ 狄俄迷特，Diomedes。
④ 四妖馬之名，Podargos、Lampon、Xanthos、Denos。相傳為哈皐 (Harpe) 所生。
⑤ 鐵翅鳥群，The Stymphalian birds。
⑥ 亞伯臺洛士，Abderos。

卜賽芳的被劫

一

仙后賽麗絲，又名狄美特，與天帝宙士原是一母所生。天帝派她到地球上來，管理大地所有的植物，如樹木、花果、五穀之類，因此得了「地母」的封號。賽麗絲若有一天不執行她的職務，地上植物便會憔悴萎落，發生饑荒，不但人類將大批餓死，天神們也將歆享不到祭祀了。所以地母自履任以後，夙興夜寐，黽勉從公，未嘗敢有一刻懈怠。

天神們的子息都甚繁衍，地母膝前卻僅有一個女兒，她的名字是卜賽芳。這是地母擎在手掌上的一顆明珠，不，我們竟可說她是她母親腔子裡的另一顆心肝。她和她母親血肉相連，脈搏相共，性命也融成了一片。倘使女兒失去，地母也便活不成了。

卜賽芳這位小公主芳齡才介十四、五之間，一頭捲曲的黃金美髮，好像奧靈匹司山腰的嬾雲，被旭日的光輝映得絲絲發亮。翦水雙瞳，蔚藍中微帶綠色，細看則綠多於藍，說是純粹的綠色亦不為過。人家常把她的眼色比做愛琴海春曉的柔波。智慧女神雅典娜的眼睛，也是綠的，所以她有「碧眼女仙」之號，但雅典娜眼色之綠，蘊蓄她深沉的思想，同時又表示她富於心機、喜於惡作劇、狡獪、易怒、愛報復那一類的德性。而卜賽芳的則一味是女孩兒的天真和純潔，帶一點兒倔強，但又十分柔和，極其聰明，但又極其痴憨。何況綠色是青春的象徵，表示蓬勃的生機和洋溢的活力，故此卜賽芳眼波所及之處，每個人心都溫暖起來，有如和煦的春風吹拂之下，堅冰解泮，嫩陽微笑，大地透露出一片生機。

此外則螓首、蛾眉、櫻脣、瓠齒，巧笑的口輔，凝脂的肌膚，無一不生得恰到好處。天上女仙沒一個不是秀美無倫，風神絕代，而以愛神兼美神阿卜羅蒂德集眾美之大成，不過我們若以那個已成熟的女郎之美來和這個未成熟的女郎之美相比，則卜賽芳似乎更為可愛。卜賽芳是芳春，是眉月，是蓓蕾的花朵，是涓涓流注的新波。卜賽芳行走之際，珊珊仙骨，若將淩虛而飛；她的笑聲播盪空氣裡，有如銀鈴的清脆；她坦白爽朗的性格，能使城府最深的人也解除精神的武裝，而與之開誠相對；她活潑的天機，能使枯寂如嚴冬的老年人，也會童心復來，和她一道嬉戲打鬧，幹出許多可笑的傻事來。

天帝宙士本想委任卜賽芳做司春女神的，但因其年齡尚幼，由她母后賽麗絲暫時代理職權。

小公主既為地母膝前唯一之女，承受過多母愛的煦嫗，如松枝載雪太重，枝葉不免下垂；又如一朵玉蘤，漬潤雨露太久，稍見嚲傾，有失玉立亭亭的韻致。雖她生來天性善良，不因母親溺愛而養成了世間一般獨養女兒的驕蹇、放縱諸惡習，但任性則在所難免。她的性情本來非常的好動，好像荷葉上的露珠，圓轉不定；又像風行水上時，銀色的漣漪，閃爍更無休止。她又抱有非常強烈的好奇心理，任何事都要尋根覓據，直追到底，恨不得將宇宙間蘊藏最深的祕密，也給挖掘出來。地母對於這個女兒教養的方針每感棘手，並且常有窮於應付之苦。不過平日姑息已慣，要想矯正女兒的性格，已很不容易了。

二

春天是一年的開始，以人生階段而論，它是個少年，初春則更可說是個幼小的孩子。是孩子便有孩子的天性。自然是個大工場，每日都在忙碌地工作。春要預備夏的壯盛、秋的豐饒、冬的休息，工作當然更是起勁。然而春和其他季節的不同處是：春一面在莊嚴地工作，一面卻在盡情遊戲。它愛撒嬌、愛捉弄，愛給人以意外的驚喜，它是天真可愛的孩子，但也是頑皮可厭的孩子啊！

你不信這話嗎？請看初春自然界各種現象吧：

太陽的職司是向地球萬物散布它的光和熱，它的工作何等嚴肅？但初春的太陽則每每從雲陣裡探出頭來，以孩童充滿好奇情緒的眼睛，向這個新鮮世界望了一望，倏然又縮回去了。轉瞬間又將頭伸出，霎霎金睫毛，向大地吐下舌頭，扮個鬼臉。它就是這樣在那錦雲厚幛後進出個不停，誰說太陽不在和萬物玩著捉迷藏的遊戲？

流水負責灌溉大地，職務也不能說輕鬆吧？然而春溪乍漲的水，一面活活地流著，一面卻唱著嘹喨的歌兒，將愉快的氣氛散播空間每一角落。世界萬物聽見了春水的歌聲，精神也都為之振奮、鼓舞，水原是萬物的生命呀！

殘雪未融，世界仍掩覆於荒寒之下。一片新綠，忽躡著腳尖偷偷走來，只一夜之間，便綴滿了樹枝，鋪遍了蘭皋，繡遍了池塘，洩漏盡了春之祕密。新綠，你從前藏身何處？現在從何處出來？你從不讓人知道，你只是要人們驚訝一下而已。喔，狡獪的小東西！

清晨群鳥的合唱，你認為牠們是在隆重地舉行什麼音樂大會嗎？嘻，不如此，並不如此。你聽時，只覺得牠們的聲音，是一聲長、一聲短，一聲高、一聲低，非常雜亂的。這是一種不和諧的音籟，但卻是一種悅耳的不和諧。牠們也並不專心在歌唱，我們再仔細聽去，其中似夾雜著喧笑、戲謔、吵嘴、哭泣、打情罵俏、爭風吃醋的種種花樣哩。據說，鳥兒春天的歌唱，無非由於戀愛的衝動，那麼，這一類少年情人間的玩耍和爭鬧，牠們當然也不會缺少的。倘使鳥類中也有詩人，也有文學家，能把自己的思想感情記錄在紙上，則太平時代固無麵包與愛情衝突之憂，戰爭時代也無物價高漲的壓迫，和烽火驚心，流離瑣尾的痛苦，牠們的大作，一定是最純潔、最優美、最圓滿的。你若有緣拜讀，你不悔錯投了人胎才怪。

至於那些作為芳春靈魂的花兒、草兒們，更可算是一群天真爛漫，愛吵愛鬧的小女郎了。自然的母親本已預備好了一闋「春回大地」的歌舞劇，再三叮囑她們打扮整齊，以便出場演奏。可是你看這群女兒的行動是多麼彆扭呀！含羞草常是葳葳蕤蕤的，被人偶然碰了一下，便垂下頭，半天抬不起。雖說是閨秀風範，可也太不大方。破雪草等不到冰雪融解，早已探出地面，又未免太性急了一點，人家又批評她有欠莊重。櫻草見雛菊先走了一步便氣紅了臉。紫地丁見她妹妹鈴蘭略為落後，又鼓起小嘴兒生氣。紅躑躅太高興了，一步一跳。毛茛和鬼燈檠專愛在伙伴裡搗亂，大家都討厭她們，罵她倆是毛丫頭和小鬼頭。豌豆花的捲髮常常纏住了蒲公英的纖腰。紫藤的秀指又每無意鉤住了碧桃的玉腕，女孩兒們走路，總愛這麼牽牽絆絆，真不知是何道理。其中只有勿忘草比較老成，時刻囑咐大家不要忘記了出場演奏的行頭，還是這個少抹了胭脂，那個忘注了香露，誰丟下了她的花冠，誰又沒披上她的錦帔，她們總是這麼鬧嚷嚷、亂哄哄的，缺少紀律。自然的母親對於她們只有搖頭苦笑，請問她拿這些頑劣的小兒女又有什麼辦法呢？

宇宙萬物都有它們的靈魂，換言之即是它們的個性。這些雲呀、風呀、花呀、鳥呀，當然也都有。不過它們的靈魂只有自然母親看得見，我們凡人則不能，甚至神仙也不能。萬物又都有精靈，其狀老少醜美不一，我們凡人無緣得見，神仙們則可以。美的東西，精靈也美，花兒、草兒的精靈都是綽約如仙的少女，或長著翅膀的小天使般的兒童。在地母府中當隨從的都是這一類精靈，而以像仙女的精靈為多。地母府中有一個大園，她們便在那裡伺候著小公主。地母來的時候，她們還守點規矩，地母一轉背，這一群小淘氣鬼便攛掇著小公主無法無天胡鬧起來，直鬧得天上鉛灰色的雲片成陣飛逃；澗壑間的冰凍，澌澌地嘆氣；北風也只有以喃喃的怨咒，代替以前終日的咆哮；凜冽的寒威，也都不敢再在大地停留，都回到它們的老家南北極去了。

小公主愛花成癖，園中有了百種名花不算，還要到外面去搜羅。看見了一株色香俱美的花兒，定要找來栽在自己園裡。她的興致既高，膽量又大，為搜尋好花，懸巖絕壁，深林幽谷，獨自一個她都敢去。她母親日常教誡她不可太冒險，她只當作耳邊之風，仍然我行我素。

三

地母賽麗絲閒暇的時候，常和女兒談話。

神仙們談話的題材當然和我們凡人不同，所談的都是很玄妙的理論，譬如那些宇宙構成的原理，諸天旋轉的狀況，日月星辰運行的規則，雷霆雨露更迭的功用，她固為女兒娓娓講解；即一莖麥自發芽至結實，一朵花自結苞至盛開的程序，她也不厭其詳，為女兒詳細剖析。這也算是神仙的家庭教育。卜賽芳天生聰慧，又加以喜於發問，所以年紀雖小，學問倒是相當的淵博。至少人間一百個公主也抵不得她一個。

地母又常常與女兒談三界的情況，她說：

「這個宇宙自創始以來，便分為上、中、下三個部分，這便是所謂三界。

「上界即所謂天庭，光明純粹，有如水晶之海，其中萬種美善，萬般福樂，即運用我們神仙的字彙也不能形容於萬一。我們在這地球上不過暫時作客，天庭才是我們永久的家鄉。不過天帝宙士則喜歡率領群神，住在奧靈匹司山頂上。這座仙山是天帝的離宮。縹緲的五色雲中，金銀樓閣，參差高下，極宏偉壯麗之觀；景致之美，一時也敘說不盡。這個地方我們倒是很容易去的。

等你成年以後，天帝正式冊封你做司春女神的時候，做娘的少不得要陪你去住幾天。而且以後每逢令節，我母女倆也要赴闕朝賀。在那裡可以會見天下有名的神仙，享受各種最高的娛樂，你去了以後，恐怕不想再回這個地球上來呢。

「中界便是我們目前所居住的地球，一切情形，我和你都很熟悉，用不著再說。不過你只知道地球上的美麗和快樂，卻不知道地球上的醜惡和痛苦。當然，因為你是仙人，你居處是幽靜的園林，呼吸是清虛之氣，做伴的都是婉麗的仙女。等一天，媽也要帶你去人海深處打個轉身，教你去領略領略那市廛的煩囂、貧民窟的汙穢、工場的汗腥氣、牢獄的傴仄不自由，以及許多不適意的地方，你都該閱歷一下。甚至水火之災、饑饉之患、戰爭之恐怖，也應該去經驗一番。這是你司春女神應該受的訓練，因為春是以生命給予萬物的，也是以快樂光明的希望散播於人間的。對於這些阻礙生命發展的惡勢力，你若不加以研究，將來又怎樣能對付它們呢？

「下界即所謂幽冥，又名地府，乃人類靈魂歸宿之處。統治者為冥君柏魯托①。他與天帝宙士雖有君臣之分，在下界威權之大，卻儼然是一尊天帝，所以一般人喊他為『冥界的宙士』。

「地球上每天都有許多人死亡。一到晚上，亡靈便成群結隊，像窈窕的秋雲朵朵，飛上天空，手裡各擎著個小小火把，沿著銀河向西進行而達於冥界。前面領導者便是那『金杖之神』風神赫梅士。我們夏夜仰望天空，但見一道燦爛的天河，橫亙天半，其中似有波浪在滔滔流動，哪知道這波聲所奏的卻是一闋『死亡進行曲』。」

「一個亡靈要到下面的冥府，倒先上天，這是什麼緣故？」小公主問道。

「我兒，你哪知道銀河和地水本來是相通的。而地上所謂生命之水卻又發源於冥界。這種生死循環的道理，異常深奧，現在我替你解釋也無用，將來你自然會了解的。」

「那麼，天空流星又是何物，難道也是亡靈嗎？」

「對，這些亡靈生前放浪成性，在隊伍裡走著時，也愛東張西望，到處逗遛，一個不小心，落了後，滑出銀河的邊沿，只有終古流蕩於太空裡了。」

「流蕩天空，豈不比身入地府強？」小公主說。

「亡靈是應該歸於地府的。歸了地府以後，將來還有轉生的希望。一顆種籽落自枝頭，腐爛於泥土，日後才能成為一株新樹。叫它永久飄浮空中，你想這是一般種籽的原意嗎？你夏夜看見那些流星滑來滑去，在蔚藍天空裡亂劃銀色弧線，覺得美麗極了，卻不知這些迷途的靈魂正在那裡高舉火炬覓路哩。它們心裡的焦急，你哪會知道？況且太空終古黑暗無光，又是多麼的寒冷！」

「媽這麼說，地府倒是溫暖而光明的了。」

「那也不然，我先把冥君柏魯托所在的地方敘述一下吧。他住在一座極大黑色雲母石砌成的宮殿裡，殿中有幾排大柱，都是整塊深紫水晶磨琢而成。柱礎和柱頭則為烏金鑄成的毛鬣壯麗，目射威光的獅首——一座柱子上有八個獅首。殿上的地坪也是黑色雲石鋪就，欄楯之屬則為玄玉。深黑色的絲絨帷幕沉沉下垂至地，懷孕著永恆的神祕和恐怖。氣象之陰森嚴肅，到此境地，叫你渾身的血脈也要凍凝成冰，好像人們見了女妖馬杜薩的臉，不覺成為化石。

「坐在寶座上的冥君柏魯托，頭上戴著的是烏金冠冕，身上穿的是黑緞王袍，腳下蹲伏著的便是那有名的三頭惡狗賽白拉斯。冥君的性情是永不寬恕、永不屈服的，所以他臉色也永遠嚴酷而陰冷。他臉上是從無表情的。

「冥府永遠不見陽光，整個空間為濛濛霧氣所充塞，但見鬼影幢幢，時隱時現，等你逼近去看，又都歸消滅了。

「宮殿以外的光景又怎樣呢？殿的四周圍都是又高又密的樹林，大部分是那慘戚無歡、黛色最深的老柏，和日夜蕭蕭悲嘆的白楊，正像墓地的氣氛。」

卜賽芳聽到這裡，插嘴道：

「冥界不是又有什麼日光蘭的田地嗎？這是一位水仙告訴我的話。日光蘭黃得像日光，在花兒裡顏色最為鮮明。冥界有了此花，豈不可以教陰暗的景色，增加一點明媚風光？」

「是的，」地母回答道，「冥界唯一風景優美之區便是日光蘭田地了。所以冥靈多喜於此田間飄蕩。不過荊棘、蘆葦長得過於茂盛，日光蘭受了排擠，變成憔悴可憐。你若以地面上金星萬點的光景，來比擬地府的蘭田，你的想法也還是錯誤呢。

「至於冥界的四條大河，和罪人受苦的地獄情況，我現在暫不對你詳細描繪，怕你幼稚脆弱的心靈，受不住駭怖的壓迫。總之地府景況我別的不談，單以這終古黑暗的一端而論，誰又能受得了？我們在暗陬停留小半天，便覺悶得胸口也要開裂，而地府的黑暗則是永久！永久！」

「通到地府去的只有銀河那條路嗎？或者還有第二條吧？」卜賽芳又好奇地問。

「通到天庭的路只有奧靈匹司山頂那一條，通到地府的卻有無數。大瀛海西邊的那條大道其名尤著，所以人間有些詩人歌詠冥界，每說它的位置坐落海西。其實冥界本在地心，凡地穴、深井之類都可與之相通，何必遠赴西海？不錯，我們談到這個問題，媽正有話要囑咐你：我們這個大地原有許多通向幽冥深不可測的地穴。這些地穴有的因山崩地震的關係；有的受水潦沖激的影響，穴口被泥土壅塞了，長出樹木花草之類，外面一點看不出。有人掘地，有人移樹，跌下地穴喪失生命的很多。媽見你專喜在外面移花拔草的，很不放心，只怕有一天，你也……你應該慎防這種意外的危機呀，我親愛的女兒！

「你要知道一個凡人進入陰曹，苦雖苦，將來還有轉生陽世的希望，我們是永恆不死的神仙，沒有輪迴之說。我們倘跌入冥界，那個罪可永遠受不完了。你大約也曾聽過人說：地球上有一個有名國王，死到陰曹，曾說他寧可在陽間做個賤僕，也不願在陰間做死國之君。這個大地，在我神仙眼睛裡看來，要比天庭不知差多少倍，但以大地和幽冥相比，又不知要強多少倍哩。」

四

卜賽芳一日又和眾女伴出去散步。她們已經尋到了好多種美麗的野花，如紫羅蘭、風信子、鳶尾草、水仙花……各紮了幾大捆。天色晚下來，仙女們都急於回府，小公主還是興致勃勃地想再採集一點。

郊原的盡處有座極大的森林，樹葉濃密，光線幽暗，仙女都怕進去。這天小公主背了一隻花筐，手持一柄金鴉鋤，獨自入林探險。

在林中逶迤行走良久，離家也不知多遠，忽然發現一片隙地，細草綿芊，可坐可臥。天光自群樹枝頭如泉下注，使得這片隙地洞然光明，人入其間，如置身翡翠之谷。

那隙地中間長著一株玫瑰，婀娜的青莖綠葉，襯托著十幾朵盛開的花兒，紅得像血，又像火焰，蓬勃醉人的清芬，好像把整座森林都薰成香界了。

卜賽芳覺得從來沒有看見過這麼可愛的一株玫瑰，決意取它回家去種。她先相度了一下，然後用鴉鋤在玫瑰的四周掘下去，這工程也頗不容易，掘了好一陣，才將泥土掘鬆。大顆珍珠似的汗粒，沿著她緋紅的雙頰，滴落地上，嬌喘細細，而玉脛雪臂間也沾了不少泥土的痕跡。

她坐在草地上休息片刻，立起，躬下纖腰，雙手緊握那玫瑰的根株，用力向上一拔。奇怪！這株花兒竟文風不動，比千年老樹樁還要牢固。

女孩兒天性多執拗，她們的勇氣與阻礙往往成反比例而存在：阻礙愈大勇氣倒愈增加。何況卜賽芳自幼被她母親慣壞，養成了任性的脾氣，並且異樣好強。解不開的玉連環，她強要解，最後不過一金錐敲碎了事；猜不透的獅身女面怪的謎，她偏要猜，結果寧願拿性命去抵失敗的賭注。現因這株玫瑰花兒拔不動，她不覺煩躁起來，蒸騰的汗氣自額間冒出，兩眼耿耿作光。她束束腰，舉起鴉鋤使勁在花根四周掘了一陣，又使勁拔了一陣，這樣連續幾回，她也不由得有點疲乏了。

夕陽將次西沉，黃昏已展開它蒼然的巨幕，籠罩大地，鴟梟開始發出幸災樂禍的冷笑聲，蝙蝠亂飛空中，似在編織不祥的預告。卜賽芳心下想這是應該回家的時候了，否則定要把她母親急煞。現在且對這株玫瑰花兒來一次最後的努力，倘仍無效，只有暫時丟開，明天多邀幾個女伴來幫忙，也是一樣。

她拭乾了額汗，又將腰帶束了一束，雙手握住玫瑰的根，先極力搖撼，附根的泥土，果然被她搖得鬆動起來，然後她盡平生氣力向上一拔。她的手足被玫瑰的刺早劃開好多道血口，淋漓的香汗混和汙泥，弄得周身斑斑點點的，模樣兒頗覺滑稽可笑。

玫瑰究竟被她連根拔起了。她發現原來生根處卻是一個地穴，黑洞洞的，其深不知幾百千丈，不覺為之駭然。

夕陽完全沉下了地平線，林中夕霧漸濃，鴟梟笑聲愈高，蝙蝠飛翔也愈急，小公主拾起玫瑰花，打算舉步出林。

耳畔忽聽得一陣鸞鈴聲響，那地穴之口忽湧出一輛黑色的車兒，駕著四匹比嚴冬午夜夜色更深的黑馬。車中坐著一個頭戴烏金冠冕，身穿黑緞王袍，滿臉鬍鬚，容顏黝黑的人兒。他望著卜賽芳，微微一笑。他那張永遠沒有表情的臉兒，忽然露出這一絲笑容，我們並不覺得他的溫和，反覺得加倍嚴冷。

小公主見了這個奇怪景象，嚇得尖叫一聲，丟開了玫瑰花，轉身便逃。

那黑王子左手攬轡，右手放下原來握著的三股鋼叉，伸過來只輕輕將卜賽芳攔腰一抱，便抱上了他的車兒，將她緊緊壓在胸前，策馬向西方疾馳而去。

森林迴響著小公主的狂呼求救聲，漸遠漸微，終於寂然。蝙蝠已完全溶入黑暗的夜色中，我們已看不見牠們的飛翔了，只有樹影深處的鴟梟，仍在格格地大聲狂笑，似乎非常得意。

---

① 柏魯托，Pluto。與天帝宙士為同胞兄弟。

尼奧璧①的悲劇

一

世界各地對於「死亡」都有若干代詞。西亞古時習慣，提到一個人的死，總是「他到死神之山去了」，或「他歸宿於他的命運了」；印度則謂「回到祖宗之地了」；中國則有「下黃泉」、「赴九原」諸說。希臘古代語及一個男人之死，常曰：「阿坡羅金箭射中了他！」談到一個女人的死，則曰：「她已挨了狄愛娜的銀箭！」蓋希臘人謂日神阿坡羅、月神狄愛娜不只要管理日月的運行，還兼司人間死亡之事。阿坡羅是男神，故男子之死，由他動手；狄愛娜是女神，故女子之死，歸她負責。

我以為一個人活到一定的年齡，自然逃不過死亡的大限，正似一隻蘋果，爛熟以後，自會從枝頭隕落地上。現在說冥冥之中，「颼」的一聲，一道金光或一道銀光射來，便把一個人的靈魂送入幽冥地府，這說法誠然詩趣洋溢，非富有美感的希臘人不能道，細想則實幼稚可笑。試思這個地球上人類之多，何止數萬萬，每一晝夜，出生者有若干萬，死亡者也有若干萬，若死亡者一一煩日月兩神親手來射，則這兩位大神只有每日迴翔人間，找人試箭了，哪有餘暇履行他倆燭照宇宙的神聖職責呢？故我們對於此說，只能把它當作荒唐的民間傳說來聽，不必信以為真。

不過阿坡羅與狄愛娜卻曾有一回一頓射死了人間十四個少年男女，哥哥所殺的是七個男孩，妹妹則為七個女孩。這十四個男女乃是一母所生的兄妹，竟於一日之間，遭日月二神盡數屠戮。這便是希臘神話裡有名的尼奧璧王后的故事。這件無情的屠戮，本是阿坡羅兄妹二人共幹的，不過主動者則為狄愛娜，故此神話家常把這件事隸屬於月神的名下。

這件故事據說是這樣的。尼奧璧乃是底庇司國王安菲翁②之后，生育了七男七女，均美貌非常，母親常對人誇口，她之善於生育，勝過了仙后麗都。麗都一生只產過一對孿生子，而她則有七倍之多。她又曾禁止國人舉行麗都的祭典。又常說她的兒子勇過阿坡羅，女兒美逾狄愛娜。事為麗都所聞，哭訴於其子日神及女月神。兄妹二人為報母親被辱之仇，將尼奧璧的子女概行射斃，剩下了一個最幼的女兒，母親擁抱於懷，哀求日月二神饒命，他們仍不容情，仍將她射死了。母親痛心過度，化為一塊大石。那塊大石被狂風自底庇司捲到黎蒂亞國境，至今尚屹立於該國的西庇臘司山上③，形狀宛似一個哀哭的婦人，有兩脈細細的清泉，自石巔潺湲不斷地流下，人家說這便是慈母哭子之淚④。

人們每談到這件故事，總不免要怪阿坡羅兄妹之過於殘忍，視為他們一生行誼的汙點。因為一個做母親的人，誇獎自己的兒女乃是常事，哪裡值得這樣計較呢？

奧靈匹司諸神也像我們凡人一般，在德性上均有若干缺點。宙士以天帝之尊，戀愛起來仍會和年輕一代的神同樣胡鬧。天后希拉之愛吃醋，喜與丈夫吵鬧，更是一個悍婦典型。智慧女神雅典娜又太狡獪，以玩弄人為樂。愛神阿卜羅蒂德之風騷浪漫，慣於製造桃色案件，連生於現代的我們都羞於稱述。美神委娜絲對於其媳賽克公主之虐待，即使中國的惡姑亦自嘆不如。至於風神赫梅士則更不像話了，連偷盜的事都做出來，致被稱「賊神」，而被下界穿窬之徒，奉為主保。這豈不太失神明的體統嗎？

至於氣量窄狹，喜愛報復，動以睚眦之怨，殺人洩憤，則為諸神所同。像日月二神屠戮尼奧璧的兒女，手段確也過於毒辣，無怪後人談論起來，對二神頗有微詞了。

不過筆者要在這裡替諸神辯護一句：希臘諸神喜談戀愛，那是他們一貫的作風，不如此，則不成為奧靈匹司之神了。至於雅典娜之弄人，風神之盜竊，其動機均出於遊戲。希臘諸神的可愛處，正在他們這點年輕人的氣質，和這點孩童般的天真呢。

說到神仙心地不寬，對罪惡不能容恕，這也有其原因。我們凡人，本身的私慾偏情確是太多了，譬如那稱為罪惡之宗的貪婪、饕餮、懶惰、嫉妒、驕傲、忿怒、慳吝等，哪個人性靈裡不帶幾端？至於自私自利，量小心窄，喜談他人是非，責己薄而責人厚，見人興旺，眼紅如燒；見人倒霉，暗自稱快，這類壞脾氣，也是人所共具。我們若看見別人有同自己一樣的缺點，等於在鏡子裡窺見了自己的尊容。人都有顧影自憐之癖，為原諒自己的面麻，也許會容忍別人的禿頂。並且有時他覺得人家的牛山濯濯，比自己的滿臉生花，更醜陋幾倍，這時候，他便成為一個精神勝利者。勝利者對於失敗於他手下的人，總是易於寬大的。況不寬容起於少見多怪，我們對於罪惡既是見慣不驚，則淡然處之，又何怪呢？神仙自己大都純潔無疵，自然容易昧於推己及人之理，他們對罪惡的態度，比較嚴苛，其故諒在於此。何況諸神歡喜報復，大半是我們誤信魔鬼捏造的謠言，譬如尼奧璧故事的真相，便和傳說頗相逕庭。現在筆者請把這件事的經過，敘述於下，也許可替阿坡羅兄妹的冤誣，作一洗刷。

二

底庇司王后尼奧璧乃福里齊亞國的公主，秉性凶狡狂傲、膽大妄為，為了滿足虛榮心理，什麼事都敢做。丈夫安菲翁倒是個忠厚長者，雖有點懼內，夫綱一向不振，但還能維持他的王權，未讓牝雞奪去司晨之責。他們結婚以來，生了七雙兒女，男勇健而女慧麗，都是璧人相似。母親過於得意，居然敢冒當時風俗之大不韙，說出前述那樣褻瀆神明的語言。她丈夫深恐有干神怒，招致禍殃，每加勸阻，忠言進了驕人之耳，如揚湯止沸，她不但在房闈間信口亂說，大庭廣眾之中也倡言無忌。她雖無法勸丈夫下令取消麗都的祭典，但她自己的腳，則從不踏入麗都廟一步。常宣言她一朝有權，定然要把麗都廟付之一炬。

底庇司對仙后麗都的尊崇，在希臘諸邦中可稱首屈一指。因為日月二曜乃天地間最為重要的星辰，而麗都恰為日月二神之母。底庇司城市中心有麗都大廟一座，廟貌弘麗，冠絕一時，香火之盛，更不必說。廟中黃金象牙的麗都像，出於名手；阿坡羅、狄愛娜一子一女，分立兩側，氣象也極莊嚴。每年麗都誕辰、受難日、升天日，百姓們都要舉行盛大的祭賽。在她誕辰，更要為她行加冕禮——恭上桂冠。

驕傲是魔鬼的先驅，它進了人的心靈，便替魔鬼鋪出一條道路。那個日夜盤算怎樣征服世界的魔頭普非良，聽說底庇司有這樣一位賢明的王后，認為大可與之聯絡，利用她來破壞人民對神明的信仰。神明既被驅逐，則這個國家自然會落在魔鬼的掌握裡了。

尼奧璧有一閨中密友名麥蘭多⑤，原亦是某國公主，出家提腓阿坡羅祭壇⑥為尼多年，一天，她忽自遠道來到底庇司拜訪王后。原來這個麥蘭多乃魔鬼幻她形貌所假託，尼奧璧當然不知。

當時交通不便，客自遠來，總要在主人家停留一年半載。假麥蘭多便在王宮住下了。當她聽見尼奧璧那些自誇的話，便笑道：

「你在你的臣民之前，說自己在生養方面，勝過仙后麗都，是沒有什麼用處的。頂好，你取麗都地位而代之，成為第二個日月之母，讓百姓來崇拜你。」

「這怎麼成？我究竟是個凡人，如何能使百姓奉我為神呢？」尼奧璧問道。

「百姓有什麼難打發，聽慣的教條，便是他們信仰的真理。你只須在宣傳上多用功夫，包你會肉身成道，登上麗都的祭壇。」女巫回答。

「在我們希臘，名人們雖慣於把自己塑作某某天神的形象，建生祠自己供奉，那也不過是一種自我陶醉的舉動，民眾絕不會信他真是天神，供奉他香火的。你叫我充作麗都，那並不難，但沒法叫百姓真心來崇拜我，我們即多方宣傳，又有什麼用處呢！」尼奧璧又作難道。

「這件事從前確乎甚難，現在可容易了。」麥蘭多大有把握地說道：「告訴你，奧靈匹司天神時代已將過去，一種新興的勢力，正在暗中滋長，不久即要推翻天神的統治，頒布一種新的宇宙秩序。這種新興的勢力，乃應時代需要而產生，可以名之為時代潮流。你應該明白時代潮流威力之不可抵抗。你想生存並發展，你就該站在時代前面作它先驅，或緊緊跟隨它前進，做一個前進分子；要是你對時代認識不清，或一味懶惰不肯振作，落在時代背後，你只有寂寂無聞死去，像荒野裡的一莖腐草，這便是所謂落伍者的悲哀！

「你知道我從前原是獻身阿坡羅的；後鑒於天神的氣數將盡，便毅然脫離了提雕祭壇，服從了新興的革命勢力。這革命勢力的領袖人物是普非良，有名的火王。——他為什麼有這個名號，因他常說這個舊世界罪惡太深，非徹底焚毀，從灰燼中建設新的不可——我現在在他手下，頗得他的信任，你若願意入黨做他信徒，我可以替你介紹。你有了火王的保護，代替麗都的地位，是絲毫也不成問題的。」

「前進」、「落伍」這一類話對於一個有志建功立業的青年，鼓動力量很大，對於一個虛榮觀念熾盛、愛出風頭的人物，刺激性尤強。這雖是兩個簡單的名詞，卻像符咒似的含有極偉大的力量，所以這兩句話，不是上帝所創，便該是魔鬼所造。當下尼奧璧聽了她朋友的話，不勝之喜，殷勤說道：

「這真太好了，多謝你，我的好友！若火王普非良肯把『日月之母』的榮銜賞賜給我，為新興勢力赴湯蹈火，我都甘願。現在我們怎樣在底庇司開始這革命事業呢？」

「過幾天，便是仙后麗都的加冕日，你是底庇司的王后，照例要率領王子、王女們參加。那天，我也和你同去，當眾宣布這革命消息。推倒麗都神像，由你登上她的寶座，你的目標，可不就達到了嗎？」

「可是，你現在還沒有去向火王替我接洽入黨，又沒有火王正式的敕命，遽登大位，恐怕有點不妥吧？」

「沒有關係，我是火王的全權代表，火王為爭取你，才派我來底庇司的。敕命將來可以補發，你莫愁，這張羊皮文卷，包在我身上。新興革命勢力的好處就在辦事手續的簡單、迅速、富機動性，為爭取時間，不妨行權宜之計，不像舊秩序下官樣文章的刻板與呆滯。」

「我一切聽從你，親愛的麥蘭多，我平生最恨的便是麗都……啊……啊……我說錯了。我不是恨她，不過天下事總該講個公平之理，生育一對兒女的女人，受人民那麼崇敬、讚美；生育七雙兒女的女人，反而沒有聽見半句頌揚，也太教人不服氣吧！單憑這件事，這個舊秩序也該趕緊推翻。我決心追隨火王，為革命盡力，絕不反悔！絕不反悔！」

尼奧璧與她女友在一座臨河小殿裡密商此事，以為絕無人知，誰知那一派拖藍揉碧的春水，竟有耳朵，帶著這個險惡的陰謀，悄悄溜走了。

三

月神狄愛娜一日在底庇司城外一座森林裡打獵，河女神把她所聽到的王后與女巫的談話，原原本本地告訴了她。狄愛娜大驚，急上東海日宮，找著她哥哥阿坡羅，通知他這件事。

阿坡羅說道：

「底庇司王后尼奧璧每日訕謗我們的母親，又公然侮辱我兄妹，這話早聽人說起過多次。不過自從魔鬼普非良猖獗以來，到處散布關於我們天神的謠言，人民對於我們的信仰已大不如往日，我們天神諸事只有忍耐，免得再把話柄給人，所以我雖聽見這話，卻不願有所表示。現在尼奧璧既與魔鬼發生聯絡，計劃推翻我們天神的統治，這件事便不簡單，我們萬不可像以前置之不理了。現在我就同你到底庇司，察看情形行事吧。」

於是日月二神，屏去車馬，穿著便服，攜帶弓矢，飛赴底庇司仙后麗都廟。廟前有一座高塔，由塔窗下瞰，廟中及廟前廣場情形，一目瞭然。兄妹二人便隱藏於這座塔裡。

那天正值麗都加冕盛典舉行之日，廣場中間，臨時搭有高臺一座，將麗都像請出高坐臺上，臺上設有香案，銀燭高燒，香煙繚繞，錦幡華蓋，爛成一片雲錦。底庇司闔城男女老幼都來上香，甚至各村各鎮的人民也不遠數百里，預於幾日前來到城裡，預備參加盛典。廟裡和廟外，黑壓壓的都是人，但見萬頭攢動，漾開了一片波濤起伏的人海。

忽聞銀角長鳴，廣場人海的波浪，滾滾向兩邊捲開，閃出中間一條大道。一隊甲光耀日的羽林軍，簇擁著幾輛華麗的馬車，自大門進入廣場，即在臺前停住。那馬車裡坐的是王后尼奧璧，和她並坐著的卻是一個從不識面的黑衣女巫。后車之後，是七位王子和七位公主，個個穿著白緞制服，瓔珞圍繞，宛然是玉京閬苑間移來瓊樹十四株，玉蕊迎風，奇光照眼，觀者莫不嘖嘖讚美。他們都說，無怪王后平日自負，像這樣漂亮兒女，世上有幾人生養得出呢？

麗都廟的女祭司們，身穿盛服，排列臺下，祭司長走到王后車前，含笑鞠躬，請她登臺，主持加冕典禮。她們都知道王后是不喜麗都的人，今日見她忽惠然肯來，莫不喜出望外。

王后下車，即攜女巫之手，率子女登臺，她走到臺前，對臺下民眾高聲說道：

「底庇司的父老們、姊妹們，我今天要以你們王后的身分對你們說幾句話。我今天來到這裡，不是為參加麗都的加冕大典，卻為推翻麗都的崇拜而來。我之反對麗都不自今日始，這事你們原來熟知，今天便是實際行動的日子。我不僅要打倒麗都，所有天神，我都要革他們的命。你們聽我這話，不必驚慌，天下事總有個道理，沒有道理的事，我絕對不為。現在我請我的朋友，提暱女祭司麥蘭多，代表我向諸位說話，請諸位靜聽。」

麗都廟女祭司聽了王后的話，面色都變成慘白，百姓也都驚呆了，全場靜默無聲，要聽王后女友究竟能說出一番什麼樣的大道理。

只見那面含霜氣的黑衣女士，裝出一派溫和的笑容，走到王后讓開給她的地點立住，先以她那深沉的眼光把全場人眾掃了一轉，然後開口說話。她的聲音響亮清晰，沉著有力，充滿火爆的煽動性，極能激動人的情感，只聽她說道：

「底庇司的父老、姊妹們，剛才你們的王后介紹我的話，需要略為矯正。我過去誠然是提暱阿坡羅祭壇的祭司，現在已不是了。我應該把我過去所犯的錯誤，向諸位坦白，請諸位原諒、寬恕。我從前為了迷信只有天神才能造福人類，故此犧牲自己的地位和幸福，出家修道，做了提暱的女祭司，專替阿坡羅說預言。頻年以來，不知替天神搗了多少鬼，哄騙人民的祭獻，供天神們的享受，供天神們的淫樂，咳，說起過去的事，我深為痛心，我哪裡算得個虔誠的修道者，不過是天神們的幫凶罷了！

「這件事使我良心生發莫大的痛苦，久想脫離阿坡羅祭壇，後來遇見了一位明師，指點迷途，我才做了最後的決定。所以我說現在已不是提雕女祭司了。我不但從此不再替天神服務，我還成了最激烈的天神反對者，換言之，我現在是一個一心要打倒天神的人！」

她說到這裡，臺下民眾起了一陣騷動，大家交頭接耳，輕聲議論著，他們從來沒有聽見過這樣褻瀆神明的話，當然不免驚疑。麥蘭多又對臺下搖手道：

「請諸位鎮定一點，容許我把話說完。你們若知道天神是怎樣的荒淫墮落、暴虐無道，便知道天神是應該打倒的了。

「這個宇宙的秩序是天帝宙士安排的，請問這個秩序安排得對呢？不對呢？

「諸位都知道這個世界在宙士父親克洛紐士⑦統治的時候，稱為『黃金時代』，那時候，四季如春，五穀不勞而獲，牛羊肥碩，所供給的肉食，我們永遠吃不完。奇葩異卉，遍綴芳草平原，纍纍黃金色的果實，懸滿枝頭，一伸手便可摘到。溪河流的不是水，卻是甘芳的牛乳、甜美的蜜汁、醇烈的佳釀。那時候，人民不知勞作為何事，每日只知賞心行樂，人類個個克享上壽，死的時候，只像睡夢一般化去，從來沒有經驗過什麼疾病和各種痛苦。

「自從宙士篡父得位，這世界立刻由『黃金』蛻變而為『白銀』，城郭建築起來了，法律頒布開來了，國家呀、君長呀，都有了。人民非流血滴汗，不能得到一粒穀子下肚，溪河所流的愈來愈淡，變成今日的白水。人類的壽命也比以前為短，並且深嘗疾病的苦楚了。

「這個『白銀時代』若能長久維持也還罷了。誰知天神們只知享受他們的特權，全不以人民為念。他們終日在奧靈匹司山大排筵宴，仙餚仙酒，饜飫不盡，還要動不動向人民勒索犧牲品。諸位都知道他們最歡喜的是所謂『百牢祭獻』。你能常常供給這種祭獻呢，他們便不惜把種種福祉，濫行賞賜，否則便降下百種災殃。諸位都知道每一百牢祭，要破多少人的家，傾多少人的產，天神這麼貪婪無厭，真也太不成其為神之道了吧！

「天神們醉飽之餘，又要求淫慾的滿足。奧靈匹司諸神，自宙士以下，誰沒有浪漫史？他們因戀愛而造成的罪行，哪一神沒有幾冊子的紀錄？正因他們一味沉湎酒色，不理正務，所以世界又由『白銀』很快地過渡而為『黃銅』，又很快地過渡而為『黑鐵』了。

「現在我們所處的正是『黑鐵時代』。你們請看：水、旱、蝗蟲、颱風、地震、火山噴發、瘟疫流行，這些天災，不是每年都發生嗎？饑饉、盜賊、戰爭，這些人禍，又不是到處不斷嗎？人民田園荒蕪，肝腦塗地，當然要對天神呼籲，呼籲不聽，當然免不了要對天神怨謗。宙士不知自反，反說人民太辜恩，應該將地球上的人類完全消滅，作為懲罰。上回他所降的大洪水，便是他計畫的實施，若不是柏洛美索士用計保留人種，人類早已靡有孑遺了。宙士又不欲人類文化進步，享受繁榮之福，因怪柏洛美索士之保全人類及盜火給人類，竟把這位偉大的『人民之友』縛置高加索山，教一隻妖鷲每日啄食他的肝臟，使他受苦永無窮期。這是眾所周知之事，不是我憑空揑造得出來的。不久以前，宙士微行福里齊亞的某村，為了村人沒有款待得他，竟又降洪水⑧，一夜之間，漂沒了數萬人家。福里齊亞是你們王后的故鄉，這話你們王后又可以替我作證。這可見宙士想憑藉洪水，消滅人類的凶心，始終不改，現在我聽見一個可靠的消息，他正計劃著再降第一回那樣的大洪水，來掃蕩我們，你們想這可怕不可怕呢？我們為了自救，也該趕緊起來，推倒天神的統治呀！

「我的話暫時停止，請你們商量一下，給我一個答覆。」

臺下民眾聽了麥蘭多的話，頗覺動心，天災人禍之苦，誰沒有嘗過，從前他們把這些諉之於命運之神的安排，現在才知道是該由天帝負責，天帝既是如此，則他們又何愛這樣個天帝？何況又聽說大洪水又要發生，當然更懼怕了。他們中間幾個代表民意的耆老，互相商議了一下，推一個年齡最長的，走近臺前，對麥蘭多恭敬地行了一個禮，對她說道：

「麥蘭多夫人，天神既這麼可惡，我們也情願推翻他們，但不知應該採取怎樣的方法，希望夫人能賜教賜教。」

「方法有的是，我剛才不曾對你們說我有一位明師嗎？我這位老師神通之大，遠勝天神，他最愛人民，企圖恢復從前的『黃金時代』，讓人民永遠享受快樂。他現在正組織了一個革命集團，等到實力充足，便要向奧靈匹司正式下攻擊令了。我是他的代表，諸位父老、姊妹，若願意加入這個革命集團，不但底庇司得救，全世界也可以從天神淫暴政權下解放出來，這不是最好也沒有的事嗎？」

於是麥蘭多把火王普非良的名字說出，並說父老們若贊成革命，追隨普非良，請一齊舉手，並高呼「火王萬歲」三聲。她的要求是達到了。

麥蘭多又說道：

「諸位且慢散去，我還有一個好消息奉告。火王革命成功之後，是要建立一個宇宙的新秩序，日月星辰的運行，春夏秋冬的循環，都要重新調整。太陽神阿坡羅唯知終日鬧戀愛，不盡職責，那一回他因酒醉，日車駛近大地，幾乎將大地焚毀，他卻捏造一個法艾頓謠言，企圖諉過，不過這話又騙得誰呢？他的妹子狄愛娜，司月亮的運行，同時也是肥沃、繁盛、生殖、蜜蜂之神，她曾立誓不婚，誰知學了奧靈匹司諸神壞樣，近來也很荒唐，與人間美少年安狄美恩，整日在森林打獵，或與海洋之子好獵翁海上釣魚，流連忘返，致使我們人間的田園、畜牧的收益減少，連想點蜂蜜甜甜嘴都不容易，這不都是狄愛娜之過嗎？

「火王普非良統治世界後，第一步便創造七個太陽和七個月亮，使它們輪流出來，照燭大地。冬季時候，太陽運行的軌道照例要離地球遠些的，則使兩日或三日並出，那麼，地球上永遠溫暖如陽春，風霜冰雪都將成為過去的名詞了。月亮每晚出來，數目增加，單日三而雙日四。現在我們見天上一個月亮已覺很美，那時幾個月亮同時並出，珠聯璧合，那景象的壯麗還用說？而且大地一年到頭，每夜都浴在銀波裡，我們從此居家無須置燈燭，夜行不必打火把，田園、畜牧的收益會憑空增加百倍，『黃金時代』豈不重新來到了人間？

「日月運行非有神管理不可，火王的人選，預定已久，諸位父老、姊妹猜想是誰？原來便是你們底庇司的七王子和七公主。這不是你們底庇司莫大的光榮嗎？你們歡呼吧！你們慶賀吧！要知今日底庇司的聲價，比從前的迭洛司島要增加百倍啊！」

民眾聽了這話，果然喝采歡騰了好一陣，麥蘭多又接連擺手，叫他們停止，說道：

「好消息是從來不單行的，還有更好的在後面呢。日月之神既換人，日月之母也該換人，火王已簡定你們的王后尼奧璧，承繼麗都之位。即位典禮，即在今日，麗都像要付之一火，你們所預備的桂冠，正好為你們的王后加冕！」

四

麥蘭多說完話便退到臺邊，和王后站在一起。七王子中的二人下臺到馬車裡取出一條手腕粗細的長麻索，二王子踏上香案，把麻索拴在麗都像的頸子上，然後七手八腳，抬開香案，大家牽住麻索的一端，用力拖拽，要把這丈餘高的麗都大像拽倒。那祭司長大聲號哭，趕上前跪抱麗都像的雙足，哀求王子們留情，被大王子夾背一腳，顛出丈許遠，已是昏暈過去。其餘女祭司哭成一團，有的跪在王后和麥蘭多面前苦求，有的上前保護聖像，被王子們打的打，推的推，打昏在地者有之，跌下高臺，跌得頭破血流者有之。王子們外貌溫文，性情卻很凶暴，諒是平日母教薰陶而然。公主們雖不動手，也在旁邊拍手叫喊助威。

正亂哄哄鬧得不可開交，忽聽得空氣裡錚然有聲，好似弓弦聲響，一道閃目的金光，自高塔飛下，直中大王子的胸口，只見他拋了麻索，仰面跌翻在地，便不動了。王后懷疑他是為了用力過度，失足傾跌，上前察看，但見王子臉如死灰，雙眼緊閉，胸前沁出鮮血，把那白緞制服，染成一片通紅。王后驚訝不解，急呼麥蘭多來看，那女巫一眼之下，便頓腳顫聲說道：「這……是阿坡羅，是……阿坡羅的傑作，我的仇家來了，我要少陪你們了！」

倉皇間，王后但見頭上一隻大黑蝙蝠，旋了一旋，便倏然不見，再看麥蘭多已蹤跡全無。

諸王子情知有異，丟了麻索，轉身向臺下奔逃，二王子才轉身，便被金光射倒在地，三王子腳才踏到第一級臺階，已一骨碌滾到地上。四王子不及下臺，向香案底下一鑽，仍然逃不脫金光的打擊，他死時一隻手還牢牢抓著香案的一足。

五王子縱身跳下高臺，雙足尚未落地，已被金光射中，空中噴灑下一團血雨！

空氣裡，弓弦不住錚錚作響，金光不住的閃爍，七個青年王子，一霎被收拾乾淨，臺上臺下，但見屍體縱橫，鮮血滿地！

王后奔到這個屍首前摩摩，那個屍首前撫撫，急得一句話也說不出，要哭也沒有一滴眼淚。

民眾見出了事，一霎哄然散盡，羽林軍也逃光了，廣場上空蕩蕩的，只諸公主戰兢地環繞著母親。王后偶一抬頭，見麗都像仍巍然高坐臺上，對她望著，臉上似呈顯一種輕蔑的表情。

尼奧璧悖傲的心性，又勃然發作起來。她眼露凶光，舉手對麗都像冷笑狂叫道：

「麗都，麗都，你勝利了！你叫你兒子阿坡羅一頓射死了我七個兒子！可是，你還是失敗，我還有七個女兒哩，在數目上還是比你兒女多幾倍！哈，哈，麗都，你這個可憐的女人，你是永遠比不過我的呀！」

王后這番話又引起了可怕的結果，只聽得她身邊慘叫一聲，大公主倒下了。弓弦又重新作響，銀光閃閃中，公主相繼倒地。只剩下一個八歲的最小公主，她悲叫道：「媽，你快求求麗都，饒了我的命吧，我還小，我可不願意死呀！」她拚命向母親懷裡鑽，像雛雞遇見鷂鷹的撲來，向母雞翼下求庇護一樣。

尼奧璧心肝也軟化了，她一面扯起衣衫把小公主全身裹住，緊緊貼在胸前，恨不得把女兒再盛入胎胞裡，一面哀籲著麗都道：

「仙后麗都，我知罪了，饒了我這最小的女兒吧。我從此再也不敢訕謗你，並且要改而崇敬你，竭力在底庇司提倡你的祭典……」

王后許願的話尚未說完，又聽見弓弦劃然一響，小公主已僵於她的胸前。

原來月神狄愛娜性愛少女，本想留諸公主不殺，為了王后對她母親又說那樣狂悖的言語，始下絕情。

國王安菲翁，聞耗趕來，見十四個如珠如玉的兒女，一旦成空，悲嘆一聲，指著王后說道：「你欺天傲神，悖妄成性，我早知必有今日之禍，兒女都是你害死的。他們都已慘亡，我有何心再活？罷，罷，我現在也到陰間去了，留你在世上，慢慢受神明的懲罰吧。」

國王道罷，拔劍自刺而死。

天氣昏暗了下來，黃沙碧血間，群屍枕藉，廣場靜無一人，只王后尼奧璧獨自呆呆地坐在那裡，兩行眼淚自她蒼白的頰邊流下，直流到地。她始終是一動不動，像個石像似的，那兩行淚水只是續續下流，似乎要一直流到世界末日。

---

① 尼奧璧，Niobe。故事見荷馬史詩《依里亞特》。

② 安菲翁，Amphion。

③ 西庇臘司山，Mt. Sipylus。

④ 一說王子等在校場練武，為阿坡羅射死。王女等則於送諸兄弟之喪時，因尼奧璧再對麗都仙后說悖慢語，被狄愛娜射死。宙士使全國人民皆成化石，諸王子、王女陳屍九日夜不得葬，後天神為葬之。

⑤ 麥蘭多，Melantho。希臘婦女名。原來故事無此人，乃筆者杜撰。

⑥ 祭壇，指提腓祭壇，Delphi。在帕爾那蘇司山，阿坡羅預言處，極有名。

⑦ 克洛紐士，Cronus。時間大神。因聞預言將為子所篡，故生子女輒吞之。生宙士時，其妻麗亞(Rhea)以襁褓裹大石，紿其夫吞，而密養宙士於地球上。及宙士長大，興兵與父戰，迫其將所吞子女，一概吐出。遂逐父而自為天帝，吐出之兄姊則為其臣佐。

⑧ 洪水，指福里齊亞之洪水。相傳宙士一日偶與風神赫梅士微行人間，至福里齊亞之某村，天暮，遍叩居民之門求食宿，均遭村人惡聲拒絕。有貧老夫婦，延二神入其茅屋，款以渾濁之村酒，殺鵝為餉。宙士乃降洪水淹沒此村，而獨赦此老夫婦。

月神廟之火

一

易弗所[1]是屬於小亞細亞伊倭尼區域的一塊土地，隔著愛琴海與希臘群島遙遙相對。希臘國力昌盛，人口也繁殖得過於迅速，不得不在海外尋覓殖民地，作為發洩的尾閭，所以易弗所這個肥沃的半島，居然成了希臘屬邦之一。

希臘人民腳跡所到處，他們那優美的文化也定必隨之而往。我們人類在原始時代，一切詩歌、音樂、舞蹈、繪畫、建築，大都在宗教的啟示和鼓勵之下而產生。文化進步，這種現象也還不會有多大的改變。希臘人敬禮奧靈匹司十二大神，為他們建築了無數壯闊宏麗的廟宇，並雕刻了許多神像。譬如雅典城中的天帝宙士的巨像，名震全球，希臘人引為莫大的光榮和驕傲。現在他們移殖到了易弗所，當然也要計劃著建一大廟，炫示小亞細亞諸邦。

移殖到易弗所的希臘人原是崇敬月神狄愛娜的，他們現在想為她建築廟宇一所，以資尊崇。那時希臘有位建築師名喚克鐵西芳[2]，與手雕宙士大像的雕刻家腓提亞士齊名，稱為希臘藝壇雙璧。易弗所人派人齎極厚的金幣到母邦禮聘了他來，請他設計建築月神廟。

克鐵西芳到了易弗所，選擇地基，鳩工庀材，親自指揮工匠工作。辛勞了二、三十年，僅將正殿建築成功，這正殿的內部排列著大石柱一百二十七座，據說這是月神廟的最大特色，月神廟之富之美，也都匯集於這百來根的柱子上。原來這都是小亞細亞各邦君主為贊襄建廟盛舉而奉獻的，大國獨力奉獻三、四座，小國則獻一座，或糾合數國合獻一座。這些柱子都用質料最堅固的、文理最密緻的玉石琢成。顏色或絳如瑪瑙，或綠如翡翠，或黃如琥珀，或白似羊脂，或澄藍如正午無雲之天，或嫩碧如澄湖乍漲之水。柱形或圓、或方、或六角、或八角，也無一雷同。柱面浮雕均是那些進貢國家古史人物的活動；不然，則是那些國家的神話事跡。人物都雕刻得鬚眉欲動，奕奕如生；鳥獸蟲魚，飛潛奔躍，形態各殊，儼然賦有生命。柱礎都是黃金鑄成的獅子、大象之首，眼睛用金剛鑽或寶石鑲嵌。柱頭的裝飾，亦極詭變的能事。

這一百二十七座石柱，顏色與形式雖各各殊異，排列在殿中，偏又十分和諧。正像一闋偉大莊嚴的樂曲，雖由無數高低錯落的音符組合成功，但聽起來卻洋洋乎其盈耳，使人心魂為之震盪。

正殿神龕裡立著一尊狄愛娜的神像，烏木刻成，高達四丈。像的頭顱上戴著一頂黃金寶冕，作易弗所城垣的樣式。這是希臘當時習慣，大神頭上所戴之冕或作高塔，或為崇墉，以示他們乃是此類城市的保護者。女神兩臂各挾雄獅一隻，表示她的威服萬方；胸前有乳多副，則以象徵人民所祈願的五穀豐饒和人口的繁盛。女神容貌雖極其端麗，但又極其尊嚴，見之令人肅然起敬，不由得要匍匐於地膜拜起來。

這座正殿的外部作半圓形，乃是白雲母石砌就，每塊石頭，水磨得瑩滑潤澤，泛出美玉的寶光。殿基是三層崇階，一律塗成明藍色。遠遠望過去，恍然似半輪明月，湧起於東海的萬頃滄波，光景異常偉麗。這建築的形式是那建築師克鐵西芳有意設計的，因為此廟既為月神狄愛娜而建，自然要與月亮的形色發生關係。

從來偉大的事業，每不能及身以觀厥成，正殿才告完工，克鐵西芳便以老病而逝世了。他的承繼人照著他手繪的藍圖，一代一代繼續下去，工程足足延長了一百二十年，全部殿堂始建築就緒。當舉行落成典禮的那一天，百戲雜陳，舉國欲狂，那貢獻玉石柱的各國君王固然共來觀禮，即隔著愛琴海的希臘諸邦也派代表來參加。從此易弗所的這座月神廟蜚聲天下，與埃及金字塔、巴比倫懸空花園、雅典的宙士大像、羅德島的阿坡羅像、加里亞的王陵、亞歷山大的燈塔，共為世界七大奇工。

但這樣鉅大工程的月神廟，後來竟於一夕之間，化為灰燼，易弗所人民痛憤欲絕的情況，可想而知。這火並非天火，卻是一個瘋人名為伊洛特拉③者所放。瘋人為什麼要放火呢？相傳的故事是這樣的：這個瘋人無德無才，野心卻非常之大。他看見歷史上一些大人物的名字，每羨慕非常，整天盤算怎樣使得自己這個名字也輝映史冊間才好。一天，他那愚蠢的腦子裡，忽然爆發了一個奇想：放把火把易弗所最重要的建築——月神廟——燒了。後來歷史家提到月神廟被焚的原因，也一定會提到他的名字，那麼，他這「伊洛特拉」的名字豈不是永垂不朽了嗎？

主意打定以後，找著一個機會便動起手來，那綿延一百二十年的工程果於一夜之間化為焦土，而伊洛特拉的名字也果然永留史冊了。

不過月神廟的被焚，原因尚不止此，這與希臘的神魔之戰大有關聯。這一件事頗覺曲折離奇，值得一述，並且也足為後世的鑒戒，我現在便把它敘述出來。

二

希臘的神魔之戰，既然綿延了數百年，雙方當然互有勝敗。有時魔鬼敗退了，好像已瀕於地獄的邊沿，忽然又從一堆灰燼間，騰起了衝天的光焰；有時群神也幾乎被迫離開奧靈匹司神山了，忽又捲土重來，給魔方以意外的猛烈打擊。我們應用現代的軍事術語，神與魔可說已進入所謂「拉鋸戰」的階段。

魔鬼既立志要統治人神三界，對於希臘各邦當然不肯放鬆。況且征服人類究竟比征服天神容易，他們寧可傾注全力將希臘各邦蠶食鯨吞，作為將來進攻奧靈匹司的墊腳石。

幾年之間，希臘有許多國家都被魔鬼囊括而去。後來連希臘最大的國家阿替加④也亡於魔鬼之手，她的首都雅典，便是那個希臘古文化的中心，現在竟成了群魔亂舞的窟穴。這是希臘人認為極堪痛心的一件事。

魔鬼之奪取希臘各邦，並不全恃武力，有所謂種種攻勢，這便是經濟、政治、宣傳各方面的攻勢。他們把這些攻勢，搭配起來，靈活運用，往往能收到比武力還大的效果。

阿替加遭受了東方一個新興國家的侵略，奮起抵抗，血戰十餘年，幸而得到最後的勝利，但已傷痍遍體，元氣大傷，一時恢復不過來。魔鬼知道「民以食為天」，食糧缺乏，任何馴良的百姓，也無法使他們安靜。所以他派遣特務人員，到處阻礙秋收，焚燒倉廩，使大部分人民陷於飢餓。他又知道貿易是國家的命脈，各地有無不能相通，則經濟將變成癱瘓，所以又派人破壞交通線，使商貨不能自由往來。他又知道人們對現象總是不易滿足的，阿替加的執政者也算頗為賢明，且勇於負責，無奈連年大戰以後，百業蕭條，民窮財盡，無法生活的人，遍於國中。戰爭之腐蝕道德，又比什麼都快，以前奉公守法的官吏，經過一次大戰以後，泄沓成風，並且以貪墨聞名了。履繩蹈墨，硜硜自愛的人士，也變成了見利忘義之徒。人心既壞，社會秩序自然混亂，政治自然無法上得軌道，人民生活也自然比戰前痛苦十倍。他們不知道追究原因，只知怨恨政府，說政府沒有盡到保護人民的責任。魔鬼利用人民這種心理，大量散布關於政府的謠言，捏造她種種罪狀，把阿替加政府說成希臘有史以來最壞的一個，他們又說阿替加人民要想過舒適的歲月，只有推翻這個政府，建設一個新的、有效率的、能為人民謀福利的才有希望。

人民受了魔鬼宣傳的蠱惑，不但不再擁護自己的政府，反與政府為仇。況且魔鬼又工於「滲透」的技術，他們在政府各機關遍布他們的羽黨，社會各部門也安插有他們的人員，等到魔鬼軍隊攻來，內外應合，阿替加便於短期內，土崩瓦解，宣告淪陷了。正如一座宏大的建築，內部的梁柱、牆壁、門窗，盡已被白蟻蛀蝕一空，一旦遇見狂風暴雨，當然免不了崩坍的命運。

阿替加政府播遷到了愛琴海東邊的易弗所，一部分忠貞人士也隨之而來，上下同心合力，埋頭苦幹，準備一朝機會來到，便浩浩蕩蕩，殺回大海的西邊，恢復錦繡河山，拯救輾轉於水深火熱裡的民眾。

阿替加政府的復國大計，經緯萬端，不是我這篇小文所能盡述。我現在所要談及的，便是上文所提到的月神廟火災的故事。

阿替加人鑒於故國的淪陷，大半是吃了魔鬼宣傳的虧，為對抗起見，對宣傳政策大為注意。他們遷到易弗所以後，即在原來月神廟內部加建阿坡羅祭壇，祭壇形式模仿帕爾那蘇司文藝山，石刻阿坡羅高坐山巔，彈奏著他的七絃金琴，九位繆司環繞於他身畔。因為阿坡羅原是文藝之神，九位繆司則為他的部屬。阿替加人知道文藝對於宣傳力量最大，所以現在要在提倡文藝上多用一番心思。

月神廟奉香火的祭司分為三級，上面一個人總負全廟之責，稱為大祭司，其下則為各種雜役之人，上下合計，也有三、四百眾之譜。祭司們都為敬愛月神，自願獻身之人。希臘月神狄愛娜本是個不婚的神道，她的祭司，照理也應守貞。唯日久弊生，清規廢弛，這件事也便變成了具文。月神廟的祭司在希臘本土都屬女性，男的也有，但該嚴守不婚的誓願。狄愛娜到了易弗所成為子孫娘娘一類女神，則這條限制，自然不適用於此土，所以易弗所月神廟的祭司，男女都有，視為尋常。現任的一位大祭司也屬男性，名雖不婚，聽說他擁有的室家實不下三、四處之多，財產也極為富有。

阿坡羅祭壇成立之後，自有一些愛好文藝的人士應募來做祭司。九位文藝女神各有一祭司奉祀，這些祭司都受轄於一位專祀阿坡羅的總祭司。祭司們手下又都有幾名香火道人，以供驅使。

那個奉祀阿坡羅祭壇的總祭司是個有名音樂家，彈得一手好七絃琴，出神入化。有人批評他的技巧雖比不上阿坡羅，卻也可以頡頏阿坡羅的兒子奧菲士⑤，所以稱他為「小奧菲士」。人家天天這樣喊他，久之，竟忘記了他的真姓名，而以「小奧菲士」為他的唯一名字了。我們現在也只好這樣稱呼他吧。

小奧菲士來自阿替加，身抱亡國破家之痛，對於魔鬼手段的惡毒，了解得自比一般未受魔鬼之害者為深徹，他是個極富正義感的人，為了憎恨魔鬼的殘暴，立誓與他們不共立於天地之間。他是一介文人，沒有力量與魔鬼相見於戰場，但他願意拿他的金琴來做打擊魔鬼的武器。他伺候阿坡羅的香火比全廟一眾祭司都來得虔敬，而且十分盡心。每日天色尚未大明，他便起身汲取清泉，將那尊雲石雕刻成的阿坡羅像，從頭到腳，細加洗濯、拭乾，再採鮮花編成花環，懸在神像的頸間，或置諸腳下，然後取金琴一再彈奏。他對著那尊石像，好像看見阿坡羅親身臨降，靈感如泉，自他性靈噴薄而出，往往能譜出極其美妙的旋律，成為塵世的絕響。即使奧菲士復生人間，對他恐也要甘拜下風哩。

每日傍晚，易弗所人民一天工作完畢，習慣要到月神廟前面廣場，休息散心。小奧菲士便乘機來作他的義務宣傳。他將這些年來神魔間發生的一些事故，編成樂曲，一闋又一闋彈給他們聽，一面彈，一面唱。當他彈唱到希臘各邦傾覆的痛史，民眾每欷歔泣下，扼腕拊心；當他彈唱到陷區人民的慘況，他們又都瞋目大呼，怒髮上指。音樂家又把魔鬼所運用的陰謀詭計及他們企圖統治人天三界的野心，痛加揭發，提高他們的警覺，叫他們和政府合作，嚴加提防。又怕他們怵於魔鬼的威力，以為魔鬼是無法抵禦的，精神上先成了魔鬼的俘虜，所以他一面模繪魔鬼的狡猾和凶殘，一面也暴露魔鬼內部的矛盾和各種弱點，表示只要人民覺悟，從此不再中魔鬼挑撥離間之計，並且萬眾一心，各在自己崗位上努力，做政府的後盾，則收復失土，消滅群魔，原是易如反掌之事。每次演奏以後，小奧菲士定要再奏一闋反攻曲，作為收場，音節發揚蹈厲，豪壯無倫，聽之令人熱血沸騰，恨不得立刻跳過大海，去和魔鬼拚個死活！

三

魔鬼本以宣傳起家，故對宣傳特為重視，接獲諜報，得知小奧菲士活動的情形，未免惴惴不安，便想法子來破壞。

魔鬼的滲透本來無孔不入，便是易弗所防範那樣嚴密，又與阿替加隔著一片大海，居然也有魔諜的潛伏。他們利用各種方法，不唯消息靈通，魔諜人員往來，也有相當的自由。這次要破壞阿坡羅祭壇，暗害小奧菲士，負責來行事的是個名叫癩蝦蟆的小魔。

這個小鬼，本屬蝦蟆成精，雖變化人類形貌，本來面目仍然存在，他身軀肥胖，四肢短拙，走起路來，一跳一跳，有似蝦蟆行動的姿勢，頭頂光禿，不生一根毫毛，但兩隻眼睛隱含凶光，一見便知道不是善類。他身上又長著一身疙瘩，每一疙瘩，都包藏著一泡毒漿，人不去撩撥他，他也要以噴射為快；一撩撥，那就活該你倒霉，他就要永遠追逐你的影子，把一肚皮的毒液都傾瀉到你身上，不把你活活毒死，絕不罷休。魔鬼們原是世間戾氣之所凝結，大戾氣凝成魔鬼領袖普非良，小戾氣便凝成癩蝦蟆這一類東西。

蝦蟆原是會叫的動物，癩蝦蟆在春水池塘裡也會閣閣地叫幾聲，這個小魔能夠敲一面小鼓，雖不成腔調，自己卻得意非凡，以為是個音樂聖手。他對於小奧菲士精於音樂之名，平日亦頗有所聞，心懷妒念，極欲殺之為快。這次魔頭下令徵求會音樂的人，好潛入月神廟阿坡羅祭壇，他便呈身自薦。魔頭授以機宜，叫人送他渡過愛琴海，在易弗所一個祕密港口登了陸，即在魔鬼特設的一個連絡站裡住了下來。

癩蝦蟆知道月神廟上下有三、四百人，人多則良莠不齊，一定有機可乘；何況月神廟廟規也不如早年嚴肅，混進也一定不難。於是他便在廟的附近，賃了幾間屋子，開設一座酒店，凡月神廟裡的人，到他酒店喝酒，他總是特別巴結，不但任他們賒賬，甚至讓他們白吃白喝，希望從中能爭取到一個同志。

廟中有一個職員，便是瘋人伊洛特拉，論他資格本不配到月神廟來服務，不過他與大祭司有點私人關係，讓他在廟裡管點銀錢出納上的事，他在外面招搖，竟以大祭司代表自命，企圖在民眾間建立信仰，將來好取大祭司地位而代之，成為易弗所上層社會的人物。

自從小奧菲士進了月神廟以後，民眾熱狂地擁戴他，不唯阿坡羅祭壇香火盛旺，每日來月神廟瞻禮的人也絡繹不絕，情況之熱烈不下於每年月神誕辰。伊洛特拉妒恨得眼中火光直冒。他本來想做月神廟的領袖的，現在小奧菲士竟成了月神廟的重心，他怎能容得他下呢？

伊洛特拉常到癩蝦蟆酒店喝酒，日久情熟，兩人無話不談。一日，談到小奧菲士的琴技，癩蝦蟆故意加以讚美，說他獲得人民如此的好感，足為月神廟得人稱慶。伊洛特拉鼻子裡哼了一聲，說道：「世間真正高尚的音樂，只有文藝山九位繆司可以欣賞，一般庸俗之眾，只配去聽池塘裡蝦蟆粗陋的鳴聲而已，現在小奧菲士一張七絃金琴，顛倒了這麼多的民眾，他技術的造詣如何，也可想而知了。我說他只是個騙人的偽音樂家。」

癩蝦蟆聽他的話，恰恰挖到自己的根腳，不覺臉上微微發熱，那光禿的頭顱上也不由得冒出幾滴汗珠，不過聽伊洛特拉的口氣是不滿於那位音樂家的，知道機會來了，又大喜過望。

他於是設法去挑逗伊洛特拉，最後竟暴露出自己的身分。

伊洛特拉乍聞癩蝦蟆是魔方派來的，也不覺為之愕然。但他雖有瘋狂之名，其實卻工於心計，最善為自己打算。他見這些年來，魔鬼的勢力日益猖獗，希臘各邦，被他們恣意併吞，倖存者已是無幾，天神們侷促於奧靈匹司神山，一籌莫展，眼看不久也要滅亡於魔鬼之手。他久想投降魔鬼，以保身家，只恨沒有路線可走。不意天假良緣，眼前竟現出這一條平坦坦的道路來，他當然毫不遲疑，便舉腳踏將上去了。

於是兩人指著士蒂克司河設立大誓，盟為腹心之交。癩蝦蟆請伊洛特拉介紹入月神廟當一名職員，以便於中取事。伊洛特拉說不必，你還是在這裡開你的酒店，準備柴草，陸續運到月神廟收藏，等到柴草積足，選個風高月黑的冬夜，放把火將月神廟燒為平地，看小奧菲士那個偽音樂家能逃到哪裡去？

「為了要殺小奧菲士，竟連月神廟都燒了，豈非小題大做？況且像月神廟這麼偉大的工程，燒卻也太可惜，我怕我們的頭領要責怪我呢。」癲蝦蟆沉吟說。

「你們是反神的，要神廟何用？」伊洛特拉問。

「我們雖反神，但人民崇拜神明的習慣，根深柢固，一時也革除不了，在過渡時代，我們還要允許神廟的存在，以便誆騙人民。況這件事『對外宣傳』也有很大的好處。再者，我們魔鬼將來是想代替神明的地位──你該知道我們的主義也是一種宗教啊──這座月神廟規模之大，連希臘本土都無其匹，我想我們的頭領普非良一定要選取它作為自己的祭壇的。」

「你不知道，我的朋友，正因這座月神廟是世界奇工，所以我才要燒它。我覺得世間最可欽羨的事，是把自己的名字銘刻於人民的記憶裡，流傳到萬古千秋。憑我伊洛特拉的聰明才智，想混個小小名兒，真是難如登天，但假如我把這綿亙一百數十年的工程一把火燒卻了，瞧吧，朋友，我的名字不但目前要轟動全球，將來也會永留歷史。」

癲蝦蟆覺得伊洛特拉為了想成一己之名，竟忍心燒卻這樣大的月神廟，未免太自私，而且手段也太可鄙。不過魔鬼都以破壞為其天性，殺人、放火正是他們最愛的娛樂。況且他原負了使命來暗殺小奧菲士的，若無內線，他也無法交差。現在伊洛特拉既願意做他的同謀，一切也只有將就些他算了。當下點頭稱是。說即日便通知他的黨徒，準備柴草，不過要伊洛特拉先引他到月神廟實地踏勘一番，才可決定放火的策略，伊洛特拉也答應了。

四

秋深了，大地的生機，日益蕭瑟，百草雖以小亞細亞氣候的關係，未盡萎黃，已失去了青蔥的美色。月神廟的樹林，以常綠樹為多，但在秋光蒸煮之下，有的變成一片嫣紅，有的綻出了深黃淺赭，似乎秋之女神，掛起了她五色斑斕的古錦帷幕，表示她已蒞臨人間。天，那個覆蓋在人頭頂上的穹窿帳幕，忽然升高了，明淨的蔚藍，有似雨過天青的大海，浩浩無際在你眼前展開，空間更顯得曠遠寥廓。

白雲、藍天、紅葉，這正是易弗所秋光最為明媚的時令，也是氣候最為爽適的季節。

一夜，正當月圓之夕，小奧菲士躺在床上，輾轉不能入夢，他想不如到月神廟後面園林去散步，也許能在那如水的月光中，獵取若干音樂的靈感。

他穿好衣服，取了他的金琴，開了寢室的門，向那廟後樹林走去。

圓月像一艘掛著白帆的小船，正在那如洗的碧空裡緩緩航行著。天空正似波平如鏡的愛琴海，偶有一、二縷如綿如絮的雲兒，傍著船舷流過，那便是船行時所激起的銀白色浪花。

瀼瀼零露，閃爍於叢草間，夜的空氣是潮溼的，帶著一種沁人心骨的涼意，小奧菲士不覺打了個寒噤。四野秋蛩的鳴聲，乍緩乍急，渾疑海上寒潮騰湧，秋，確是深了。

他未曾踏進樹林，便在池塘傍邊，一座玲瓏剔透的石崖上坐下，拿起他的金琴，正想譜一首新歌，名為〈銀夜曲〉的，尚未調絃，忽聞林中小徑有人的步履聲，他不覺一驚，停住手，側耳靜聽起來。

林中黃葉委積，人走在上面槭瑟作響，夜氣澄涼，那履聲更清澈入耳。並且聽那腳步聲，並不止一人。夜如此之深，樹林中何以還有人在行動呢？

小奧菲士將身體隱在石崖背後，微微伸起頭顱，自一叢生於石上的藤蘿間望出去。步履聲漸行漸近，並聞喃喃低語，果然不止一人。所奇詫的是除了腳步聲之外，還有拖曳什麼重物之聲，好像是拖什麼柴束。

那腳步聲出了林子，到了空地上，月光下，看去分明是兩個人，他們共同拖著一大束蘆葦，且行且語，向月神廟地窖入口處走去。小奧菲士借月光細看這兩人的面貌，一個他是認得的，便是廟中替大祭司管賬的素有瘋狂之名的伊洛特拉，另一個也有些面善，他記起來了，那便是月餘以前和伊洛特拉曾到廟裡來過一趟的那大腹便便的禿子。小奧菲士還記得這個傢伙和伊洛特拉攜手並行，好像頗為親密的樣子。他一面在廟裡巡遊，一面那雙陰險得怕人的眼睛，不住地四處窺量。當他們走近了阿坡羅祭壇，曾停住腳步，指手畫腳，嘰哩咕嚕，說了半天話，意思像包在他自己身上。這禿子並不是月神廟的人，現在於夜深人靜之時，與伊洛特拉搬運柴草入地窖，是什麼意思？這一定有什麼不好的企圖，非探求個究竟不可。

小奧菲士隱身石崖之背，耐心等候，不一會工夫，伊洛特拉與那禿子已從地窖出來了，又走入樹林了，並且聽見他們的腳步聲完全在樹林中消失了。音樂家躡足回到自己的房間，點著了一盞青銅提燈，輕輕跑到地窖入口，見地窖門還是開的，便沿石階一步一步跨下。到了窖中，舉火一照，不由得大吃一驚。偌大一個地窖，差不多都給柴草塞滿了，靠東壁又見堆積了幾大桶松脂、硫磺等引火之物，這個情況，顯然蘊藏著一個絕大的陰謀，他決定了明日便向大祭司告發。

唯恐伊洛特拉等再來地窖，他還是躲在那石崖背後等著。果然，他兩個又拖了一捆蘆葦，送入地窖。這時候，天空那艘小船，已在西邊港口卸下它的銀帆，秋蟲也收起了牠們的管絃樂隊，一層濛濛薄霧，籠罩了大地山河，這正是黎明即將來臨的前奏。阿坡羅的四馬金車即將於東海上升起，他也應該回到殿中，開始他的日常清課了。

五

小奧菲士舉行過敬神儀式之後，謁見大祭司，告訴他以夜來所見。大祭司搖頭不信，音樂家拖他同下地窖，看了那種情形，他也怔住了。

大祭司將伊洛特拉召來詰問。他雖知道奸謀敗露，竟能面不改色捏造一番言語來回答。他說，他家食指太繁，靠管賬職員的薪俸實不足以維持，恰值他朋友某某做柴草生意，有一批便宜貨要出脫，他多方借貸，湊足了資本，將這批貨物買了下來，到了冬季，轉賣出去，可獲三倍以上的利息。他家仄狹，安頓不下這許多柴草，因此只有借月神廟地窖一用。他的罪名，只是不該假借公家地方，收藏私人之物，不過地窖此時原是空著，他借用一下，這叫做「於公無損，於私有利」，罪狀似乎並不嚴重。

那個大祭司也是長年幹著販賤賣貴、囤積走私一類勾當的；況且伊洛特拉替他管賬，他本也有一些不便公開的賬目，捏在他手掌裡，對於伊洛特拉當然不敢作徹底的查究。當時故意將他申斥了幾句，便將他喝退。請了小奧菲士來，告訴伊洛特拉囤積柴草的情由，並說為懲罰起見，已將滿地窖的柴草充了公了。

小奧菲士力言這件事絕不如伊洛特拉供詞的簡單，他囤積柴草以圖利，又收集那許多松脂、硫磺何用？況且他昨晚還看見一個與伊洛特拉共搬柴草的禿頂男子。「那傢伙賊頭賊腦，一臉邪惡的神氣，實在令人可疑。要知道魔諜的活動，最為厲害，從前我們在阿替加的時候，對於這個問題，太不注意，所以釀成了故國淪亡的悲劇，現在只剩下易弗所這塊乾淨土，作為將來反攻復國的根本，倘又讓魔鬼的毒手插了進來，後果還堪問嗎？」

大祭司聽了音樂家的話，笑了一笑，說道：

「小奧菲士，你也忒多心了。我們對魔諜提防之嚴密，可說無以復加，況且又隔著一片波濤洶湧的大海，你說魔鬼居然能混進易弗所，那未免太不可思議吧。」

「可是，大祭司，你至少也得把那禿頂男子的蹤跡查一查。」

「查什麼，這人便是那柴草鋪的老闆，伊洛特拉已經告訴我了。」大祭司顯然在替伊洛特拉掩飾。

「伊洛特拉竟敢假借聖地作為囤積私貨之所，這個罪名可也不輕。僅罰貨物充公，不足以懲效尤，我以為應該把他開除，拔除了這一個禍根，才是正本清源之道。」小奧菲士又說。

「這是我職權以內之事，你似乎不能過問。一件罪名僅能得一種懲罰。你想雙倍懲罰伊洛特拉，那只有等你升任大祭司再說吧。」大祭司被小奧菲士糾纏不休，未免有點動氣。

音樂家回到自己房間，伊洛特拉已臉紅耳赤地等在那裡，原來他剛才在大祭司住所的窗下竊聽了他的話，現在便來同他算賬。只見他意氣洶洶，指著小奧菲士的臉責問道：

「你剛才同大祭司說的是什麼話，小奧菲士？你說我不該把私人的東西，寄頓在公地，就算是我不對，可是大祭司已把我的東西充公了，你還想把我怎樣？你說我串通魔諜，圖謀不軌，哼，小奧菲士你說話要仔細些。這魔諜的罪名，我吃不消，你也擔當不了，咱倆同到法院去把這件事弄個明白。你知道我有一家老小要靠我吃飯的呀。」

伊洛特拉越罵越起勁，不但罵，並動手來拖，死活要和小奧菲士上法院，幾乎把他一件衣服都扯破。

他們的喧嚷聲驚動了月神廟一些祭司們，都聚攏來，圍成一圈，有的袖手看熱鬧，有的上前排解。伊洛特拉越扶越醉，滿口汙穢不堪的言語，把那音樂家糟蹋一個不亦樂乎。人群裡大多數人，覺得小奧菲士琴技太高，太得民望，心裡本有些酸溜溜的，現見伊洛特拉盡情汙辱他，反暗自稱快，並沒有人真心為他說句公道話。

大祭司聽見鬧聲，也過來了。小奧菲士分開眾人，迎上去對他說道：

「大祭司，伊洛特拉怪我不該冤他是魔諜，要同我上法院。我倒並沒有存心冤他，不過處此非常時代，遇見可疑的情形，自然要弄清楚才是，我倒願意同他去打官司。不過我們是奉祀神明香火的祭司，照希臘規矩，不受法律的制裁，大祭司，你是一廟之主，請你援引廟章來處置這事吧。」

「你冤人做魔諜，關係果然太大，也難怪伊洛特拉發急。不過你是我禮聘來的，阿坡羅祭壇也少你不得，我不能讓你怎樣下不去。現在你若肯對伊洛特拉道歉，這件事便算了結。我可以吩咐他不再找著你吵。」大祭司說。

「請原諒，大祭司，叫我對伊洛特拉道歉，我辦不到。你說我錯，我自動離開月神廟，總該可以了吧。」

大祭司還再三挽留，小奧菲士意不可回，因天色已晚，勸他明天一早走，他沒法，只有允許。便是那一晚，月神廟起了大火，音樂家燒死了，大祭司也燒死了，闔廟三、四百眾能逃脫的沒有幾個。

世界七大奇工之一的易弗所月神廟，就此完結。

民眾在月神廟廣場旗杆上，發現一方木牌，上面大書「此火乃伊洛特拉所放」，才知道失火的原因。

① 易弗所，Ephesus。

② 克鐵西芳，Ctesphon。

③ 伊洛特拉，Herostratus。欲自己名垂不朽，故放火焚燒月神廟（事在亞歷山大誕生之年）。易弗所人痛恨之極，特訂法律：凡紀錄或口談月神廟被焚經過者，均不許提及伊洛特拉之名，俾其志願不能達到。然以人類富有好奇心理之故，瘋人之名竟得流傳至今。

④ 阿替加，Attica。希臘最大一邦，其首都即為雅典。

⑤ 奧菲士，Orpheus。太陽神阿坡羅與九位繆司之一卡麗奧甫（Calliope）所生之子。擅奏金琴，每一彈唱，山川草木及各種動物，均來靜聽。其妻曰優麗狄絲（Eurydice），為毒蛇咬死。奧菲士至地府覓之，以琴聲感動冥君夫婦，釋其妻出，命相偕還陽，但未離冥境時，不得說話。奧菲士誤違此約，妻復失去。

女面鳥的歌聲

一

希臘群雄攻下了小亞細亞名城特洛伊以後，各率自己的艦隊，返回本國。

睿智而武勇的優里賽士率領他的部下返航時，經過了西可尼安①、伊士馬魯司②、食蓮者③之國、巨人島④等地，雖少有耽擱，但總不如伊耶島⑤淹留的時間之長。優里賽士在該島妖女騷西⑥家裡停留了將及半年，一則是為了艦隊在西可尼安遭受敵人襲擊，損壞過甚，修理費時；二則妖女騷西蠱惑優里賽士，騙不到他的愛情，絕不罷手。偏偏優里賽士又過分機警小心，不肯落她圈套，雙方一奔一逐，一捉一閃，玩著愛情的迷藏，因此拖延的歲月更久了。

優里賽士離開了伊耶島，將船開到北海之濱幽明交界之處，向已故預言家泰里細阿士⑦詢問前途的艱易，若有危險應該如何避免。預言家的鬼魂，享受了他所獻二羊的祭祀，把前途應經歷些什麼地方都告訴了他，並且告訴他最有效的逃避災禍之策。

離開北海，船兒又向希臘群島進行，第一須經過的便是女面歌鳥所居之島。那天早晨，優里賽士召集全體船員向他們三令五申，發表了一篇訓話。他說道：

「我親愛的部下們，預言家泰里細阿士曾告訴我：前面便是薏亞島⑧，島上住著一群妖物，頭臉有如美女，身體則是鳥類，她們總名叫做西寧。這些妖物食人為生，她們以銷魂蕩魄的歌聲攝引旅客，旅客的腳才一踏上那島，妖物便成群飛來，伸出鋼鉤一般的利爪，把那不幸的人攫取了去，撕裂吞啖。她們那所居之處，外表花木紛披，風光如畫，而窟穴深處，則白骨如麻，斷肢零齒，隨處堆聚，臭不可聞。歷年海客被她們那美妙歌聲勾引了去，成為她們的犧牲者不可勝數。現在我們船過此境，非萬分留意不可。」

船員們聽見他們主帥所說的言語，面面相覷，他們覺得此說頗為荒唐，歌聲這麼厲害，倒是沒有聽見過的話。其中有一個將校名歐福良⑨，前進一步，對優里賽士舉手行了一個軍禮，說道：

「主帥，西寧的歌聲既具有這麼大的魔力，請問我們應該怎樣防備，才可逃過這個難關？」

「預言家的鬼魂曾告訴我，」優里賽士答道，「我們想避免西寧歌聲的魔力，只有閉耳不聽之一法。現在我要把你們的耳朵都用蠟塞起來。至於我自己，我倒想領略一下這歌聲的奇妙究竟到何地步，我的雙耳卻要留著不塞。不過我又怕自己一時不能自主，鬧出岔兒來，這可怎麼辦呢？」

優里賽士思索了一下，又欣然笑道：

「我有法兒了。你們把我用繩子捆縛在船桅上，倘使我聽歌發迷，皺眉示意，要你們解，你們應該給我加上幾條繩索，打個結實的結，把我牢牢拴住，這個命令你們必須遵守，因為這是關係著我的性命和全艦安全的事呀！」

於是優里賽士取出了黃蠟一大方，先按照全船人數，用刀切為數十塊，再逐塊用手細細搓揉，並叫心腹將校白利米提士⑩、攸力洛克士⑪幫著搓。不片時，蠟質變軟了，然後捏成丸子，叫攸力洛克士二人將船員們的耳腔逐一塞緊，蠟質要齊到耳輪，務使他們變成實聾，即使耳邊響起個霹靂，也聽不見。

當蠟丸塞到歐福良時，他掉頭避開，口裡咕噥道：

「主帥剛才說的話，我一點兒也不懂。歌聲不過是飄蕩在空氣的東西，既無形，又無質，不比鐵鍊繩索，更比不上戰場上的絆馬索、倒鬚鉤，哪有能憑空把人牽引而去的道理？主帥是受了那死鬼預言家的騙吧？我就不信那些女妖的歌聲有這麼神奇的力量，我也想領略一下。我不用蠟丸塞耳，更不須你們把我縛在桅杆上，倘有什麼災殃，拚我自己一身去擔當就是。」

攸力洛克士停了手，回首取主帥的進止。優里賽士怒目望著歐福良，一手按住腰刀的柄，對他說道：

「歐福良，全船裡只有你是個不肯服從命令的傢伙。上次偷解風老人所贈的風袋，便是你和你部下幾個兵士幹的好事。我們的艦隊本來已到了伊大卡，卻被一陣逆風又吹回伊奧利亞島，害得我們兩年以來，還在這茫無邊際的大海上飄搖。你闖出了那樣滔天大禍，尚不自懲艾，又想生事嗎？天下只有至愚之人，才肯自投陷阱，我看你便是個至愚之人。你自己一人犧牲不要緊，倘使全艦士兵都效尤起來，那又怎了？你現在不肯服從軍令，就請你自己投身下海，免得我親手殺你，汙了我的寶刀！」

歐福良受了這頓訓責，才不敢作聲，乖乖兒讓蠟丸塞了雙耳。

二

張著三道白帆的巨艦，鼓著滿風，在那萬頃碧琉璃的海面，飛也似的破浪而行，後面曳著兩道銀色的波濤，花花地響，正像一枝白羽箭射入青蒼的空間，又像一顆美麗的流星，拖著長長的尾光，在蔚藍天空滑過。遠遠見有兩座危巖，聳出海面，西寧所居的薏亞島已在視線之內。

那島並不似傳說的神仙宮闕，隱現於五色祥雲之中，也不似海市蜃樓，隨風變幻，卻是一種洋溢著人間意味的疆土。遠遠望過去那危巖背後，綠樹如雲，黃金色的麥疇，一望無際，並隱約看見碧草芊芊的牧場裡，無數黃白色的點子在那裡徐徐移動，黃的當然是牛，白的當然是羊。那豐饒、寧靜、太平的景象，似是無數隻無形的手，向著這邊戰艦上不住亂招，使得這些遠離鄉井、久歷風塵的海客，恨不得立刻投入它的懷抱。

風向忽然改了，變成了逆風，船也行得慢了。船夫架起了櫓，老牛破車似的一顛一頓地前進。那薏亞島上的歌聲果然一陣一陣隨風而來，相去雖尚有十數里之遠，卻句句清晰，也句句灌入人的耳鼓。

最先聽見的是幾首希臘民歌，並且是道地的伊大卡的鄉謠俗曲。

優里賽士原是一國之主，又久歷戎行，世間優美的歌聲，也算聽過無數，只有司樂女神優脫卜的歌聲，他是凡人，無緣聽到。歌者奧菲士的金琴和哀曲，能感動冷酷無情的冥君，放回他愛妻的鬼魂，讓她和丈夫一同再回人世，那也不過是傳說而已，他認為事實上絕不會有。現在聽見那預言家的亡魂，說西寧的歌聲，魅人至此，他的好奇心便被撩撥得按捺不住，決意要來欣賞欣賞。況且他也像歐福良一樣，心想歌聲不過是飄蕩空氣裡的東西，無形無質，不比繩兒、鍊兒，也不比絆馬索、倒鬚鉤，說能像釣魚一般，把人憑空釣去，似乎太不可思議，他現在就要親身來試驗一下。不過優里賽士究竟是個出名的精細人，唯恐萬一有失，所以才吩咐船員們把他自己捆在桅杆上，並下了見他示意要解，反而加繩緊縛的命令。

他最初聽見風送來的歌聲，音節並不如何婉妙，正待竊笑預言家之誣，再一側耳，覺得那歌聲非常熟悉，原來都是他幼時聽慣、唱慣的伊大卡的民歌。這些歌謠原飽含鄉土情感，當他幼年時代便在他性靈裡深深扎下根子，日久不聞，忽然聽到，那鄉土之情有似一株枯樹忽遇陽光的溫煦、雨露的滋潤，抽芽茁葉，鑽出泥土，一股蓬勃的生意，天不能阻它，地也不能遏它。聰明機智的優里賽士，不覺聽得發迷，為之涔涔淚下了。

也不知是人們心理的力量可以構成幻境呢？還是薏亞島的風光，會隨人心境變化？優里賽士眼前的薏亞島忽然變成了他本國伊大卡的光景。那矗立藍波之上的兩巖，儼然就是他本國「神聖港」，這港是為紀念海神福西茲[12]而命名，港口正有巉巖兩座，屹然相對，風濤難進，成為希臘數一數二的良港。優里賽士還彷彿看見港巖之頂，那株綠葉婆娑的橄欖，正在隨風搖擺；又彷彿看到樹後那個幽窟，那是人們相傳水仙所居的地方。

優里賽士正看得出神，耳畔又聽到一種歌聲，那歌聲如怨如慕，如泣如訴，其中蘊藏著無限淒涼，無限焦盼，無限恩愛纏綿，無限怨別傷離的情緒。他仔細一聽，不覺大驚失色，原來這正是他愛妻皮涅羅皮⑬的聲音。

他聽見皮涅羅皮一面在那裡斷續啜泣，一面在那裡低聲歌唱，恰像一個女人受了莫大的委屈，無可申訴，躲在隱僻的角落，口中叨叨絮絮地念誦著一些話，藉以發洩心裡的悲苦。

優里賽士只聽得他愛妻反覆喚著他的名字，歷落地敘述過去愛戀之摯，久闊相念之殷，並且前被許多求婚人纏糾的煩惱。她說：

「優里賽士，我親愛的夫主，自從你和希臘各邦君主組織聯軍，遠征西亞，忽忽過了十載，聽說別國君王都凱旋故里了，只有你和你的部隊還是飄零海外，連個音信兒也沒有。你究竟是存？是亡？是在亞洲、非洲另建了邦家呢？還是迷戀大國公主，別締良緣，忘記了從前鴛侶呢？咳，優里賽士，我親愛的夫主，你知道一個國家沒有了君主，一個家庭沒有了丈夫，那情景當然是不堪想像。自從你去國以後，開始的幾年，國事由幾個元老重臣代理，我帶著兒子忒倫馬卡士⑭居住深宮，督率宮娥，殷勤紡織，歲月過得也還寧靜。但最近幾年的情形可大變了，大家見你日久不歸，懷疑你已喪身海外，對我這個身體和你的國主寶座，便都起了覬覦之念。像附近島嶼的侯王，以及伊大卡豪門貴族，共有百人左右，每日在我們宮庭裡大排筵席，把我們的美酒嘉肴，恣意飲唉，要逼我選擇一人為婚，然後便由那人承繼王位。我見他們不可理喻，只有假託要為你老父雷厄提茲[15]織繡一件錦袍，為他百年後殯殮之物，待袍工完畢而後嫁。我白晝繡袍，夜間又將已繡之線拆去，這樣拖延了三年，誰知在第四個年頭上，又被他們發現了我這個祕密。這些日子以來，他們更猖狂了。逼迫我更厲害了。」

皮涅羅皮哭唱到這裡，聲音變得更加酸惻、悲楚，她的一寸芳心似將碎裂。只聽得她嗚咽著又說道：

「優里賽士，我的夫啊！你再遲歸幾天，宮庭大變便要發生了！我是極愛你的，海枯石爛，我對你的忠心不變。我的貞節，絕不容這群無賴破壞，在那最後的一天，我決計自盡，絕不使英雄的你，為我蒙受汙名。可是你兒子的性命和你的王國又怎樣保全呢？可憐啊！我們的忒倫馬卡士，我們唯一愛情的結晶，你出征的時候，他才週歲，現在已長到十二齡，是個極秀美也極聰明的兒童，宛然是你的縮影。他青年如花的生命，竟將遭受霜雪的摧殘，我死在冥間，也是不能瞑目的呀！……」

她又以她全心靈喚道：

「優里賽士，優里賽士，我至愛的丈夫，你目前究竟在哪裡呢？希望智慧女神雅典娜把我的聲音吹送到你耳朵裡，讓你好趲程歸來。夫啊！你縱不念我，也該顧念你的兒子呀！……夫啊！事機緊迫，你速歸尚可挽救，遲則家破人亡，你將追悔莫及的了！……」

皮涅羅皮越唱越悲，聲音欷歔斷續，漸漸歸於沉寂，好像傷心過度，已是暈絕在地……

優里賽士雖被鄉土感情攪昏了頭腦，但心細慮密，是他本色，他也知道他妻皮涅羅皮身處深宮，絕不會遠遠跑到海濱來哭訴衷曲，這不是他平生最崇敬的智慧女神使的神通，還有誰呢？他是伊大卡人，伊大卡的情形，他是完全明瞭的。附近各島如杜利嵚⑯、沙米⑰、查辛沮⑱的領袖，其多如林；本國豪強，數目亦不少，平日誰不垂涎他妻美色，只因畏懼他的威名，不敢作非分之想。現見他日久在外，寂無音耗，當然要群集求婚，以為人財兩得之計了。何況現在說話的明明是他妻子皮涅羅皮的聲音，她所說的話也沒有一句不與他家庭形況合拍，他目前已回到伊大卡，毫無疑義。現在不將船駛進港口，好讓他立刻去援救妻兒的性命，尚將何待？於是優里賽士蹙起眉頭，向立在身邊的兩個心腹將校示意，叫他們把自己身上繩索解開，並掉轉船頭，向那港口駛去。

他那兩名將校受命在先，一見主帥的表情，走上來便加上一條繩索。優里賽士大聲對他們解釋：現在我們已身到家鄉了，快將船駛入神聖港，各人立刻可與家人骨肉團聚，豈不是萬分快樂的事？無奈他們的耳朵被黃蠟塞住，任憑優里賽士喊破喉嚨，仍茫然不解。優里賽士大怒，雙腳亂蹬，又拚命掙扎，想將縛束掙脫。他每一表示，每一動作，無非換來一條更結實的繩子。到後來，他竟像被釘子從頭至腳牢牢釘在桅杆上，絲毫不能動彈。他只有詛咒那死鬼預言家，竟給他這麼大的一個當上，他不覺哀哀痛哭了起來。

三

在這隻船上眼睛看見幻景、耳朵聽見歌聲的，並不只優里賽士一人，歐福良和他手下幾個兵士也是。

這歐福良性貪而譎，對主帥的命令，素喜陽奉陰違，他雖勉強遵從主帥，蠟丸塞耳，一轉背便和他的羽黨一齊掏了出來。他們幾個人爬在舵樓欄杆旁邊，巴巴望著遠處的海島，希望能聽見西寧們所唱甜美的歌聲。

他們最先聽到的也是幾首伊大卡民謠俚曲。不過與優里賽士所聽見的不同。他們幾個人雖同時在聽，每人所聽的也各不相同。西寧的歌聲的奇怪處是能依照各人所居的鄉里，唱出他們自幼聽慣的歌兒。歌中又充滿各人鄉土特殊的情調和紀念。在那些歌兒裡面滿溢著希臘燦爛的陽光、清澈的溪流、沉鬱的橄欖林、彌望的葡萄園地，又提到他們喜飲的美酒、愛吃的肉炙，他們慣與調情的漂亮女郎，甚至一道小橋、一椽茅舍、一片籬間爛漫的野花、一群閣閣的母雞與群雛，凡足以喚醒一個溫暖家庭印象的事物，都點滴不漏，繪聲繪影地唱出。

後來他們又聽見各人自己親人在召喚的聲音：或是衰年的母親，或是至愛的妻子，或是幼稚的兒女，或是平日往來密切的親戚故舊……說話的聲氣既逼肖，所說的話又宛若平生。他們的頭腦本來比較簡單，感動自比優里賽士更為強烈。

鄉土之情、骨肉之感，雖為人所共具，而平庸人比之英雄豪傑則又更形深厚。後者一類人眼光既大，野心又復熾盛，為了建立非常的事功，或爭取歷史的榮譽，不惜拋撇親人，遠離鄉井，作著繼續不斷的努力，或慘烈驚人的爭鬥。至於前者一類人呢，他們是僅僅為著吃喝玩樂和娶妻抱子而生到這世上來的。他們最大的願望，只是每年能多收幾斛麥、多搾幾桶酒，醉飽之餘，牽著女人的裙子嬉笑一陣，便算實現了人生的意義。其中志趣較高的，則也不過壯年勤勞耕作，能做個富足的田舍翁，以娛桑榆之晚景罷了。

優里賽士的部下原都來自田間，出征的時候都不過二十左右的青年，十載沙場，個個成了鬚髯繞頰的壯漢。他們初出發時，原都抱著戰勝飽掠的美夢，並且以為戰爭至多一、二年即可完結。誰知抵達小亞細亞以後，頓兵堅城之下，進既不可，退又不能。平時軍中生活備極艱辛，接戰或受令攻城，又須冒矢石鋒刃之苦，所以他們個個患了劇烈的懷鄉病，若非隔著茫茫大海，他們久已相率逃亡，而希臘聯軍也久已瓦解。

好容易挨到戰爭結束，恨不得一步跨回故鄉。不意他們的主帥優里賽士命運坎坷，別人都平安返國，他偏要多受風濤之險。那巨人島的經歷，更足動魄驚心，他們一想起來還不覺渾身哆嗦個不住。後來到風老人所居之島，那老人送優里賽士一隻皮囊，叫用銀鍊牢縛船尾，不可放鬆，自可一帆風順，安抵故國。上船以後，果然西風大作，船行如箭，一共航行了九天九夜，到十天頭上，伊大卡已儼然在望，全體船員踴躍歡呼，一齊湧到船頭去觀看。優里賽士卻以連日親自掌舵，過於苦辛，竟於此時昏然睡去。那隻皮囊正在他腳邊，歐福良本懷疑其中定是金銀珍寶，欲偷盜而無由。現見主帥酣睡，船尾更無一人，遂與部下相商，解開那隻皮囊，各竊其中儲藏少許，回到故鄉，可以一生吃著不盡。

誰知囊中所裝，並非珍寶，卻是狂飆大颶和一切的旋風、惡風，囊口才一解開，便產生了不可挽救的結果。優里賽士驚醒後，氣得暴跳如雷，親執皮鞭，把幾個闖禍的人痛鞭了一頓。

歐福良受責後，對主帥心懷怨恨，更加不肯服從，他今日之掏出耳中蠟丸，也無非是為了這個緣故。

人類的欲望是無止境的，人類的企求也是層出不窮的，這便是人類能夠不斷進化，而成為萬物之靈的原因。不過永遠不能滿足的欲望，人也不甚去妄想，永遠不能實現的企求，人也不大去努力，這是人類的聰明，其實也是造物主的妙用。因為欲望、企求之不能達成是極其苦痛的，倘使人類在萬般人生痛苦之外，還要去嘗試這個苦杯，則世界早已變成了大瘋人院了。

小兒哭著要媽替他取下天上的月亮，那種小兒，究竟萬中無一，而且那也僅限於小兒，成人則絕不作此痴想。成人之痛苦者，是本來認為即可滿足的欲望，忽然不能滿足，本來認為即可實現的企求，忽然不能實現。譬如長久飢餓之人，忽有一盤香味四溢的美饌，送到嘴邊，正思大嚼，卻被別人強奪而去，你想這人心裡是怎樣個滋味？又如一個人破產投資，去開一個金礦，滿以為開出之後，立可成為百萬富翁，誰知費了幾十年的苦辛，開出來的竟是一個一無所有的廢礦，這人的失望和悔恨也是可想而知。優里賽士的部下兒郎，十年飄零在外，懷鄉病雖使他們感受很大的苦惱，不過既不能插翅飛回故鄉，也只有捺定心思，在海船上把那單調無聊的歲月，苦挨下去。挨滿了，自有到達之期。

那一回風老人所助順風，本已把他們送到了伊大卡。不但神聖港的兩巖，巖頂的大橄欖樹歷歷在目，稍遠處人家的炊煙也都縷縷可見。片刻間，他們便可跳上岸，口親黃土，跪謝上蒼以後，各人投入親人的雙臂，從此享受著家庭甜蜜的幸福，故鄉和平安靜的光陰，一直至於老死……

不意因歐福良的一念之差，咫尺之隔又變成了天涯，快樂的希望，正將實現，忽又完全粉碎，他們當然萬萬不能甘心。那原有的懷鄉病，從此竟突然增重了三倍，像一隻掙脫鎖鍊的瘋狗，在各人心靈裡狂吠、猛跳、亂撲、亂噬，再也制服不住了。

現在歐福良這一群人，忽然又目睹故鄉的景物，並且還聽見親人的召喚，認為仙風吹送，又到故鄉，這一回若不立刻跳上岸，恐怕優里賽士的仇神——那海王普賽頓——又來捉弄，又要給他們像以前一樣的打擊，這千鈞一髮的機會，當然是非立刻抓住不可的！

四

歐福良在故鄉的時候，曾熱戀一個名叫美兒的姑娘，那姑娘和他同鄉同里，與他家又有點親誼關係，自幼在一處玩耍，兩小無猜，感情極為融洽。

這姑娘長大後，生得褐髮黑睛，玲瓏嬌小，雖非絕世佳人，可算是個不可多得的俏麗村姑，也可說是個非常迷人的甜妹。因為她對歐福良萬般溫柔體貼，像個小母親似的關照他、嬌慣他。男人都是孩子，離開了慈母的膝前，便要投入另一母親的懷抱。他們對於女人的要求：德性、品貌，都在其次，頂要緊的是女人能夠像撫慰孩子般來撫慰他。所以歐福良的一顆心肝，更被這姑娘緊緊抓住。

兩人取得家中尊長的同意，訂立了婚約，正在籌備結婚的典禮，歐福良忽然奉了徵調入伍的命令，只有忍淚與戀人相別，登上遠征的行程。

歐福良在軍之日，無時不思念他的戀人。開始時，美兒的形象只在他夢魂出現，後來想得如醉如痴，精神恍惚，白晝也彷彿見她來到身邊。打仗緊張時，暫時忘記，一閒空，美兒的聲音笑貌，又在他腦海裡活動起來。人們說時光可以沖淡記憶，這話對於歐福良卻正相反。他在外之日愈久，想念家鄉和思慕戀人之心愈濃。因為他總想創立家業，應趁精力壯盛之時，男女結婚，更該扼住那一段人生最為難得的玫瑰色年月，否則是沒有什麼意義的。歐福良去國時，年紀是二十二歲，美兒則正當十七的芳齡。

可恨戰爭歲月過於綿長，一年一年地拖下去，他的青春已完全消逝了，偶然臨水自照，不唯不見舊日的朱顏，鬢邊還偶有星星銀光的閃耀。他想女人更經不起「老」，他的美兒，現在額上也許也有了皺紋，也許已成了一個肥胖的中年婦女，再這樣挨下去又怎樣呢？因此他心裡的焦灼，更比旁人為甚。

那天歐福良正立身船尾，痴聽鄉謠，忽然又聽見一種熟稔的歌聲，因風送到耳邊，原來正是他朝思暮想的愛人——美兒——在那裡歌唱，那歌道：

歐福良，
歐福良，
我親愛的情郎！
你現在，身已到家鄉，
卻緣何踟躕不把岸來上？
我為你十年孑影守空房，
歷盡艱辛，挨盡淒涼，
今日相逢，豈非喜事從天降！
我的可憐父母已雙亡，
從軍弟兄，音訊久已無從訪，
料應是俱已殞骨在沙場。

天幸我的人兒無恙！
歐福良，
你為何不來和我相偎傍，
難道是，別久心變，不認舊嬌娘？

歐福良聽美兒的歌唱，不覺心魂震盪，熱淚盈眶，正想回答她一個歌兒，海上清風又飄來了

第二陣歌聲：

歐福良，
歐福良，
我親愛的情郎！
速登陸，千萬勿徬徨，
要知道從來好事多魔障。
那風囊故事你應未遺忘，

當機立斷，掉轉舟航，
若再夷猶，只愁又起狂風浪，
你我又將萬里隔汪洋！
今生今世，未必再有重逢望，
只落得兩地相思永斷腸！
這悲痛又何堪設想？
歐福良，
你為何不來與我相偎傍，
難道是，別久心變，不認舊嬌娘！

歐福良聽美兒提起那風囊的事，像被人兜胸重重搗了一拳。是的，他應該「當機立斷，掉轉舟航」，跳上岸去和情人熱烈擁抱，給她一千個吻、一萬個吻，可是這船的主人並不是他，他能勸服主帥優里賽士這樣幹嗎？

正思維間，對岸歌聲又來了。這回歌聲是美兒告訴他，伊大卡國內已換了主人，優里賽士和他部下回到本國也是不能活命的。趕快奪船起義，及時來歸，則不但無罪，而且有功。優里賽士現縛在桅杆上，刺死他，易如反掌。歐福良被這些話攪得心亂如麻，已毫無主意，拔刀便奔船頭。但遙見白利米提士和攸力洛克士兩人，腰佩利刃，立在主帥身旁。這兩人都是武藝高強的有名力士，自己絕非他們的敵手，他又不敢向前了。

船夫頂著逆風，努力搖櫓，這時距離薏亞島不過二百碼之遙。歐福良忽然將心一橫，便從船邊縱身下跳，用全速率向那島上泅去。他的幾個部下也紛紛下海，跟在他的腳後浮游。

他們才一近港，便見有十幾隻大白鳥似的東西自巖背飛出，這邊船上只聽見一陣掙扎和哀呼求救之聲，瞬息即復寂然。

優里賽士悲泣未已，忽見歐福良幾個人投海，又忽聽見那慘厲的呼號，他臉上顯出恍然大悟的神情，並且輾然而笑。他努力伸出頸脖向兩將示意，叫他們督促船夫快搖，好快些脫離薏亞島的海面。

這時風勢又順了，那隻艨艟巨艦像被一隻無形的大手在後推送一般，一霎間，便把那個美麗而凶險的妖島，遠遠的撇在背後！

五

優里賽士回國以後，常和朋友談起他返國途中各種危險的經歷。有個朋友問他，聽說薏亞島的西寧以歌聲勾引旅客，百發百中。不知她們的歌聲究竟好到什麼田地，竟能迷人至此，想必天上樂歌女神也有所不如吧？

優里賽士聽那客人的話，連連搖手道：

「不然，不然，西寧不過能憑藉妖術，諜知各人家庭詳情，模仿各人至親骨肉的口吻，維妙維肖；又能利用各種方法，撥動久客者鄉土的情感，誘人投其羅網罷了。若論她們的歌聲，其實平凡之至，毫無特異處。」

「那麼我們的對策，就只塞耳不聽之一法嗎？」客人笑道。

「當然，此法雖笨，但除此以外，我想還沒有比這個更有效果的法兒呢。」優里賽士一本正經地回答。

① 西可尼安，Ciconians。

② 伊士馬魯司，Ismarus。

③ 食蓮者，Lotophagi。

④ 巨人島，乃巨人賽克洛普士族類所居之島。

⑤ 伊耶島，Aeaea。在意大利與西西里之間，相傳為妖女騷西所居之島。

⑥ 騷西，Circe。其故事大概如本書所述。

⑦ 泰里細阿士，Teiresias。底庇司有名預言家，死歸冥界，仍作預言。按《奥德賽》史詩卷十，教優里賽士避免西寧 (Sirens) 歌聲魔力之策者為騷西，今改為泰里細阿士。

⑧ 薏亞島，Io。

⑨ 歐福良，Euphorion。

⑩ 白利米提士，Perimedes。

⑪ 攸力洛克士，Eurylochus。

⑫ 福西茲，Phorcys。

⑬ 皮涅羅皮，Penelope。

⑭ 忒倫馬卡士，Telemachus。

⑮ 雷厄提茲，Laertes。按皮涅羅皮為其舅翁刺繡錦袍，實為其夫去國將二十年之事。今為行文方便起

見，將此事提前十年。

⑯ 杜利欽，Dulichium。

⑰ 沙米，Same。

⑱ 查辛沮，Zacynthus。

騷西

優里賽士飄流海上十年，回到他的本國伊大卡，匆匆又過了半載。

優里賽士攻陷了特洛伊，尚未返國，他的故事已經在希臘群島宮庭中的歌人口中唱著，琴絃上彈奏著。他在菲細安[1]國王家筵宴上，不是便曾親耳聽見樂師德謨多克士演唱他的「木馬計」嗎？現在回到伊大卡，他那二十載絕不平常的經歷，更加上他妻子皮涅羅皮的堅貞，求婚人宮庭的喋血，湊成了一篇離奇曲折，趣味濃郁的傳奇。這傳奇長了翅膀，比天帝宙士的金鷹飛翔更速，頃刻掠遍了愛琴海上大小各邦，甚至紅海之濱、黑海之角，也響徹了它清朗的回響。各國侯王對於這傳奇的英雄，欽慕萬狀，往往不遠千里，備了厚禮來求見，四方商賈也雲集此邦來做買賣。伊大卡此時竟成了朝聖者的聖地，優里賽士也肉身成道，變成了一尊放射萬道金光的大神。

現在優里賽士的兒子忒倫馬卡士已早過了二十一歲，已經是個成年人，正是宜室宜家的時候了。附近各島諸侯欽慕優里賽士的威望和伊大卡的富強，都願來攀親，即被優里賽士射死了的求婚者的家庭，也不例外。世間萬事都與「勢利」相連，「仇恨」也逃不脫這條定律的支配。當你知道對方力量不敵，怨毒反而愈深，意氣也愈覺激昂，大有非滅此朝食不可之勢。若看見對方的力量超過了自己，縱有殺父之仇、破家之怨，也覺沒有急求報復的必要，久而久之，便付淡忘，甚至向對方伸出親善之手，而美其名曰：「不念舊惡。」

在杜利嶔、沙米、查辛沮各島國的公主郡主間，雖亦不乏如花的美眷和大片采邑的嫁奩，優里賽士卻從來未曾加以考慮。他是開過眼界的人，大顆晶瑩的金剛鑽見過無數，哪在乎這類纖細的珠璣呢？

優里賽士的威名遠遠傳到了埃及，那高踞尼羅河上游，自命太陽之子的埃及國王，也派了親貴重臣，齎帶金寶來向他求親。那位公主是國王膝下的獨女，芳齡未及雙十，美麗有似委娜絲女神。因父母溺愛，不願將她遠嫁，卻要求優里賽士送兒子去入贅。言明成婚之後，永遠居留埃及，受親王的待遇，法老要把一個最富庶的區域作為他的封邑，但給優里賽士很委婉地謝卻了。

埃及國王不肯死心，又派大臣到斯巴達，拜謁國王麥尼勞士②，送致厚禮，請他執柯。因為麥尼勞士當年從特洛伊歸國時，船舶遭風吹到埃及，在那裡淹留過一段時光，與法老相處得很厚。他和優里賽士原是征戰十年、患難與共的好友，他那豔麗如仙的妻子——海倫③——之得以返國，也虧了優里賽士和其他幾個朋友的功勞。現在受了埃及王之託，便和海倫命駕蒞臨伊大卡。

這回埃及國王提親的條件可說是優厚極了。他願意用純金一萬脫倫；珍寶、古玩、香料、錦緞，裝載滿滿一戰艦，來換忒倫馬卡士這個女婿。並且言明法老百年之後，將他的雙蛇王冕和黃金獅子寶座也遺傳給他。

伊大卡盈廷的元老群臣們，歆羨埃及的國勢，又貪圖法老的財富，都說這門親事，萬萬不可錯過，但優里賽士仍不以為然。

這一晚宮庭盛宴才罷，臣僚們都已散去，優里賽士和妻子皮涅羅皮，兒子忒倫馬卡士，在一間便殿裡，陪伴著斯巴達國主夫婦。兩個女人偎在爐邊，手裡編織著紫色羊毛線衫，低聲談著話。兩個男人捧著金爵，正在細酌飯後的葡萄美酒。青年的王子則坐在下邊，摩撫著一隻蜷臥錦氍毹上獰猛如獅的獵狗頂毛。

「埃及國王這一次對我們求親的意思也可以說好得無以復加了，你為什麼老是不肯允許？失去了這個機會，我怕以後再也得不到了啊，我友！」皮涅羅皮坐在一隻低凳上，抬頭向著她的丈夫說道。

「真的，優里賽士，」麥尼勞士接口道，「埃及是東方的名邦，一個有名的泱泱大國，版圖之廣，勝過我們希臘各邦合併的土地十幾倍。你的兒子將來可以承繼埃及王位，這才是希臘從古未有的光榮。為你兒子前程起見，我想你還是答應的好。」

「麥尼勞士，這回為我兒子的事，勞賢夫婦遠來，感謝之至！可是兒子是我自己的，我對他的幸福能不關心嗎？我也曾派人到埃及仔細打聽過，那公主因父母過於寵愛，性情極其驕悍，內侍們一不如意，便遭她親手撲殺；又濫費無度，衣服一天要換五六套──穿過一次的再也不肯上身了──日常遊戲，用金丸彈鳥，指頂大的明珠溶化在酒裡喝。我的兒子贅過去也不過做她繡裙下匍匐著的一個溫柔奴隸罷了。伊大卡雖僅希臘一邦，卻也是個獨立自由之國，為貪人家富貴，葬送兒子的一生，是值得的事嗎？」優里賽士一面喝著酒，一面這樣說。

「那埃及公主的性情倘真如你所說，則這個婚姻問題當然要考慮。不過年輕的女郎性格是容易變遷的。成婚以後，受了忒倫馬卡士的感化──因為我看這孩子的德性一半像他父親，一半像他母親──也許會變成第二個皮涅羅皮。你一門出了兩個皮涅羅皮，不值得誇耀嗎？」麥尼勞士說這話時，眼光一忽偷偷掃射到那溫柔婉淑名聞天下的主婦的臉上，期待這番得體的阿諛，能夠引起她的怡悅；一忽又帶著輕微的笑意與那青年王子眼光相接觸，似乎想鼓勵他為自己偉大的前途，起來和父親抗爭。

「咳，老友！」優里賽士嘆口氣說道，「一個人性格成了定型，改變談何容易，除非他是天鐵匠浮爾甘的機械人，可以回爐重鑄，否則是沒有方法可想的。我平生最恨的是驕恣暴戾、有己無人的女性，為的我飄泊海上的時候，便曾遇到這樣一個女人，她曾將我的部下數十人設法陷入圈套，我若不是天神救助，也許要終生過著受人虐待的畜類生活了哇。這話說起來，到於今還使我心有餘悸！」

海倫聽了這話，便問道：

「我也曾聽見人家傳說，你飄洋時曾棲遲海島，受兩位仙女的款待，一個是奧吉吉亞島上的卡麗普莎，一個是伊耶島的騷西，她們都要留你做永久夫妻，現在請你告訴我們，那個想虐待你的仙女，是兩人中的哪一個？優里賽士。」

「那卡麗普莎倒真是個有心肝的仙女，」優里賽士答道，「她確想贈我駐顏之術，教我永享仙家的快樂，只因我一心掛記著皮涅羅皮，終於謝絕她的好意。至於那個騷西，也配叫做仙女？她只是一個女巫、一個妖婦而已。她的故事，我對我的妻兒已講過好幾遍了，同你們卻沒有談起。現在請把我在那伊耶島上的經歷同賢夫婦敘述一番，來消磨這個良夜如何？」

麥尼勞士和海倫拍掌贊成，於是優里賽士便揭開了記憶之扉，娓娓地談他飄泊荒島，所經香髗而驚險的一幕。

以下便是他所談的關於妖婦騷西的故事。

自從特洛伊陷落，我和賢夫婦及其他英雄分手後，各率部隊，返回故國。我帶領的是十二隻巨艦，艦中滿裝從特洛伊和一路所過城市擄獲來的戰利品。

一路遭遇危險，部隊傷亡頗多，尤以拉摩斯島戰役，損失更為慘重，十二隻巨艦被敵人打沉了十一隻，只我自己的座船幸得保全。計算部下僅剩五十餘人，比初次登艦返航時，不及二十分之一。

我這隻船，被敵人投來的巨石打傷左舷，常常漏水，艦中食糧和淡水兩都缺欠，非登陸補充不可。一日，到達一座小島。島上樹林茂密，遠處有座橡林，林上透出裊裊青煙，似有人家居住。我打發一個親戚名叫攸力洛克士的，命他率領士卒二十二人，肩負囊槖水袋之類，腰間更懷少許金貲，希望和島上居民換取糧食，並汲取清泉。

攸力洛克士去了大半日，氣急敗壞地獨自一個人跑回，流著眼淚告訴我他此次的遭遇。他說道：「我奉主帥之命，和部下逶迤走入橡林，發現了一座玉石砌成的玲瓏宮殿，內有極美妙的歌聲應和著札札機杼，自晶窗飄出，洋溢於整個橡林。我的伙伴認為身入佳境，樂極，便在殿外揚起聲音。須臾間，有個女人走出門外，我從來未見世間女性有她這麼一副可愛的姿容。她那一頭美髮波浪似垂於雙肩之上，更覺婀娜絕世。我猜她定是森林仙女。她將我的伙伴都歡迎進去，我向來精細，獨躲在一株大橡背後，想窺探究竟。只聽得我伙伴進屋之後，似蒙那仙女列筵款待，他們彼此碰杯，歡呼暢飲，鬧成一片。我這時飢腸轆轆，深悔自己過於小心，失去享受口福的機會，正想叩門而入，託詞求飲。忽見我的同伴又都被那仙女送了出來，他們都喝得酩酊大醉，你牽我扯，嘻笑不絕。但當他們的腳跟才離開那座瓊宮的門檻，那仙女忽舉起一枝金杖，雙脣闢翕，似在念誦什麼咒語，再將金杖向他們一指，喝一聲『變』，我帶去的那二十二個人，倏然都撲倒地上，一瞬間，都變成了一群豬玀，那仙女舉杖驅趕，趕過林子去了。我見了這個景象，嚇得靈魂都溶成了水，趁那女人轉背，沒命地逃了回來。主帥，你看這件事怎麼辦？你是有名足智多謀的人，現在能想個方法援救他們出來嗎？」

我聽了攸力洛克士的話，半晌攢眉不語。這事實在蹊蹺，恐怕不是我的智慧和勇敢所能解決。但艦上一半人員陷身絕島，在道義上也不應掉頭不顧而去。於是我結束全身武裝，腰佩一柄寶刀，獨自登陸，步入深林。

走到半路上，忽見一美少年向我迎面走來。他好像預知我此行的企圖，止住我，同坐路旁石上，攀談起來。

這少年告訴我林中女妖的出身和名字。原來這女妖名叫騷西，自己常對人說她是太陽神和海洋女仙白賽薏絲戀愛的結晶，其實卻是假冒的。地球上的妖魔都喜歡誇張自己世系的高貴；不是天帝宙士的兒子，便是阿坡羅的女兒，或者是戰神阿里士下的種，或者是海王普賽頓血液的點滴，你若相信這些鬼話，你準是個大大傻瓜！

這騷西的父親究竟是誰，曖昧難明，但她的母親倒是個有名的女巫。她的名字是海凱特，所居與冥府交界，那裡常終年不見陽光，這女巫的靈魂也黑暗得一口深井相似。她擅長一種魔術，念動咒語，可以把好好的人變成獸類。她女兒得母祕傳，也會來這一手。

「現在你想去拯救你的同伴，我有一物相贈，可使那妖婦的巫術失靈。」這少年一面說，一面自懷中掏出一朵花兒，花僅一朵，色如牛乳，異香撲鼻，莖蒂則其黑如鐵。他將花交我手中，告訴我，此花名為「莫理④」，佩了它，吃妖婦的飲食，受她的魔杖的指點，均可安然不動。妖婦見法術不效，定必驚慌圖遁，你該拔刀擋住她的去路，恫嚇要殺死她。她惜命必跪地哀求，乘勢逼迫她莊嚴設誓，則援救部下的目的可以達成了。

那少年道罷，即騰身飛空而去。我見他腳下的金飛鞋和手中的雙蛇棒，才知他即是風神赫梅士。既是天神親降凡塵，指點我降妖策略，我還用得著再遲疑嗎？我於是奮身前進，步履輕快，好像剛才赫梅士的金飛鞋，轉移到我的腳上。我哪裡是在走，簡直是在飛騰，像一隻掛念穴中久飢幼麛的母鹿，又像是一艘鼓滿順風的帆船，數十里崎嶇的山徑，不過片時，便到達了盡頭。

現在我也置身於那白色瓊宮的面前了。我也聽見裡面札札的機杼和那銷魂盪魄的歌聲了。我立在門外，故意咳嗽一聲，裡面嬌聲問：「誰呀？」

「是我，一個遭風迷路的海船主人，來求食宿的。」我在旅途中同人說話，從來不肯暴露自己的身分，每遇人家問起，總隨口編造一番話兒回答。現在同這女妖說話，當然更須留心，萬不可讓她懷疑我同那初來的一群人是一伙，教她預先做了準備。

門開了，裡面出來了一個女人，頭戴一頂白色尖形帽，身穿一襲寬博的紅衫，她那頭棕色蓬鬆的柔髮，每一捲曲，都是一個小迷魂圈，你靈魂碎作千百個，它也能一一勾攝了去，緊緊繫住，教你無法騰挪，而生生地淹死於它的波紋裡——原來這女妖的特點在髮，是有名的「棕髮騷西」，這話我後來才知道的。至於她那多情的雙眸、巧笑的口輔、淺紅的玉頰、象牙色的臂和脛，也無一不生得恰到好處。我沒有親眼見過愛神，但也見過她的刻像，這女人可說是愛神孿生的姊妹。

不過她那尖帽紅衫有類女巫的裝束，卻頗帶幾分妖氣。

她一見我，嘴角便漾開一對美似春波的笑渦，請我進她屋子，好讓她稍盡地主之誼。我裝出坦然不疑的神情，跟她進去。她端過一張銀裝椅，請我坐下，幾個女侍過來伺候，奉銀盆令我盥手。嗟叱間，擺了一席豐盛的肴膳，金壺的美酒，不斷注入我的杯子。那女主人則坐在對面相陪，殷勤勸我加餐。

舟中缺糧已久，我們只以麥粒和芋塊充飢，見了這嘉肴美酒，落得盡量享受它一頓。懷中藏有仙人祕授的莫理花，不怕她的妖法。

酒罷，女主人說蘭湯已具，請我到浴室沐浴，我正待轉身，她口中已念動咒語，拔出腰間魔棒，指向我，喝一聲「變」，但她面前立著的仍然是一個昂藏的男人，連一根毫毛也不曾動。

她見連喝三聲，法術仍然無靈，不覺大驚失色，轉身向殿後逃去。我一跳便落在她的面前，拔出腰間鋒利的寶刀，攔住她，大喝：「妖婦向哪裡走！」

她嚇得渾身發抖，眼淚也流了下來，好像一朵承著盈盈朝露，輕顫清風中的紅罌粟花，忽跪在我面前，雙手抱住我的膝頭，哀求刀下留情，饒她性命。

「你要命，便把我的人還我。」我把刀鋒對準她的玉胸，裝著猙獰的模樣，威嚇她說。

「你的人是些什麼人？你剛才來這裡的時候，原是單獨一身的呀。再者你又是誰？肯告訴我嗎？」女妖戰慄地說。

「我是優里賽士，今日上午到你這裡的二十二個希臘人，是我部下，你用妖術把他們都變成了豬玀，是不是？」

「哦！你原來便是那鼎鼎大名的優里賽士，你的人都好好地在我園子裡，還你容易，但請先收起你的刀，好嗎？」

「你原來也知道我寶刀的厲害。想我不殺你，你該指著士蒂克司河起個大誓，從此絕不敢害我，並將全部的人兒還我。」

她迫於無奈，果然遵照我的話做了，我才放她起身。她引導我出了宮門，瓊宮的背後原來是一片廣大的園林，但見無數野獸，像獅子呀、老虎呀、金錢豹呀、豺狼呀、狐狸呀、斑鹿呀，甚至還有貛、豬、兔子之類，在那裡徘徊遊蕩。看見騷西出來，牠們都興奮地發出一聲嗥叫，爭先恐後地撲向她的裙下，試著要來舐她的赤腳。騷西喝斥牠們，也喝斥不退，而且愈來愈多，我們已陷身獸陣，無法前進。騷西用手中的魔棒，痛撻牠們的背脊，這個負痛略退，那個又伸喙向前，好像她身上有一種什麼吸力足以吸引牠們似的。

騷西揮動魔棒，殺開了一條血路，到了園林盡頭，是幾排豬圈、羊柵，她打開了一個圈子，裡面有一大群豬，身軀肥碩，毛鬣油然有光，正在圈中爭食橡子。一見騷西進來，也簇擁而上，伸出牠們尖長的鼻子來嗅女主人的脛和腳，口中哼哼唉唉，唱著豬的求愛之曲。那情景比我適所見獅虎豺狼的作為，更覺不堪入目，因為豬兒太蠢，牠們求愛的方式也笨拙得可嫌。

「這便是你的人，你點點看，數目對不對？」騷西指著那群豬玀說。

我將牠們計點一下，不多不少，恰恰是二十二隻。

「你為什麼要將我的部下一概變成豬玀？你那園林裡的野獸種類不一，卻沒有一隻豬，獨把我的人變成這般蠢模樣，這是什麼個解說？」我問她道。

「我的朋友，變什麼東西，是由他們自己作主，我是無權過問的呀。」騷西笑著說。

「這是什麼話？我不懂你的意思。」

「人的形貌如何，每受心靈的支配。勇猛之人自然會變成獅虎，凶殘的自然變成豺狼，狡猾則狐狸，怯弱則兔子……至於你的部下，我不恭維，都是一群貪婪饕餮之徒，他們要變，當然這副蠢相與他們最為相稱了。」

「你何以知道我的部下都是貪婪饕餮之徒？他們都是百戰餘生的勇士，你不能憑空毀壞他們的名譽。」

「我是仙人，能知過去未來之事，你們哪件事瞞得過我？你們的艦隊劫掠過西可尼安城市時，你部下不肯聽你忠告，登舟速行離去，卻在海濱大張筵宴，轟飲大醉，致遭敵人致命的襲擊，那麼大的艦隊被剿滅得只剩下一艘，是不是有這件事呢？當風老人送給你一個風袋，你本可以揚帆直抵故鄉，你部下卻懷疑袋中或裝有珍寶，趁你疲乏小睡之際，偷偷打開那袋，放出了大颶狂風，使航程改了方向。他們飄到蓮花國，吃了蓮花，便不想再回故鄉；飄到巨人島，又想盜竊巨人的乳酪和羊群，致吃坡力飛馬士⑤的大虧，幾乎連你的性命都葬送了。是不是有這件事呢？像這類的人，生來便具『豬心』，他們不變豬又變什麼？」

「你將牠們囚禁圈裡，還得費食料去餵，這對你難道是上算的事嗎？」我好奇地又問那女妖道。

「不上算嗎？那也未必。」騷西微笑回答，眼睛閃出狡獪的光芒。「我供給牠們的食料，牠們也會酬答我的。剛才筵席上的烤豬，蒙你誇讚味道之腴美為平生所未嘗，你知道是哪裡來的？」

我胸中一陣作噁，幾乎將剛才吃下的東西嘔出。深恨騷西的殘忍，幾乎想一刀切下她的頭顱，但一想到這二十二人的性命，只有強捺怒氣，假意讚美她道：

「你真聰明，會算計。幸而今天沒有殺這圈裡的豬兒供餐，否則你賺我吃自己的部下，豈不教我將來抱憾無窮？」

「抱憾？這也值得抱憾？」她若無其事地說道，「世間人吃人的事到處都是，豈止我們仙家？你們為一女子，血戰十年，已不知塗炭多少生靈。後來你運用詭謀，攻下了特洛伊，把城郊十幾萬人民殺得雞犬不留，城中莊嚴建築化成了一片焦土，你們卻贏得了戰勝的榮譽，成為歷史的英雄。你們巍峨的紀功坊，是如山白骨砌就的，你們播傳於各地人民口中的輝煌戰績，每一字都漬染有無罪者的鮮血。兩者相比，是我吃的人多？還是你們多？」

我被她一番話說得無言可對，只有含笑點頭，表示心服，並懇求她從速恢復我部下的人形。

騷西因受不住群豬的圍攻，早已退立圈外，現在只見她口中念念有詞，舉起魔棒向群豬一指，我眼前似乎湧起一層薄霧，片時霧散，見圈中簇擁著的不再是剛才所見的岐蹄聳鬣的蠢畜，而是我同生死共患難的戰友了。他們一個個在那裡揉眼睛、打呵欠，像乍自一場大夢中醒轉。忽見我在圈外，便歡呼著跳越過木柵，來與我擁抱。那種悲喜交集的情況，雖迷失道路，驟遇親生父母的孩童，也不過如此。

船舶修理的工程頗大，我們只有寄居騷西府第等待。她待客很慷慨，佳肴旨酒，盡我們享用。

我明知豬羊來源可疑，但因其味道太好，又苦無他肉可吃，也只有在銀盤裡縱肆我的刀匕。初尚不免皺眉，後來竟非此不飽。

伊耶島雖孤懸大海中，倒是海賈往來的孔道，每月總有十幾個旅人落了騷西的陷阱，所以她園中的野獸種類日繁，柵中的豬羊也食之不盡。她每天除織錦外，必散步林中若干時刻，接受各獸的朝拜和諂媚。她高興的時候也讓那些野獸來舐手足，被困擾過甚時，便只有用魔杖來解圍。

她對鷙猛的獅虎稍為寬待，但也常用魔棒把牠們的口吻刺得淌血，獐鹿之類常被她打折角和腿，山兔、松鼠那類小動物若不知自量，也想來親薌澤，往往被她一腳踢出幾丈遠，或一棒打得腦漿迸流。群獸間，弱肉強食，厥狀尤慘。

她這麼殘酷地對待那些動物，而那些動物偏又這麼忠心於她，對我實在是個謎。後來我才知道她的祕密——這也是騷西同我要好之後，親自告訴我的——原來人們經她魔杖指點變成那一類的獸以後，過去記憶便完全消滅，連心靈也變成了那一類獸的心靈。獸類春情的發動有一定季節，而這類「人變獸」則時刻陷在那如飢如渴的性的慾求中。騷西身上蒸發著千百種雌獸的氣息，能隨機應變，一一投牠們之所好，故此才有這一種曠古未有的奇觀，湧現於我的眼界。

優里賽士滔滔不絕地敘述他伊耶島上的經歷，大家聽得入了迷。海倫停止了手中的編織，玉腕支頤，全神傾注，麥尼勞士也將金盞擱在膝頭上，始終沒有啜一口，臉部的表情，隨故事情節的發展而變化，一會兒微笑，一會兒又輕蹙雙眉，現在他忽然打岔道：

「這妖婦把人變成可供食用的豬羊，尚可說基於實利的觀點，變作獅虎等野獸來供虐弄，這又是什麼意思？你當時也曾問過她嗎，我的朋友？」

「這話騷西也曾對我說過，」優里賽士答道，「她說她以前曾愛過一個貌如天神的男子，遭他拒絕，她心裡裂開了一道永難痊合的傷口，立誓要將這股怨恨之氣發洩在普天下男人身上，所以這些無辜的旅客便成了那個美男子的替罪羔羊了。騷西又曾說她原是太陽神之女，應該做君臨天下的女王，要所有臣民都跪伏於她的腳前，生殺予奪，隨她的喜怒，要普天下人都死心塌地愛她，仰望她如天空明月，既然一時沒有機會，只有在荒島獸國裡稱王了。這也算是個慰情聊勝之計而已。」

麥尼勞士聽了大笑，說道：

「這妖婦找不到可供她虐弄的男性，只有用她的魔杖來點化；又知道凡屬人類必有善惡之辨和是非之心，所以又將他們變作無知的獸類。這番苦心孤詣，倒也虧她，不過說穿了，又是多麼的可笑，多麼的無聊呀！後來你們怎樣離開伊耶島的？朋友，請你把這故事再繼續下去吧。」

「我們為等待修船，在那島上淹留已及數月。騷西好像真心愛上了我。每日親自下廚為我治膳，在席上又親為我割鮮斟酒，賣弄萬種風情。我卻作出凜然男子的氣概，不予理會。誰知我愈冷淡，她愈熱情，我愈高傲，她愈卑順。後來她錦也不織了，園中散步也不去了，整天偎傍在我身邊，彈琴歌唱，替我解悶。一個神通廣大的魔女，在我面前竟變成了一頭溫柔宛轉、逗人喜樂的小貓了。

「一夕，她見用盡了擒拿手段，我仍無動於衷，不覺涕泣如雨，倒在我的懷裡，切切要求我施捨她一點情愛。她自言閱人多矣，像我這種高貴的丈夫氣，實為她平生之所僅見，更教她心折不已。倘使我願意與她成為夫婦，長住伊耶島上，她情願傳授我長生仙術，永諧繾綣。她也肯徇我要求，釋放那些由她魔杖點成的獸類，並立誓從此不再作這樣的惡劇。

「朋友，你知道我對皮涅羅皮本是個非常忠實的丈夫，可是，一個男人，作客在外，小小風月姻緣，事實上豈能盡免，做妻子的是應該原諒他的。」優里賽士說到這裡，回首對他妻一望，赬顏一笑，又說下去道：

「數月以來，我面對佳人而守身如玉者，實為懼怕她的魔法，恐她乘我不備咒我。她雖曾指河為誓，但誓言對於一個妖魔，又有什麼約束能力？現在她對我所說的一番話，只有恢復被蠱者的自由，足以動我之聽，因我對於這些被她日夕虐弄的『人變獸』，實抱無限的同情。當下，我要她重申前誓，從明天起即實行解術，才抱起她來，吻她，摩撫她的美髮，我不覺也奮身投入這一片迷人的棕色柔波之中了！

「我們絮絮地談了半夜話，並枕繡榻，睡到天色將明，忽覺騷西的手在我胸前摸索，我一驚而醒，借熹微的曙色看時，只見她眼露凶光，左手執著她的魔杖，杖端正指著我的臉，右手伸入我襯衫口袋，搜索我藏匿其中的莫理花。原來這妖婦見以前咒我不動，後見我睡覺之際，尚不肯卸除襯衫，知我袋中必藏有法寶，遂企圖趁我尚在夢鄉，竊取而去，再將我咒成獸類。」

「那騷西不是說深深愛你，要和你誓諧永好嗎？為什麼現在又生起歹意來？」麥尼勞士又忍不住問道。

「那妖婦的性格的確與常人不同。她見一個男人越是高不可攀，便越欽佩你，越傾心愛你。你折磨她，她愛你反更熱狂起來——我相信她愛我最為真摰的時候，便是我的刀尖指向她心窩的那一刻吧！但等你才一向她投降，她的心便立刻變了，她鄙視你，因而憎厭你，一定要將你踐踏腳下，才能甘心了。這大約因為她的個性太強，故此永遠瞧不起柔弱的男性，而追求強過於她的。

這或者是一部分女人的天性，但如騷西之趨於極端，則謂非變態心理不可。

「當下我和那妖婦大吵一場。她怒吼著，叫我快率部下滾離她的眼前。幸而我們的船隻此時已經修竣，那天上午便全部登舟，駛離了伊耶島。

「朋友，這便是我冒險生涯中的奇遇之一。我覺得世間女人有一半屬於『騷西型』。這埃及公主的性情只須有十分之三、四肖似騷西，也夠人受的了。所以無論如何，我不能允許這頭親事。試想一個十幾歲的女郎，常常親手殺人，這是何等可怕的行徑？」

麥尼勞士嘆道：

「世間獨養兒子不足為人之夫，獨養的女兒，也不足為人之妻，平民家且然，又何況帝王之家？更何況像埃及那樣東方專制國度呢？你不贊同這項婚姻，我認為極有見地，我的媒人做不成，也只有罷了。可是，忒倫馬卡士已及成家之年，你們也該有個媳婦，以為宗社將來之計。你多年航海在外，經歷過許多國家，難道竟未遇見一個合適的女兒嗎？」

「哦，我想起來了！」優里賽士恍然大悟似的，從座上立起身，叫道：

「你們看我的頭腦現在竟會變得這麼糊塗，成日價為兒子論婚，竟連這樣一個好對象，也給忘記了！」

「你說的對象是誰呢？」麥尼勞士問。

「諾絲凱亞⑥，菲細安國公主，她還是我救命恩人哩。」優里賽士說：「請看，這隻金杯便是她父親臨別贈我作為紀念品的。」他舉起手中那隻細工雕鏤的高腳金杯在麥尼勞士夫婦眼前一晃，又說道：「這位公主的年紀今年才十五有零，姿貌明豔，德性更貞靜幽嫻，是個十全十美的女兒，與我兒子正是天造地設的一對。」

於是優里賽士又將自己如何飄流到菲細安國境，河邊得遇諾絲凱亞的事，對他的朋友細述一遍。說到公主率領宮娥到河邊浣紗，便問他們道：

「你們看，她以堂堂一個大國的公主，而肯親自操作賤務，勤儉之德，豈不可欽嗎？」

說到公主帶他回到宮庭，囑咐他遠遠跟隨，免得國人看見有所疑議的時候，又說道：

「她這麼遠避男女之嫌，足見十分明白事理，而她之嫻於閨訓，也可想而知了。對呀，要為兒子娶親，非這樣女兒不可。菲細安國距離貴國不遠，賢夫婦在敝地盤桓幾日後，便請回去，好言謝絕那在你們宮庭等待消息的埃及使臣，然後敬煩駕船到菲細安，替我兒子說合，拜託！拜託！」

他又拍拍麥尼勞士的肩膊，說道：

「老友，你的大媒還是做得成的。現在大家各進一觴，為我未來賢媳諾絲凱亞祝福！」

於是在座者都歡然舉杯，一夕快談，便在喜樂的氣氛中結束了。

①菲細安，Phaeacian。

②麥尼勞士，Menelaus。

③海倫，Helen。希臘古代有名美人，嫁麥尼勞士。為特洛伊王子巴里士(Paris)拐誘，希臘諸國興聯軍圍特洛伊十載，卒將城攻陷，獲海倫而還。荷馬史詩《依里亞特》所記即為此事。

④莫理，Moly。

⑤坡力飛馬士，Polyphemus。獨眼巨人，被優里賽士將眼刺瞎，故其父海王普賽頓與優里賽士為仇。

⑥諾絲凱亞，Nausicaa。

水仙花

一

希臘古時人們叫水仙花做納西沙士①，這是一種紫蕊白葉、生長水邊的花兒，並不名貴，花色卻也嬌豔可愛。它的影子亭亭照在水裡，迎風搖擺，有似欣然微笑，整日在賞玩著它自己的美姿。

據古人傳說，這花並非自來就有，卻是一個美少年變化而成，少年本名納西沙士，人們便以其名名此花了。

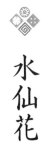

納西沙士是底庇司國某一處山村的人氏，自幼喪父，賴母親撫養長大。他所居那個村莊，僻處萬山之中，與外界極少交往。村中周圍也不過四、五十戶人家，一半藉射獵，一半靠牧畜，作為生理。納西沙士父親在世時是個獵人，兒子長大後也就承繼了父親的行業。

納西沙士的母親雖是個山村婦女，卻非常爭強好勝，野心有天來大。因自己生有幾分姿色，便自負是天下少有的美人。她每聽人家談論海倫，說她是希臘有史以來唯一美女子，心裡便不服氣。每說海倫是個凡人，不是天上神仙，縱美，也該有個限度。她每日晨妝，總愛在她那面缺了一角，鏡面又因長久未磨而模糊昏暈的貧家銅鏡裡，反覆諦觀自己的容貌，越看越覺自己的美，不唯海倫比她不上，便是天上美神委娜絲見了她，怕也要形穢自慚哩。

她懷納西沙士的時候，本希望生個女兒，那麼，她不必在鏡子裡探窺自己的容顏，借女兒來反映豈不更好？況且美的遺傳勝於財產，倘使她的美及身而絕，那豈不是天下莫大的憾事？不意孩子生下後，卻是男的。男的也好，只要他能夠遺傳母親之美，也是一樣。

大凡男孩都比較野蠻，也比較粗疏，不知注意自己的衣服、容貌。男孩寧可爬上高樹去探雀巢，絕不肯折朵野花，插在自己頭上。他們也不怕拉著同伴在爛泥裡打滾，絕不肯薰香敷粉，斯斯文文地坐在家裡。你誇獎一個男孩，氣力大，像匹小野牛，他是樂於入耳的。你若讚美一個男孩，臉子長得俊，衣服穿得整齊，像位小姐，他不但不高興聽，或者還要認為是一種侮辱。

不過納西沙士雖是個男孩，他母親卻當他作女兒看待。她整天誇兒子容貌美，教他如何愛嬌，如何把自己收拾得更加漂亮。當她與女伴一同擠著牛乳，兒子在她身畔匍匐嬉戲，她就對女伴稱讚兒子，簡直是個沒有翅膀的邱比德。當兒子到五、六歲，能跨上羊背玩，又變成騎在「馬人」

背上的小酒神了。納西沙士究竟是個男孩，有時也不免像男孩一樣淘氣，他彎著小竹弓射鄰家的雞鴨，把雞鴨嚇得滿院亂飛，人家喃喃咒罵，他母親看來，卻儼然是孩童阿坡羅金弓的初試。他偷攀鄰家園裡的果子、踏壞人家的土牆，或鑽破人家的籬笆，人家控訴到他母親面前，他母親心裡反而歡喜，背地裡反說兒子能幹，那風神赫梅士不是曾使巧妙手段偷盜他哥哥的牛群嗎？

兒子長大以後，五官清秀，皮膚也頗為白淨，鄰里嘖嘖嘆美，說是個俊孩子，他母親則更視同絕世無雙的美少年。她把兒子那雙眼睛，誇作雙子座的兩顆明星，雙星裡，是不是還有比它們更大、更明亮的？兒子微微上翹的脣角，則是月神狄愛娜的銀弓，也正是那鉤嫵媚可愛的上弦月，這嘴脣是專為等待王侯之女親吻而存在的。兒子的捲髮，每一個圈圈，值得一個王國。兒子的皮膚是大雕刻家腓提亞士雕刻天帝宙士像所用滑澤、瑩潔、細緻的上等象牙，卻又不像象牙之冰冷堅硬，而是溫暖的、柔軟的、有彈性的。總之，象牙沒有生命而這則賦有生命。這女人整天把這一類話灌入兒子的耳朵，稱讚兒子，也等於稱讚自己，她心裡有無比的歡悅與快慰。納西沙士受著這樣的家庭教育，自負的觀念，自幼在他性靈裡生了根，日長夜大，堅不可拔，最後竟與他整個生命渾然合而為一。

二

有人把我們這個人間世，認為苦海，認為涕淚之谷，不能說沒有理由。人類生來世間，是為享受幸福而來，不過世間是否真有所謂幸福這回事呢？那比較高級的富貴、榮譽、學問、勳業以及比較低級的萬種娛樂，鏡花水月，轉眼即空，那都不必說。即說我們把它當作永遠不朽的東西來享受，總要心裡感到滿足，才有快樂可言。無奈世間萬事，徧都有個比較，強中更有強者，美中更有美者，聰明中更有聰明者，學問中更有有學問者：只須一比，便覺自己不如人，既不如人，則又何能滿足？既不滿足，則又何能感到快樂？譬如競賽爬山，你千辛萬苦，爬上一座高峰，看看頭頂，更有人在你之上，只好更爬上去。不過等你爬到敵手的地位，他又超過你一大段高度了。又像一個飢餓的人，永遠不能吃飽，讓飢腸永遠在肚子裡絞著，翻騰著，你想這難道不是很難受的事嗎？

有人說造物主創造萬般生物，各給它們一顆心肝，唯獨人類的心肝是個無底之囊。滄海雖深，尚有填滿之日，人心則永無饜足之時，所以人類永遠痛苦。人類希求「心的饜足」，只有將來身到天堂。若不如此，則地球和天堂又有什麼分別？

但又有人說，造物主造了這個地球，也望它逐漸進步，成為一個華嚴世界。不過這華嚴世界卻要人類自己去創造。祂老人家把一顆永不饜足的心安置在人類腔子裡，不但作為個人進步的鞭策，也就是整個世界演進的動機。這話也許是對的吧？

但世間也有一類人，永遠嘗不著那不能饜足的痛苦滋味。他的心囊不但有底，易於填滿，而且不必用實在的東西去填，只須裝進空氣，它便膨脹起來，圓鼓鼓的像隻大汽球。這隻汽球，不住要向上飛，並且把整個的人也帶挈得輕飄飄地，浮蕩在半空裡。這種人雖不能成為真正飛仙，上升天界，而雙腳從來不踏實地，也算得是半個神仙！

若問這類人心囊裡裝的是什麼？那就是「自我滿足」的觀念。這類人是最空虛的，然而也是最充實的；這類人是最貧乏的，然而也是最富裕的；這類人是最渺小的，然而也是最偉大的。世間只有這種人最為快樂，他應該是命運之神所偏私的人，得天獨厚，你我對著他只有健羨，卻學他不來。

納西沙士便是這類人物的典型。他生長鄉村，沒有什麼學問、事業足資歆羨，他只陶醉於自己的美，這使他除了自己以外，瞧不起任何人。他雖是個山村少年，卻比大國王子還要來得尊貴與驕傲。

他母親自他幼時便要他學女孩兒的愛裝飾。所以他每晨要用梳子把自己頭髮梳了又梳，抹上些脂油，使它變得更柔軟光滑，然後穿上一襲羊毛織的紫衫。紫衫的染料極為貴重，當時希臘諸邦，只有王侯貴族才穿得起。納西沙士的母親為要打扮兒子，日夜紡績了半年，以所得的紗線，託人到城裡換來這種染料，親自替兒子染成這件紫衫。他穿了這件衫兒，氣派更顯得不凡了。

納西沙士覺得自己是個美的集合體，他每一揚眉、每一瞬目、每一舉手、每一投足，身上都有「美」的元素向四周放射，「美」的馨香向四周蒸發，「美」的色彩向四周閃映。有時他真覺得有些吝惜起來。他珍愛自己的「美」，甚於寶貴的血液，血液是不能任它流溢的，「美」怎麼可以任它這樣喪失呢？

每天一清早，當他還睡在床上，聽樹梢百鳥宛轉爭鳴，都在歌頌他的美。這是背後的批評，說話不妨隨便，也不嫌放肆，可喜的是牠們的意見竟這麼的一致，都推他為世界第一美少年！他的腳才踏出大門，路旁無數野花，都拚命伸長頸兒望他，有些的忍俊不禁，竟強攔在他的腳前，對他足趾爭獻最嬌的吻，並以朝露綴成的珠串，圍上他的玉脛。青青的淺草，在他面前鋪開一條綠絨文氈，襯托他的腳步一路前進。夾道楊柳似兩行貴婦，手搴華裾，輕折纖腰，對他頂禮，姿態非常的嫻雅。風吹樹枝，瑟瑟作響，那一定是衛士金鉞的撞擊之聲，在等待朝儀的開始。他走在高處，向下看時，河山大地，肅靜無譁，俯伏在他腳下。草原裡，才放牧的牛群，項下鈴聲琅琅，成陣走過，那便是他正在校閱著的儀仗隊。他獨立朝陽光中，滿身金紫燦爛，儼然是一個君臨宇內的大皇帝，說他是王子，那還是辱沒了他！

納西沙士在他母親跟前既是獨子，又以貌美得寵，一向受母親的嬌慣，不免養成遊手好閒的習氣。他行獵也不過是個名色，既有甘心為他作牛馬的母親供養他，他又何必辛苦馳逐林中呢？他每日來到林中做什麼？原來林中有個碧潭，大僅半畝，水色澄澈，一清見底。偶有微風掠過，水面也湧起一點漣漪，閃爍照眼，不過林深草密，可阻風勢，這潭長年是綠沉沉的，微波不動，像是一片碧琉璃，照得人鬚眉畢現。

納西沙士每日一到潭邊，便將獵囊、標槍在身邊一放，臨潭坐下，要在那澄潭裡，仔細認取自己那雙子星座般的明眸、狄愛娜銀弓般的唇角、天帝宙士像所用象牙般的皮膚——他向自己影子含情巧笑，伸開雙臂想同影子擁抱，有時舉手向水中送飛吻，有時對影子喃喃說話，把自己影子當作了活人，也可說當作了情人。他迷戀著自己，快要瘋狂了。

他就是這樣坐在潭邊，自欣自賞，自憐自愛，消磨他一天一天的光陰。

三

村中有個女郎，因生來喋喋多言，人家說話，她又歡喜接腔，人們遂喊她為愛歌。愛歌在希臘語裡乃是「山谷回音」之意。這不過是個諢號，不過喊來喊去，後來竟成為她的真名。

愛歌看見納西沙士在一群粗蠢村童中間，皎然獨出，一縷情絲，不覺牢牢拴在他的身上。

這女孩是個牧女，每日來林中放羊。她一見納西沙士來到林中，便迎上前去，和他兜搭。但她所得到的回答，只是雙肩的輕聳，和口角的冷笑。

愛歌倒也痴情，並不因納西沙士冷淡她而失望。她每日總比那男孩先到林中，遠遠見他走來，便高興得像隻小鹿，連奔帶跳，到他面前，接了他的獵囊，又代他扛著獵矛，同到那碧潭邊坐下。她又自裙邊解下一隻大牛角，走到自己羊群裡，在一隻大母羊腹下擠了滿滿一角羊乳——這羊的乳是她設法瞞過家庭，特別留下的——雙手捧到納西沙士前，催他趁熱喝下。她又時常為他帶乳酪、帶甜餅、帶新鮮水果。凡有什麼好吃的東西，她自己從不享受，總要留給納西沙士。

那少年接過羊乳喝完，將牛角擲還女郎，有好東西也接過就吃，對那女郎從無一言道謝。他在家對待自己母親的態度本來如此，現在對待別人也是如此。

愛歌坐在他身邊，同他甜蜜地說著情話，納西沙士好像一句也聽不入耳，他全部的心思都傾注在潭中自己影子上。

一天，愛歌實在忍不住了，當他喝完羊乳後，對他說：

「你為什麼老是窺探著這片潭水，難道其中有什麼奇珍異寶不成？今天我不許你再看水了，我有一句話要對你說。」

「什麼話，請說吧。」納西沙士仍然俯視著潭影，頭也不回地說。

「我……我……我愛你……我要嫁你。」愛歌臉紅如火，吃吃地說。

「你說這話，是出於真心嗎？」

「怎麼不是真心，我可以指士蒂克司河起誓。」

「不必起誓，不過我卻不想和你結婚呢。」

「這是什麼緣故？咱倆也算是自幼玩耍的遊伴，性情彼此了解；你打獵，我牧羊，也算門當戶對，咱倆結成夫婦，有什麼不好。」

「咱倆的條件果然樣樣都配得過，只有一件不配，你知道也不？」

「是哪一件，我不知道。」

納西沙士把愛歌順手一拉，拉到潭邊，和他自己並排坐著，兩人的面影也自水面清清楚楚並排映出。納西沙士指著影子說道：

「你把這兩個影子比較比較看，你配不配做我的妻子？從前美神阿卜羅蒂德嫁了跛腳的火神浮爾甘，心裡不痛快，去和少年英俊的戰神阿里士發生關係，人家談起，都還原諒美神，因為美醜懸殊，太不相稱了。不過我認為男子漢只須有才如浮爾甘，醜點倒也無妨，倘使秀美的酒神巴考士，去娶獰惡的女山魈做老婆，那才是個大大的笑話呢！」

納西沙士一心要顧影自憐，深惡愛歌時常來打攪；他又覺得自己之美，世間沒有女人可以相配，便是底庇司國王的公主向他求婚，他還得考慮考慮，現在一個村莊牧羊女郎，竟敢對他作此非分之想，他認為實是一種莫大的冒犯，一時氣憤，不由得說出這番粗暴的話來。

事實上，愛歌的容貌在那山村少女裡還算是相當出色的。不唯本村，鄰村兒郎追求之者亦大有其人，她卻情有獨鍾，只愛納西沙士一個，想不到他竟這麼無禮地拒絕她。納西沙士自比「酒神」，那也罷了，將她比作「女山魈」，侮辱實嫌太過，她的心肝像被尖刀扎了一下，不覺氣得哭了起來。她從地上一跳而起，指著納西沙士的臉說道：

「納西沙士，你說你長得漂亮，也不過在這小山村裡出出風頭罷了。莫說你比不上天上神仙，城裡的王孫公子，又有哪一個你比得上呢？上回我跟爸爸進城，瞧見了一位少年爵主，他那體面呀，那體面呀，我長出一百張嘴，也沒法比方得出，總說一句：要比你勝過十倍、百倍、千倍、萬倍。你給他做侍童的侍童還不配呢。你叫我在水裡照照影子，你也該仔細照照自己。瞧你左眼角這塊疤！瞧你這雙招風大耳！你倒誇說自己是酒神巴考士，我看你正是酒神的跟班山林神盤恩，那盤恩頭上不正豎著一雙羊耳嗎？你說你不要娶我，我才不想嫁你哩，我剛說的那個話，不過同你開開玩笑，你倒當真起來。呸，你這個不識羞的醜小鬼！呸，你這個永遠不知天高地厚的東西！」

愛歌一面哭，一面罵，拾起牧杖，飛也似跑出林子，她的影子頃刻消失，但山谷林莽，卻清楚響亮地送回她哭罵的餘音：

「呸，你這個不識羞的醜小鬼！呸，你這個永遠不知天高地厚的東西！」

四

納西沙士一向只聽見他母親讚嘆他的美，今天倒是第一次聽見人家批評他的醜。他又在潭水裡把自己的影兒左照右照。不錯，他的左眼角是有一塊寸許長的、淡紅色的疤痕，一直通入了鬢角，把他那隻左眼微微向上吊起。那是他三歲的時候，冬季在火堆旁邊嬉戲，跌入火中灼傷的。他母親為這件意外的大災，足足哭泣了九天九夜。不過這疤痕倒並不十分明顯，只有在強盛陽光下才看得清晰。他家那面破銅鏡，早已綠鏽斑斕，不能照人的了，這碧潭的水雖澄澈，卻又處於幽暗的樹林之中，光度並不充足，儘管他整日臨水顧影，並沒有注意到這個疤痕，現經愛歌指出，才知道這果然是個很討厭的「破相」。他那兩隻耳朵，雖不能說是盤恩的羊耳，招風也是真的。一個美少年，有了這樣的「破相」，又生就這雙耳朵，像一塊羊脂白玉，忽然經人察出瑕疵，究竟不能稱為無價之珍了吧？

納西沙士對著自己的影兒，越看越喪氣。他用手指頻頻去摩撫那眼角的疤痕，又用力把雙耳向腦後按捺，反覆不已，想把疤痕摩平，耳朵也能向後腦按得貼伏一點。他記得有一年他曾和母親進城，參觀過一個雕刻傳習所。那所中的老師和學生，有的用黏土在塑造人體模型，有的揮斥錐鑿，在雕琢大理石像。他見黏土在人手指下隨意揉搓，額角太高，捺幾下便平了；面頰太瘦，填點土拍拍撳撳，便豐腴了。大理石雖然堅硬，在雕刻師錐鑿下，要怎樣的形像，仍可琢出怎樣的形像。可恨人的血肉之軀，柔脆是柔脆之極，偏又萬分的頑強，容貌生就，或形體損傷已定，想補救竟分毫不能用力。

納西沙士俯身對水，把眼角疤痕，細摩了一陣，覺得已消滅了好多，雙耳經他用力向後按，也像伏貼了不少，不過一放手又都恢復了原來形狀。他並不灰心，再細摩細按，再在水中細細鑑印。他聽了愛歌的罵詈，平日自負的心理，受傷太過，本已氣得昏頭昏腦，現在因為要在潭水中採取適當的角度，好細察自己影子。他的身體向前傾欹過度，失了重心，竟一頭栽下了潭中。只見潭中濺起了一陣銀色的浪花，這個風流自賞的美少年，自此便和人寰永遠告別了。

納西沙士淹死潭中不久，潭邊長出了一叢新品種的花兒，花心作深紫色，正像他平日所穿的那件紫衫，葉兒卻蒼白得有似無知者的頭腦。這花臨水顧影，楚楚自憐。有人說這是納西沙士精魂所變，這話是否真實，並無確據，不過歷來神話家，都這樣傳說而已。

① 納西沙士，Narcissus。

268 泰戈爾小說戲劇集 糜文開；裴普賢 譯

階級、宗教與國家，誰能帶來終極正義？這把「戀之火」若燒得過國族與宗教的藩籬，能否看到「奚德蘿」的永恆真我？還是剩下「骷髏」般的寡婦軀體，為受莫名的歧視，而暗自泣血？在道德與自我之間，誰來成全我們的愛情？心愛的人就在眼前，是什麼阻止我伸手擁抱？就讓時間駐留在這「無上的一夜」吧！

204 人禍 彭道誠 著

太平天國革命爆發，太平軍攻下南京，建立了歷史上的太平天國王朝，定國都為天京。天王洪秀全、東王楊秀清進入天京之後，逐漸發生分歧。洪秀全深居宮中，不問政事；楊秀清專權獨斷，欲假天父下凡，逼洪秀全退位。洪秀全於是暗自調來韋昌輝，殺盡楊秀清和其黨羽共三萬多人。本書著力刻畫楊秀清這個複雜的藝術形象，同時描繪了一個洞燭機先的女狀元——傅善祥。小說具有強烈的歷史感和現實意義，文學色彩濃厚，可謂雅俗共賞之作。

251 裂變——太平天國 彭道誠 著

天京內鬨後，太平天國動盪不安，天王洪秀全決意迎接翼王石達開回朝主政；為了挽救眾家兄弟辛苦創建的天朝基業，翼王勵精圖治，在短短半年內排除了內憂外患，使天京城出現了物阜民安的太平景象。但楊韋之亂後的洪秀全疑心倍增，他能容得下得人心的翼王嗎？且看智勇雙全的石達開如何巧妙因應，在方妃、韓寶英、張遂謀與曾錦謙等人的輔佐下，出走天京城。本書是作者繼《人禍》後又一本歷史小說佳作，精采的英雄氣節與兒女情長，值得您細細品味。

155 **和泉式部日記** 林文月 譯．圖

本書記載和泉式部與敦道親王之間的愛情，採日記方式記錄。有大量的詩歌往來，以顯示男女二人由初識之試探情愛，至熱戀之甜美與憂慮，乃至共同生活之後的堅定信賴。從和歌與散文的鋪敘可以看出，作者和泉式部是一位熱情多感而敢愛敢恨的女子，其特立獨行的個性與行為，甚至在男女關係相當開放的平安時代，亦不失為聳人聽聞、備受譏議的；而她所展現於詩歌文章的才藝與學識，也自有其超凡脫俗之處。

206 **陽雀王國** 白樺 著

本書既可以說是一篇報告，也可以說是個寓言，它的內容從它的名字上就可以一覽無餘了。陽雀即小杜鵑。一個像杜鵑那樣小的袖珍王國，卻肝膽俱全。小小的腹腔裡，有提倡「自由」的國王，有終身與恐懼為伴的、愚昧而又卑微的奴隸，當然，也有美不勝收的自然風光，一切都似曾相識而又楚楚動人。

139 **神樹** 鄭義 著

大山深處，一株從不開花的神樹忽然開花。這神蹟迅速傳遍四方，引來上萬民眾狂熱膜拜。事態驚動當局，恐釀成事端，遂出動軍警坦克屢次進山鎮壓，終於激起民變。在酷烈的殺伐之後，神樹被焚為灰燼。隨即一場狂暴的黑雨引發山嘯，將這片生長過山菊花和俏女人的土地於瞬間無情毀滅，祇留下一個夢、一個預言和一片永不受孕的洪荒。小說展現了中國農村半個多世紀以來史詩般的雄奇畫卷。在藝術上熔傳統與現代於一爐，頗有獨到之處。

021

浮生九四——雪林回憶錄

蘇雪林　著

此書乃蘇雪林教授晚年所寫之回憶錄。雖衰年所作，質樸無華，而字字真實，無一虛構之詞，足稱信史。

蘇教授寫此書，先以大半年日力，遍覽自己全部著作，檢查所保存之日記，更參考當時世局之滄桑，有關人事之遷變，自己文學創作之抒寫，所研究學術問題之解決，及其所有著作出版之年月，一一記錄，故條理分明，事蹟翔實，將來若有讀者欲研究蘇教授之生平，以此書為根據，庶無大失。